CB138013

DIÁLOGOS DOS MORTOS

UNIVERSIDADE DE SÃO PAULO

Reitora Suely Vilela
Vice-reitor Franco Maria Lajolo

edusp

EDITORA DA UNIVERSIDADE DE SÃO PAULO

Diretor-presidente Plinio Martins Filho

COMISSÃO EDITORIAL

Presidente José Mindlin
Vice-presidente Carlos Alberto Barbosa Dantas
Benjamin Abdala Júnior
Carlos Augusto Monteiro
Maria Arminda do Nascimento Arruda
Nélio Marco Vincenzo Bizzo
Ricardo Toledo Silva
Diretora Editorial Silvana Biral
Editoras-assistentes Marilena Vizentin
Carla Fernanda Fontana

LUCIANO

DIÁLOGOS DOS MORTOS

Versão bilíngüe grego / português

Tradução, introdução e notas
de
Henrique G. Murachco

edusp

PALAS ATHENA

Copyright © 1996 by *Henrique G. Murachco*

Digitação do texto em grego: Moisés Olímpio Ferreira
Ilustrações: Primo Augusto Gerbelli
Diagramação: SGuerra Design

Composição e impressão
Gráfica Palas Athena

Dados Internacionais de Catalogação na Publicação (CIP)
(Câmara Brasileira do Livro, SP, Brasil)

Luciano de Samósata, séc. II.
Diálogos dos mortos : versão bilíngüe grego/português / Luciano ; tradução, introdução e notas de Henrique G. Murachco. -- São Paulo : Palas Athena : Editora da Universidade de São Paulo, 2007.

ISBN: Palas Athena 978-85-7242-013-6
Edusp: 978-85-314-1036-9

1. Luciano de Samósata, séc. II. – Crítica e interpretação 2. Sátira grega I. Murachco, Henrique G. II. Título.

96-4445 CDD-887.01

3ª. edição, 2008

EDITORA PALAS ATHENA
Rua Leôncio de Carvalho, 99 – CEP 04003-010 – São Paulo-SP
Fone/fax (11) 3289.5426

EDUSP – Editora da Universidade de São Paulo
Av. Prof. Luciano Gualberto, Trav. J, nº 374
6º andar – Ed. da Antiga Reitoria – Cidade Universitária
05508-900 – São Paulo – SP – Brasil
Divisão comercial: Tel. (11) 3091.4008 / 3091.4150
SAC (11) 3091.2911 – Fax (11) 3091.4151
www.edusp.com.br – e-mail: edusp@usp.br

Foi feito o depósito legal

MENIPO*

Menipo, o zombeteiro, o Cínico vadio,
Ia fazer, enfim, a última viagem.
Mas ia sem temor, calmo, atento à paisagem
Que se desenrolava à beira do atro rio.

E chasqueava a sorrir sobre o Estige sombrio.
Nem cuidava em trazer o óbulo da passagem!
Em face de Caronte, a pavorosa imagem
Do barqueiro da Morte olhava em desafio.

Outros erguiam no ar suplicemente as palmas.
Ele, avesso ao terror daquelas pobres almas,
Antes afigurava um deus sereno e forte.

Em seu lábio cansado um sorriso luzia.
E era o sorriso eterno e sutil da ironia
Que triunfara da vida e triunfava da morte.

Manuel Bandeira (1907)

* Diálogo II, p. 53.

Índice

Introdução

Sabemos muito pouco sobre a vida de Luciano. Algumas informações, ainda que indiretas, o próprio Luciano nos dá em *O sonho, A dupla acusação, O Pescador* e *Apologia*.

Sabemos que nasceu em Samósata, norte da Síria, à margem direita do Eufrates (hoje Samsât), capital do então reino de Comagena. A data do nascimento seria entre 115 e 120 d.C., últimos anos do reinado de Trajano e primeiros de Adriano. Seu pai exercia provavelmente uma profissão artesanal e a mãe era de uma família de escultores, como diz o próprio Luciano em *O Sonho*. O avô tinha sido estatuário e os dois tios também eram.

Assim que o menino Luciano deixou a escola, o pai, a conselho da família da mãe, entregou-o a um dos tios, dono de um ateliê de escultura, para que aprendesse a profissão familiar. Pois bem, logo na primeira tarefa, que era a de polir uma estátua de mármore, o menino Luciano mostrou que não tinha vocação para a coisa; quebrou a estátua. Isso lhe valeu uma bela correção do tio. A surra foi tão grande que dias após ainda se enxergavam os vergões das varadas.

Chorando muito, o menino voltou para casa jurando nunca mais voltar à oficina do tio e à profissão de escultor. A mãe lhe dá razão e o apoia, mandando-o prosseguir nos estudos.

Luciano inicia os estudos de retórica em alguma cidade da Jônia – Clazomena ou Laodicéia ou mesmo em Antióquia – onde começa a exercer a profissão de advogado. Essa atividade o aborrece; desagradam-lhe as chicanas dos colegas, o ambiente corrupto dos tribunais, a subserviência dos juizes.

Luciano abandona a advocacia e se dedica à retórica. Volta a estudar e adquire uma vasta erudição, como se pode notar em suas obras. Lê Homero, Hesíodo, Teógnis, Simônides, os trágicos, Aristófanes e os autores da Comédia Nova. Conhece bem Platão, Crisipo, os cínicos, os estóicos e os céticos; conhece os historiadores, mesmo os medíocres, mas cita sobretudo Heródoto, Tucídides e Políbio. Admira Demóstenes e Ésquines, mas lê e admira também os contemporâneos, da II Sofística.

Luciano é um homem de seu tempo. Sente intensamente o renascimento da eloqüência epidítica e de aparato, que o contamina nas aulas de retórica. As aulas de retórica são verdadeiras liças onde se exibem a habilidade, o talento, a erudição. O mestre propõe alguns temas, em geral fictícios, para desenvolver. Alguns têm como pano de fundo a história, a mitologia: em geral são temas paradoxais, como o *Elogio de Helena* ou o *Elogio de Palamedes* de Górgias, ou ainda "Se os atenienses fizeram bem ou mal ao fazerem a expedição à Sicília, "ou" Por que Alexandre não completou a conquista da India"? Os alunos deviam tomar uma posição e defendê-la, seguindo os modelos propostos. Depois, o mestre fazia o seu discurso, onde aplicava todo o formulário da escola, a que se deu o nome de II Sofística.[1] *

A II Sofística pode ser entendida com parte da tradição literária do período alexandrino, que tinha como modelo absoluto o ático. Todos os prosadores se orgulham de ser áticos, isto é de "attikizein", de escrever à maneira ática. Há um ressurgimento da oratória e de sua arte, a retórica, em suas diversas aplicações. Não se deve, no entanto, associar esse nome, II Sofística, a uma I Sofística, a dos oradores do séc. V a.C., Demóstenes, Ésquines, Isócrates, Iseu e Lísias. Eles são lidos e comentados, mas a II Sofística

* As notas de referência estão no final deste capítulo.

é fruto sobretudo das escolas de retórica, que proliferaram nos II e III séc. d.C. Aí se ensinam a literatura e a filosofia; aí se lêem os poetas, historiadores e filósofos. Mas o objetivo principal dessas escolas é fornecer aos alunos uma soma de fatos e idéias que os tornem capazes de discutir qualquer assunto e de sustentar todas as teses que venham a adotar no curso da vida. Essa moda se desenvolveu primeiramente nas escolas greco-orientais de Esmirna, Éfeso, Pérgamo e também Atenas, despertando entusiasmo em todo o Império Romano pela forma esplêndida, generosa e elegante com que expõe as idéias morais da classe dominante. Surge uma grande voga de declamação. Saindo das escolas de retórica, ela contamina a sociedade. Os oradores famosos percorrem o Império promovendo espetáculos de declamação. Essa vulgarização da filosofia coincide com um renascimento da literatura grega ou em grego, que é a língua da alta classe; nesse período em que florescem Plutarco, Apiano, Dion Crisóstomo, além de Dion de Prusa, Aélio Aristides e Herodes Ático, a literatura latina não tem um nome sequer a apresentar. Os autores latinos Apulêio, autor de *Metamorfose* ou *O Asno,* imitando o mesmo tema da obra de Luciano, ou haurindo de fonte comum, e Aulo-Gélio, autor de *Noites Áticas,* são mais de cultura grega do que latina. Até um imperador romano, de origem espanhola, Adriano, se expressa melhor em grego do que em latim. Isso sem falar de outro imperador, Marco Aurélio, que escreve, em grego, uma bela obra de filosofia: *Meditações,* em que expõe, com muita convicção, a antiga doutrina dos estóicos. Mas o filósofo mais original desse período é Plotino, fundador do neo-platonismo. Suas idéias foram ampliadas e explicadas pelo discípulo Porfírio. Brilham também nesse momento os talentos do médico Galiano e do astrônomo Ptolomeu.

Esse movimento começa desde o início da época imperial e tem como maiores expoentes Dion de Prusa na Bitínia (40-120), Tibério Cláudio Ático Herodes (101-177), mais conhecido como Herodes Ático, que se notabilizou mais como mecenas[2], erigindo inúmeros monumentos em toda a Grécia, sobretudo o Odeon, em Atenas, onde ainda hoje se fazem repesentações teatrais e concertos, e Aélio Aristides (129-189). Como precursor vamos encontrar Dion de Prusa, que começou sua carreira como orador e escritor, falando às vezes contra os filósofos *(Contra Mausônio),* até abraçar o estoicismo, mas dedicando-se à oratória epidítica ou de aparato, com *Elogio da Cabeleira,* mencionado por Sinésio. Em 82, foi desterrado por Domiciano e passa o tempo viajando pelo noroeste do império, até ser perdoado nos reinados de Nerva e Trajano. Nesse tempo ele produz discursos em que o tema central é o elogio da moral e o elogio de uma helenidade em que predomina o passado glorificado romanticamente. São atribuídos a Dion de Prusa cerca de 80 discursos, todos sobre moral e sobre a antigüidade grega, entre os quais o *Troikós,* em que ele corrige Homero duvidando da destruição de Tróia, *Discursos (4) sobre o rei,* debate filosófico sobre o soberano ideal, e *Discurso Olímpico,* em que emite juizos sobre a importância da arte na representação da divindade. Em todos eles está presente um estilo brilhante, com figuras rítmicas, aliterações, assonâncias, e todos os esquemas de Górgias.

Esses esquemas gorgianos vão aparecer em Aélio Aristides *(129-189),* contemporâneo de Luciano. Temos 55 discursos dele, mas os mais importantes são *Em defesa da Retórica,* em que discute o diálogo *Górgias,* de Platão, defendendo a primazia da retórica e seu caráter de "tekhne", e *Sobre os quatro,* em que contesta Platão em seu mau juízo a respeito de Milcíades, Címon, Temístocles e Péricles. Em todos os seus discursos prevalece a mesma glorificação romântica do passado grego.

Esse aticismo, manifestado sobretudo na escolha e apuro do léxico, se completa com o asianismo, isto é, a "compositio verborum", que é o cuidado com a composição, o estilo retórico, propriamente dito.

Mas o artifício da forma não esconde o caráter geral da literatura desse período: a manutenção da herança da tradição helênica, isto é, ática, com uma extensão aos líricos, a Hesíodo e a Homero.

Em Luciano, além do aticismo formal, na escolha e na precisão do vocabulário, há também um aticismo de conteúdo, que é o pano de fundo de todas as suas obras. A quase totalidade delas trata de temas da tradição helênica. Poucos são os que tratam de temas contemporâneos: *Sobre os que se submetem a salário, Apologia, A morte de Peregrino, Alexandre, ou o Impostor* e *Como se deve escrever história.*

Mas Luciano é um sofista; e como sofista ele produz uma série de peças ao gosto do público, dentro dos preceitos da sofística: são temas acadêmicos, para exercício de talento e habilidade, tais como: *O Tiranicida, Elogio da Mosca, O Julgamento das Vogais, O Elogio da Pátria, O Filho Deserdado,* entre outros.

Esse apelo à fantasia, às narrativas fantásticas, às descrições detalhadas e preciosas (êcfrasis), às aventuras extraordinárias, romanescas, para reforçar e alicerçar a argumentação, na maioria das vezes baseada na verossimilhança, torna-se o embrião de um gênero que vai se expandir nos séculos III e IV, o Romance. Embora o Romance não seja considerado criação da II Sofística, ele está intimamente vinculado ao ensino da Retórica e se desenvolveu a partir daí. São narrativas cheias de aventuras fantásticas, com descrições minuciosas, cartas, seqüestros, naufrágios, ataques de piratas, oráculos etc. Duas obras de Luciano podem ser incluídas nesse gênero: *História Verdadeira* e *O Asno.*

Os romances mais conhecidos, ou melhor, que chegaram até nós inteiros ou em partes, são: *As maravilhas de Além Thule,* de Antônio Diógenes, II séc., *Khereas e Callirhoé,* de Cháriton de Lampsaco, II séc., *As Efesíacas,* de Xenofonte de Éfeso, III séc., *As Etiópicas ou Theágenes e Khariclêia,* de Heliodoro, III séc., *Leucipe e Clithophon,* de Aquiles Tátios, III séc., e *Dáphnis e Chloé,* de Longos, III séc.

História Verdadeira seria uma sátira, quase uma paródia, das narrativas de Odisseu na Corte de Alcino dos cantos IX e seguintes da Odisséia. A narrativa é feita em primeira pessoa.

Movido pela curiosidade de conhecer os limites do Oceano, o autor aluga um barco e o equipa para uma longa viagem, com 50 tripulantes. Assim que se faz ao largo, começa a soprar uma violenta ventania que dura 79 dias; ele chega enfim a uma ilha onde encontra regatos que fluem vinho; encontra uma vinha cujas plantas são curiosas: saindo da terra a cepa era forte e bela; a partir daí era corpo de mulher muito bela; os ramos saíam de seus dedos e eram cheios de uvas; na cabeça, em vez de cabelos elas tinham ramos e folhas; elas falavam várias línguas, mas a maioria falava grego; os beijos na boca embriagavam; algumas queriam se unir aos homens; dois deles o fizeram e imediatamente se transformaram em parreiras; assustados, os navegadores voltam ao navio e continuam a viagem.

Logo no primeiro dia uma violenta tempestade, com ventos muito fortes, eleva o navio nos ares durante sete dias e sete noites; quando a tempestade acalma, eles estão numa ilha esférica, semelhante à terra; resolvem investigar e descobrem que chegaram à lua; ao avançarem, encontram cavalabutres, que são homens montados em imensos abutres de três cabeças: eles são tão grandes que apenas uma pena de suas asas é maior que o mastro do navio; lá se fala grego, naturalmente, e os habitantes de lá, os selenitas, não nascem de mulheres, pois os casamentos se fazem entre homens; até os 25 anos o indivíduo "é casado", isto é, faz as funções de fêmea; depois dos 25, ele "casa", isto é, faz as funções de macho; eles geram os filhos não no ventre, mas na barriga da perna. Como meio de transporte eles se servem de aves cujas asas imensas são de folhas de alface; são os "alfaçópteros". Os selenitas estão em guerra contra os heliotas, habitantes do sol, por causa da colonização da Estrela d'Alva. Luciano e seus companheiros tomam parte da batalha, que é travada numa planície que é uma imensa rede trançada por 10.000 aranhas. Os selenitas perdem a guerra e assinam um tratado de paz, em que se obrigam a pagar a indenização com orvalho. Há muitas coisas maravilhosas na lua, mas não vamos enumerá-las todas. Depois de quase 7 meses, a expedição faz o caminho de volta, não antes de passar pela Estrela d'Alva para fazer provisão de água. Ao chegarem ao mar, eles encontram uma enorme quantidade de monstros marinhos e sobretudo uma imensa baleia e são engolidos por ela; descobrem que o ventre dela já é habitado por um ancião e um filho, gregos naturalmente; eles construíram uma casa e plantavam legumes e vinha; há também ali um templo de Poseidon; depois de várias peripécias, eles incendeiam a floresta ali existente, matam a baleia e saem dela após escorar a boca com velhos mastros de navios que o monstro havia engolido; ao recomeçarem a navegar, percebem que o mar está congelado, e durante 30 dias permanecem no local, fazendo enormes cavernas onde passam a habitar; alimentam-se de peixes congelados que encontram ao escavarem; resolvem então desencalhar o navio e durante algum tempo o navio deslisa sobre o mar congelado, empurrado pelo vento, até o calor voltar e o mar se tornar líqüido de novo; continuam a viagem e entram num mar de leite com enormes queijos-ilhas; fazem provisão de água e encontram homens de pés de cortiça que andam sobre as águas; visitam a ilha dos felizes, onde Luciano entrevista Homero e se encontra com Odisseu que lhe entrega uma mensagem secreta (que ele viola) a Calipso; passam ao lado da ilha dos suplícios, passam algum tempo na ilha dos sonhos e acabam naufragando no continente. Luciano termina a narrativa ali, prometendo contar o restante em outro livro. Promessa tão verdadeira quanto a própria narrativa.

História Verdadeira é cheia de descrições, narrações com precisão e abundância de detalhes, que deixa o leitor perplexo. Ela serve de inspiração e modelo para muitos escritores antigos e modernos, entre os quais Rabelais, em

Gargântua; Swift, em *Viagens de Gulliver;* Fenelon, na *Ilha dos Prazeres;* Bergerac, em *Viagem à Lua;* Campanella, na *Cidade do Sol;* Holberg, em *Viagem subterrânea de Nicolau Klim,* entre outros.

O Asno, ou *Lúcio, ou o Asno* é uma Novela picaresca.

É a história de um certo Lúcio de Patras, que se faz massagear com um óleo errado, fornecido por engano pela escrava conivente e em vez de se transformar em coruja, torna-se um asno, e antes que a escrava lhe forneça rosas para comer, como antídoto, ele e outros animais são raptados por um bando de salteadores. Aí começam as aventuras: ele serve a esses ladrões, depois a uma jovem que o entrega a um criador, quando é submetido aos maiores vexames, no seu entender (pois que mesmo com aspecto de asno ele continuava a ser humano); a seguir é entregue a um sacerdote de uma deusa síria, a um padeiro, a um jardineiro, e a um cozinheiro. O patrão desse cozinheiro vê nele algo especial e o exibe em público e o trata em separado porque ele e os cozinheiros ficam espantados ao verem o asno se alimentar durante a noite de pão, carne e outros alimentos dos humanos; o asno é alvo da curiosidade geral e de uma mulher muito rica, que se apaixona pelo asno e paga uma grande soma para passar a noite com ele: o dono fica espreitando por uma fresta e resolve fazer disso um espetáculo público, onde o asno vai se deitar com uma prostituta condenada à morte; mas no começo do espetáculo, finalmente, o asno vê um ramalhete de rosas e as devora, recuperando as formas humanas; ele resolve procurar a mulher apaixonada, mas ela o rejeita por não ter mais os atributos de asno.[3]

Essa dualidade na obra de Luciano – a sua formação retórica e o exercício da arte por algum tempo, e a opção pela filosofia, isto é, pela sátira moral, filosófica e social, expressas sobretudo sob forma de diálogo – podemos identificá-la em algumas obras, sobretudo em *O sonho,* citado acima, em *Acusado duas vezes* e em *Para aquele que me disse: "Tu és Prometeu nas tuas obras".*

Em *Acusado duas vezes,* o réu é o próprio Luciano, que é acusado de um lado pela Retórica, porque a abandonou e por outro lado pelo Diálogo porque o traiu e deformou.

Retórica afirma que o acolheu adolescente e lhe deu tudo, que lhe ensinou tudo, que depois de formá-lo o acompanhou em suas viagens pela Jônia, Grécia, Itália e Gália, onde amealhou uma boa fortuna, que partilhou dos aplausos que ele recebeu em toda a parte, e agora ele a pôs de lado como um objeto que não serve mais, optando pelo Diálogo, que passa por filho da Filosofia (alusão aos diálogos de Platão e às diatribes estóicas) e abandonou os discursos longos e livres (a imaginação) e se fechou em questões curtas e rápidas; abandonou os grandes auditórios e os aplausos repetidos.

Em sua defesa, Luciano concorda que foi a Retórica que o instruiu, que o formou, que o acompanhou em suas viagens, que o inscreveu entre os gregos (Luciano era sírio), e que o tornou famoso proporcionando-lhe certa fortuna. Mas afirma também que ela, a Retórica, perdeu a seriedade, tornou-se fútil, enfeitando-se cada vez mais com quinquilharias e outros enfeites baratos como as cortesãs, prostitutas, para atrair clientes. E que era natural que um homem nos seus quarenta anos passasse a freqüentar o honesto e sério Diálogo, longe dos aplausos e elogios passageiros.

Diálogo, por sua vez, afirma que sempre foi sério e especulava sobre os deuses, sobre a natureza, sobre a constituição e evolução do universo, "alçado além das nuvens, eu andava nos ares"[4], "lá onde passa o grande Zeus conduzindo no céu seu carro alado"[5]. "Eu voava perto da abóbada celeste e subia para além do dorso do céu"[6], mas que Luciano lhe arrancou a máscara trágica e respeitável, aplicando-lhe uma outra, grotesca, cômica, satírica, quase ridícula, trazendo-lhe as anedotas, o cinismo, a farsa de Êupolis e Aristófanes, que ridicularizavam tudo o que é sério e honesto. Ele até ressuscitou um tal de Menipo, grande latidor.

Luciano se defende dizendo que quando adotou o Diálogo, este já estava enfraquecido e reduzido a esqueleto por causa das interrogações sem conta; continuava venerável, mas não mais agradava ao público. Luciano então o reformou, limpou-o da poeira acumulada e o forçou a sorrir, a ser agradável de ser visto; a seguir juntou-lhe a comédia, o que o fez ser apreciado pelo grande público, e a partir daí ele não discute mais se a alma é imortal, ou quantos cotilos[7] de substância a divindade pôs na valeta em que misturava todos os elementos[8], ou se a retórica é a imagem de uma parte da política ou uma das quatro partes da adulação[9].

Em *Para aquele que disse "Tu és Prometeu em tuas obras"*, Luciano, em resposta, sob forma de carta, diz mais ou menos a mesma coisa:

– que a reunião, mesmo de dois gêneros excelentes, o diálogo e a comédia, não é suficiente: é preciso que a mistura seja harmoniosa e feita na proporção requerida;

– que no começo Diálogo e Comédia estavam separados... a Comédia se entregara a Diônisos, acumpliciando-se com o teatro... procurava o riso atacando os seguidores do Diálogo[10]. E Diálogo, ao contrário, fazia suas reuniões filosofando sobre a natureza ou sobre a virtude, de maneira que, para empregar a linguagem dos músicos, "os dois estavam separados por um intervalo de duas oitavas"... nós, entretanto, ousamos reunir esses dois elementos tão discordantes e harmonizá-los, apesar de eles serem completamente refratários e difíceis de acoplar (parágrafos 5 e 6, *passim*).

Pelo que acabamos de ver, o próprio Luciano define sua obra. Mas essa separação entre obras antes dos quarenta anos e obras depois dos quarenta é muito esquemática e impossível de ser realizada. Embora haja obras de estilo, conteúdo e forma bem claros, como aqueles exercícios de retórica, necessariamente pertencentes à juventude, e aquelas, em que usa o diálogo, de fundo filosófico (sátiras morais, religiosas, literárias, ou respostas em forma de carta), que seriam mais da idade madura, um certo número delas são difíceis de situar.

Para que o leitor tenha uma idéia dos temas das obras de Luciano, vamos enumerá-las e indicar resumidamente do que tratam. Para isso servimo-nos da edição de M.D. Macleod, da Oxford, 1972-1987.

Ela está dividida em 4 tomos, com 86 títulos, dos quais 6 dados como "Libelli adulterini", isto é, apócrifos, de autoria duvidosa: *Cartas, Philopatris* ou *O homem que se instrui, Kharidemos* ou *Sobre o Belo, Nero* ou *A escavação do Istmo, Epigramas,* e *Timarion* ou *Sobre os sofrimentos por si mesmo*. Contudo, os editores e estudiosos nem sempre estão de acordo. Mas não é nosso objetivo entrar nessa discussão: que ela fique com os eruditos e nós leremos suas reflexões. A de número 35, *Julgamento das Deusas,* em outras edições faz parte dos *Diálogos dos Deuses;* é a de número 75, *Para Aristides, a respeito dos dançarinos,* não vem registrada, por ser reconhecidamente do orador Libânios, IV séc. d.C.

Sigamos a edição de M.D. Macleod.

A ordem numérica dos 4 tomos não é cronológica; aliás nenhuma das edições consultadas tem a mesma ordem que a outra.

Tomo I

1. *Phálaris I* – Phálaris, tirano de Agrigento, justifica a oferenda que faz ao santuário de Delfos: trata-se de um touro de ouro, construído para ser objeto de tortura: a vítima é colocada no ventre e o touro, sendo aquecido, os gemidos e gritos do supliciado saem amplificados pelas narinas da fera. O tirano afirma que o primeiro e único supliciado foi o inventor, mas não até à morte: retirado ainda vivo, foi precipitado de rochedos. O tirano solicita que o povo de Delfos aceite a oferenda.

2. *Phâlaris II* – Um habitante de Delfos justifica a aceitação da oferenda, mesmo ela sendo instrumento de tortura. São dois discursos típicos da sofística.

3. *Hípias* ou *O Banho* – Descrição, êcfrasis de um balneário que o arquiteto Hípias construiu. Descrição minuciosa do monumento; estudo da decoração, da distribuição da luz, com reflexões estéticas.

4. *Diônisos* – Preâmbulo. Prolalia.[11] Peça retórica característica. Descreve a viagem fabulosa de Diônisos, com o séqüito das Menades à Índia: desprezado pelos Indus, Diônisos os ataca e os vence pelo fogo e pelo entusiasmo.

5. *Heraclés* – Preâmbulo. Prolalia. Peça retórica característica. Descrição do Heraclés-Ogmios dos Celtas, mito que Luciano conheceu na Gália: o cortejo das Menades vem preso à língua de Heraclés, que é um ancião. Para os Celtas Heraclés é o deus da retórica.

6. *Sobre o Âmbar* ou *Sobre os Cisnes* – Peça retórica. Satiriza o mito de Faeton, filho do Sol e de suas irmãs, as Heliades. Faeton é atingido com um raio por Zeus e enterrado no vale do Pó e as Heliades transformadas em ciprestes: as lágrimas das jovens são gotas de âmbar. Em *Os Cisnes* o autor vai ao vale do Pó à procura de cisnes cantores de Apolo; Kyknos, rei da Ligúria, amigo de Phaeton, chorou sua morte e foi transformado em cisne por Zeus, e Apolo, para compensá-lo, lhe dá uma voz melodiosa (o canto do cisne antes de morrer); os barqueiros a quem ele conta o objetivo da viagem se riem dele.

7. *Nigrinus* ou *A filosofia de Nigrinus* – Visita ao filósofo platônico Nigrinus em Roma e despertar de Luciano para a filosofia.

8. *Elogio da Mosca* – Exercício de retórica. Muito talento, observação e imaginação. É uma êcfrasis.

9. *Demonax – A vida de Demonax* – Perfil do cidadão exemplar Demonax. Luciano o apresenta como seu contemporâneo; é um Sócrates, mas muito mais atuante politicamente e socialmente. O destino também é diferente. Ele mesmo decide morrer, privando-se de alimentos.

10. *A Sala* – Descrição de uma espécie de sala de espetáculos onde os sofistas se apresentavam. Exercício de retórica curioso: a sala é vista de dois ângulos diferentes, por dois oradores diferentes.

11. *Elogio da Pátria* – Exercício de retórica. Tema convencional.

12. *Macróbios* – Lista de homens que tiveram longa vida.

13. *História Verdadeira I* – já comentada.

14. *História Verdadeira II.*

15. *De como não acreditar facilmente em calúnias* – Tema retórico, mas uma espécie de tratado bem elaborado sobre a delação.

16. *O Processo das Vogais* – Exercício de retórica, mas uma visão curiosa e original sobre uma característica fonética do dialeto ático em oposição ao jônico; é a variante ática dois **tt** em lugar de dois **ss** do jônico, e, em algumas situações, a substituição do **s** pelo **t**. Por isso o Sigma (S) move um processo contra o Tau (T). As vogais são o júri. Alegoria.

17. *O Banquete* ou *os Lapitas* – Sátira filosófica. Numa festa de casamento reunem-se mestres de filosofia e a discussão não é em torno de idéias, mas sim na disputa por discípulos e por causa da melhor porção de carne e de bebida. Termina em grossa pancadaria e o noivo sai com a cabeça rachada. Há cenas cômicas que lembram as comédias de pastelão, como duelo com coxas de frango, ou um comensal furando o olho do outro com o dedo etc.

18. *Pseudosofista* ou *O Solecista* – Sátira lingüística. O fazedor de solecismos. Contra os gramáticos, fiscais rigorosos da língua, fixados em um modelo absoluto do ático.

19. *A Descida (ao Hades)* ou *O Tirano* – O tirano que não aceita ser tratado como um morto qualquer. Sátira moral.

20. *Zeus confundido* – Sátira religiosa. O cínico Menipo obriga Zeus a confessar que não pode conceder um favor pedido sem consultar a Moira.

21. *Zeus trágico* – Sátira religiosa. Zeus convoca a Assembléia dos deuses porque está preocupado com o avanço da incredulidade; os deuses estão com a sobrevivência ameaçada. Momos faz um discurso ousado mostrando que a autoridade de Zeus está ameaçada.

22. *O sonho* ou *O galo* – Depois de jantar na casa do rico Eucrates, o sapateiro Micilos tem um sonho. Eucrates morreu e lhe deixou a herança. Enquanto está desfrutando da idéia de ser herdeiro, ele é despertado pelo canto do galo velho que tinha comprado para engordá-lo e depois comê-lo. Enfurecido com a interrupção do belo sonho, Micilo vai ao quintal e diz impropérios ao galo, prometendo comê-lo no dia seguinte. Qual não é o seu espanto, quando o galo lhe responde e diz que nem sempre foi galo, que teve várias outras vidas; entre outras, ele foi Pitágoras.

É uma bela sátira filosófica sobre a teoria da metempsicose atribuída a Pitágoras e sátira social, pois o galo leva Micilo a ver como vivem miseravelmente os ricos e poderosos.

23. *Prometeu* – Glosa do Prometeu Agrilhoado de Ésquilo. Revela a crueldade de Zeus como vingador, obrigando Hermes e Hefaistos pregar no rochedo o Titã que personifica a sabedoria, a inteligência, as aspirações generosas e sentimentos elevados.

24. *Icaromenipo* ou *O Sobre as Nuvens* (Nephelibata) – Menipo, decepcionado com os que tentam explicar o universo e o destino dos homens, isto é, os filósofos que não se entendem, resolve ir ao céu procurar solução[12]. Assim, ele se equipa de duas asas: do lado direito uma de águia e do esquerdo outra de abutre; alça vôo, até chegar à Lua; lá, encontra Empédocles que lhe ensina a mágica de ter os olhos de águia agitando a asa direita; assim ele pode observar a Terra. Ele vê coisas estranhas, engraçadas e escabrosas, praticadas pelos filósofos e oradores. Aborrecido desse espetáculo, Menipo se prepara para voar até Zeus, quando uma voz de mulher o chama; pela voz ele reconhece a Lua. Ela lhe pede

para transmitir a Zeus estas queixas: a ingratidão dos filósofos que ficam divagando a seu respeito e não reconhecem que de noite ela encobre todos os seus crimes e safadezas. Ela pede a Zeus que os extermine com seus raios, senão ela vai mudar de lugar. Menipo chega ao Olimpo, é introduzido por Hermes e vê as dificuldades que Zeus enfrenta: ele não sabe como atender aos pedidos dos homens tão contraditórios: este quer tornar-se rei, outro pede bom tempo para a cultura do alho e da cebola; aquele quer matar a mulher e ficar com a herança; o jovem pede ajuda para matar o pai e tornar-se herdeiro; um marinheiro pede que sopre o vento norte, o outro pede que sopre o vento sul. Não é possível atender a todos.

Zeus convida Menipo a participar do banquete dos deuses. Enquanto comem ambrósia e bebem néctar, Sileno dança o córdax[13], Apolo toca a cítara e as Musas cantam versos de Hesíodo e Píndaro. Na manhã seguinte, Zeus convoca uma assembléia dos deuses para discutir os problemas que estão enfrentando por causa dos filósofos e suas inúmeras seitas. Não dá mais para agüentar os filósofos e sobretudo o que diz Epicuro, que afirma que os deuses não têm tempo de cuidar dos homens. A assembléia termina com gritos de "ao Báratro, Fulmina-os, Atira-os aos Gigantes". Zeus promete tomar medidas contra os filósofos, dissolve a assembléia e dispensa Menipo, mas antes lhe retira as duas asas. Hermes o traz de volta à Terra segurando-o pela orelha direita.

25. *Tímon* ou *O Misantropo* – Sátira moral. Tímon era muito rico, mas foi vítima dos aduladores; agora, pobre, "filosofando com a enxada na mão" nas encostas do Himeto, ele se regenera e Zeus, condoído, lhe devolve a fortuna. Tímon aprendeu a lição: passa a odiar os homens e destrata todos os antigos aduladores que o procuram de novo.

26. *Caronte* ou *Os Contempladores* – Luciano critica nesse diálogo a vaidade e a loucura dos homens, apegados a bens perecíveis, à riqueza, ao poder, sem nunca pensar na morte. Caronte, desejando conhecer a vida dos homens,

futuros habitantes do Hades, obtém permissão de Plutão para passar um dia fora do Hades. Ele pede a Hermes que o ajude nessa tarefa. Hermes concorda e se torna o interlocutor. Eles sobrepõem os montes Ossa sobre o Pélion, e o Parnaso sobre o Olimpo e de cima passam a contemplar os homens. Eles vêem Mílon de Crotona alardeando sua força, Polícrates que se diz o mais feliz dos homens, Creso conversando com Sólon; o ateniense diz a Creso que ninguém pode dizer-se feliz antes que a morte chegue. Hermes se aproveita dessa afirmação e revela a Caronte que Mílon será vencido pela morte; Creso será vencido por Ciro, Ciro será morto pela rainha Tomires, e assim por diante: nem mesmo as cidades e impérios são duradouros: o que sobrou de Nínive, de Micenas, da Babilônia? Mas os homens não pensam nisso; eles fazem a guerra por um pedaço de terra, quando no Hades cada um terá apenas onde apoiar o pé.

Tomo II

27. *Comércio de Vidas* ou *O leilão de filósofos* – Sátira contra os filósofos que são mais de nome do que de doutrina. Todos os filósofos o decepcionaram. Essa decepção diante das seitas filosóficas está mais desenvolvida no diálogo *Hermótimos*. Aqui ele se vinga vendendo-os como escravos em leilão; os preços são proporcionais às qualidades de cada um.

28. *O Pescador* ou *Os ressuscitados* – Os filósofos vendidos em leilão no diálogo *Comércio de Vidas* voltam à vida e movem um processo contra Menipo, que se defende e estabelece a distinção entre os sábios verdadeiros e os falsos filósofos. Os filósofos são pescados com uma moeda servindo de isca.

29. *Acusado duas vezes* – Já comentado.

30. *Sobre os sacrifícios* – Sátira religiosa. Lembra *Zeus Confundido* e *Sobre o Luto*.

31. *Contra um ignorante bibliomaníaco* – Como o título diz, é uma sátira contra o que compra livros e não tem competência para lê-los. O ignorante seria um sírio, compatriota de Luciano.

32. *O Sonho* ou *A vida de Luciano* – Já comentado.

33. *O Parasita* – Ser Parasita é uma arte. Símon, o parasita, nos dá um tratado sobre a arte parasítica. A Parasítica é uma arte superior a todas, inclusive à filosofia, à oratória e a qualquer outra arte. Bela peça. Os argumentos do Parasita chegam até a convencer o leitor.

34. *O amigo da mentira* ou *O Incrédulo* – Na linha da crítica que Luciano faz das crendices populares e do abuso da intervenção de seres extraordinários, de prodígios nas narrativas de fatos históricos ou de fábulas e mitos. Luciano se salva da crítica porque na *História Verdadeira I e II* ele se serve de tudo isso, mas diz no início que, contrariamente ao que fazem os poetas e outros que contam mentiras como se fossem verdades, ele, Luciano, conta mentiras dizendo que são mentiras.

35. *Julgamento das Deusas* – Zeus chama Hermes e o envia à procura de Páris para que ele arbitre a disputa entre Hera, Atena e Afrodite sobre qual das três é a mais bela. O troféu da vitória é a maçã. Hermes, acompanhado pelas três, se dirige ao monte Ida, onde Páris pastoreia o gado. As três desfilam nuas separadamente diante dele. Hera lhe promete o reinado de toda a Ásia; Atena promete torná-lo um guerreiro vencedor de todas as lutas e Afrodite lhe promete o amor da mais bela das mulheres, Helena. Páris lhe dá a maçã.

36. *Sobre os que recebem salários dos poderosos* – Em forma de carta a um certo Timocles. Ele critica o hábito que os homens de letras têm de se porem sob a proteção dos ricos e poderosos, o que os coloca em posição de subserviência, com privação da liberdade. Há uma reconstituição minuciosa da "carreira" do intelectual, ou homem de letras que se integra na corte do rico. Ele vai da glória à decadência.

37. *Anacársis ou Sobre a Ginástica* – Anacársis, da Cítia,

visita Atenas para se instruir e encontra Sólon, que lhe dá uma aula de helenidade e explica porque os exercícios corporais são parte essencial da educação do jovem ateniense. Diálogo em um quadro ideal, atemporal; ambos, Anacársis e Sólon não estão em seu quadro histórico.

38. *Menipo ou a Nequiomancia* – Sátira sobre a descida ao Hades. Menipo se encontra com Tirésias e recebe conselhos: "A vida melhor e mais sábia é a dos ignorantes. Abandona a discussão sobre os fenômenos celestes, abandona os silogismos rebuscados. Sê simples, curte o dia de hoje."

39. *Lúcio* ou *O Asno*. Já comentado.

40. *Sobre o Luto* – Sátira moral. Crítica às crenças sobre o Hades e as cerimônias fúnebres. Referências interessantes aos costumes da época.

41. *Mestre de Retórica* – Sátira contra os mestres de retórica, que baseiam todo o ensino na ostentação, na mentira, no plágio. Ele separa a verdadeira eloqüência dos artifícios da retórica: mau gosto, rebuscamento, frivolidade e banalidade dos temas, a preocupação com o tom, a voz, os gestos e as vestes, em detrimento da seriedade dos temas e da argumentação.

42. *Alexandre* ou *O Falso Profeta* – Biografia satírica de Alexandre de Abonauteikhos, que, no tempo de Marco Aurélio, fundou um oráculo, no Ponto[14], e explorava a crendice popular. Obteve muita riqueza e poder. Essa seria a última obra de Luciano.

43. *Imagens* ou *Os retratos* – Retrato ideal e encomiástico de Pantéia de Esmirna, amante do imperador Lucius Verus, irmão do imperador Marco Aurélio.

Tomo III

44. *Sobre a Deusa Síria* – Uma espécie de descrição do culto de uma deusa oriental. Escrito em dialeto jônico, prova-

velmente imitando a língua de Heródoto, de que ele copia o estilo. Obra interessante para a história das religiões, porque descreve o santuário de Hierápolis, muitas cerimônias e rituais, recheando tudo com inúmeras narrativas romanescas. Alguns críticos negam-lhe a autoria da obra.

45. *Sobre a Dança Ou Sobre a Pantomima* – Ele discute se o público está certo em apreciar essa arte ou os moralistas, em criticá-la. Muito interessante porque nos dá o quadro das obras e autores que são representados.

46. *Lexífanes* – Sátira lingüística. Ele ridiculariza os puristas e aticistas de seu tempo; eles escrevem não para dizer alguma coisa, mas para empregar palavras raras e arcaicas com significado obscuro.

47. *O Eunuco* – Um concurso para mestre de filosofia se transforma em discussão sobre atributos físicos masculinos.

48. *Sobre a Astrologia* – Diz ele: "... meu livro não contém preceitos e não promete instruções de como se tornar perito na adivinhação, mas eu critico todos os sábios que cultivam as outras ciências e as mostram aos concidadãos de não honrar nem cultivar só a astrologia."

49. *Os Amores* – Diálogo sobre o Amor, que faz lembrar *O Banquete de Platão* e *O Banquete* de Xenofonte, mas leva a marca da sofística, com metáforas rebuscadas e torneios elaborados.

50. *Defesa dos retratos* – O autor defende o retrato que fez (43) de Pantéia de Esmirna, amante de Lucius Verus. Ela manda dizer que não aceita comparações com as deusas. Tanto este quanto o 43 são exercícios de escola, mas é interessante porque o autor, ao se defender, faz distinção entre o retrato bajulatório e o panegírico. O elogio é livre e o panegirista se serve de imagens, de comparações, sem distorcer a realidade, sem passar exageros e inverdades.

51. *O Pseudologista ou Sobre a palavra Apophrás*[15] *(Nefasto)* – Violenta diatribe contra um Orador que o critica por ter usado a palavra apophrás ao tê-lo encontrado. Não con-

tente de demonstrar a ignorância e o despreparo de Timarco, Luciano o ataca no seu comportamento moral, aludindo à pederastia ativa e passiva do orador.

52. *Assembléia dos Deuses* – Sátira religiosa. Os deuses estão reunidos para discutir uma série de irregularidades. Uma delas é o consumo excessivo de ambrósia e de néctar. Há também o aumento da população divina: qualquer um agora se torna deus. Momos faz um discurso violento, criticando a deificação de muitos homens, que nem gregos eram! E ainda por cima trazem seus cortejos, querendo estender seus privilégios a todos! Um absurdo! A assembléia vota um decreto criando uma comissão de 7 membros para propor soluções. Haverá uma revisão geral do registro de todos que entraram no Olimpo: toda a documentação será reexaminada. Além disso, que nenhum deus interfira nas atividades e especialidades de outro.

53. *O Tiranicida* – Tema de escola: Um homem escala uma cidadela com a missão de matar o tirano, mas em vez de matar o tirano, mata o filho dele; o tirano ao encontrar o filho morto se suicida e assim são dois tiranos mortos.

54. *O Filho Deserdado* – Tema de escola. Um filho deserdado estuda medicina e cura o pai que ficou louco; a seguir a madrasta também fica louca e o filho, ao dizer ao pai que não pode curá-la é deserdado de novo.

55. *Sobre a morte de Peregrino* – Em forma de carta. Debocha do suicídio do filósofo Peregrino, um aventureiro, que teria abraçado entre outras a fé cristã e se atirou à fogueira em plenos jogos olímpicos de 165.

56. *Os fugitivos* – Tema caro a Luciano. Agora qualquer um se torna filósofo, e charlatão, naturalmente. A Filosofia se queixa a Zeus que manda Hermes resolver o problema perseguindo e castigando escravos fugitivos que se faziam passar por filósofos.

57. *Toxáris ou Sobre a Amizade* – Um cita e um grego discutem sobre onde a amizade é mais bem praticada: entre os citas ou entre os gregos. Cada um conta cinco casos de

amizade. Muita imaginação e muito exagero. São 10 contos romanescos e fantasiosos.

58. *Elogio de Demóstenes* – Bela peça oratória. Mesmo seguindo os moldes da escola, o autor faz um elogio comovido e comovente do orador, do cidadão e do político Demóstenes.

59. *Como se deve escrever História* – Em forma de carta. Um tratado sobre a melhor maneira de escrever História. Arrola todas as qualidades negativas, ilustradas com inúmeras referências e contos engraçados e depois enumera as qualidades positivas. Ele ataca sobretudo os oradores e os sofistas, que sem preparação e estudos suficientes se aventuram a escrever história; ele lhes recomenda a imparcialidade, a clareza, e a seriedade.

60. *As Dipsades* – Sobre uma região na Etiópia em que se vive sem água, onde vivem animais fantásticos, sobretudo avestruzes que botam ovos imensos, objeto da busca dos habitantes vizinhos. Eles comem esses ovos e usam as cascas como cuia e até como chapéu. Ali habita também uma serpente, cuja picada provoca a morte por sede. Daí o nome Dipsade. Ele descreve os sintomas do envenenamento.

61. *As festas de Kronos* – Kronos contradiz Hesíodo *(Teogonia)!* – Foi ele que entregou o poder aos filhos – Zeus, Hades, Poseidon; agora ele só exerce o poder durante a semana das festas. Descrição do banquete e das Saturnalia romanas, festas de fim de ano. A composição é estranha. É um diálogo do deus e seu sacerdote, seguido de um monólogo de Kronosólon, ou o Legislador temporário, isto é, das festas. Paródia de leis, como as leis dos folguedos carnavalescos, sob o comando de Kronos (Rei Momo); a seguir, uma correspondência entre o deus, o autor e os ricos.

62. *Heródoto ou Aécio* – Prolalia. Heródoto depois de escrever seus nove livros, achou melhor ir aos Jogos Olímpicos para, diante de uma assembléia seleta, ler sua obra e ficar conhecido de toda a Grécia; Aécio, célebre pintor do

quadro das Bodas de Roxana e Alexandre, levou o quadro a Olímpia, para mostrá-lo a um grande público e encantou o presidente dos jurados que lhe deu em recompensa a mão da filha. Descrição do quadro. Luciano também prefere uma assembléia seleta onde está, na Macedônia, porque por lá ele será conhecido por todos.

63. *Zêuxis ou Antíocos* – Prolalia. Luciano se zanga com os aplausos que recebe por sua originalidade e invenção, e não por seu talento e arte. E cita um quadro de Zêuxis, que pintou uma hipocentaura amamentando dois filhotes, um como mulher e outro como centaura, assistida pelo marido, hipocentauro. O quadro ficou famoso pela originalidade do tema e não pelo talento do artista, que também é notável.

O quadro representa uma batalha, em que Antíoco Sôter, filho de Seleuco (280-262 a.C.), enfrentando o exército dos Gálatas, muito mais numerosos, usou também da originalidade. No meio da batalha soltou 16 elefantes sobre os inimigos, que, espantados com a novidade, tomados de pânico, fugiram. O autor termina insistindo: quer ser aplaudido pelo talento e arte e não pela originalidade e invenção.

64. *Em defesa de uma gafe na saudação* – Luciano se desculpa por ter usado um termo errado ao saudar seu amigo pela manhã: em vez de usar *khaîre (bom dia),* como era de praxe, ele usou *Hygîaine (passe bem).* Brincadeira interessante com estudo semântico das expressões de saudação.

65. *Apologia* (Defesa) – Em forma de carta. Luciano se defende diante de um amigo por ter aceito um cargo na administracão romana do Egito, uma espécie de Secretário da Justiça; diz mesmo que espera ser nomeado rei de alguma região do Império. Não chegou a ser.

66. *Harmônides* – Prolalia. Harmônides, tocador de flauta, quer saber como fazer para se tornar rapidamente conhecido em todo o império. A resposta é a mesma que está em *Heródoto ou Aécio:* deve-se procurar um auditório representativo, de qualidade, e desprezar as multidões.

67. *Hesíodo* – Sátira literária sobre a inspiração dos antigos poetas, intérpretes dos deuses. Alusão ao *Ion* de Platão.

68. *O Cita* ou *o Proxeno* – Conta a visita de Anacársis ao chegar a Atenas. Espantado, sem conhecer a língua e os costumes, está já para tomar o caminho de volta, quando, por suas vestes, é reconhecido por um compatriota, Toxáris, que já vive na cidade. Toxáris se comporta como um proxeno, isto é, uma espécie de cônsul, ou embaixador que ajudava seus concidadãos em terra estranha. Toxáris era amigo de Sólon e apresenta Anacársis ao poeta-legislador, que inicia Anacársis na cultura grega. Ver o diálogo *Anacársis ou A Ginástica*. Toxáris também está no diálogo *Toxáris ou Sobre a Amizade*. Há também uma alusão à intervenção desse personagem por ocasião de um surto de peste em Atenas. Como médico, ele aconselhou a lavar as ruas com vinho e salvou a cidade; os atenienses, reconhecidos, erigiram-lhe um monumento.

Tomo IV

69. *Podagra* – A tragédia da Gota. Composição humorística em versos. É uma tragicomédia. Os personagens são: a Deusa Gota, O Coro dos gotosos, um mensageiro, o médico e As Torturas.

70. *Hermótimos* – Discute as escolas filosóficas. Não há como distingui-las; mesmo se o homem vivesse duzentos anos não conseguiria entender todos os sistemas. Diálogo entre Hermótimos, um sexagenário freqüentador das reuniões do Pórtico, com os estóicos e Lykinos (Luciano), quadragenário, que sistematicamente destrói as ilusões filosóficas de Hermótimos, que acaba rejeitando todo o dogmatismo e opta por um ceticismo moderado. O diálogo é longo, mas muito bem conduzido, um exemplo da técnica oratória.

71. *Para aquele que disse: "Tu és um Prometeu em tuas obras"* – Já comentado. Luciano se refere à alcunha "prometeu" com que os atenienses chamavam os ceramistas, por criarem

sempre formas novas. Luciano acha que o amigo lhe deu esse apelido porque ele conseguiu harmonizar Retórica e Diálogo.

72. *Alcion* ou *Sobre a Metamorfose* – Diálogo entre Sócrates e Querefonte sobre a metamorfose.

73. *O Navio* ou *Os Desejos* – Ao visitarem um imenso navio, quatro amigos formulam seus desejos; cada um expõe o seu sonho. São três contos fantásticos, delirantes, inverossímeis. Não há tempo para o quarto conto, que seria o de Lykinos. Tema sofístico.

74. *Oquipus, Pé ligeiro* – Peça humorística em versos. A gota atinge um jovem atleta como castigo por ter afirmado que ela só atinge os velhos. Pé ligeiro (velocípede, na expressão de Odorico Mendes) é um dos epítetos que Homero dá a Aquiles.

75. *Para Aristides, a respeito dos dançarinos* – Falsamente atribuída a Luciano. Na verdade é de Libânios, grande orador pagão do IV d.C., mestre de Basílio de Cesaréia, Gregório de Nazianze, Gregório de Nissa, João Crisóstomo e do Imperador Juliano.

76. *O cínico* – Diálogo didático entre Lykinos e Kynikós (o cínico) à maneira platônica, em que expõe a doutrina e o comportamento dos cínicos. No XXI dos *Diálogos dos Mortos,* Crates, Antístenes e Diógenes expõem a moral dos cínicos com muito mais leveza e humor.

77. *Diálogos dos Mortos* – Sátira moral e religiosa. São 30.

78. *Diálogos marinhos* – (das divindades marinhas) Sátira religiosa. São 15.

79. *Diálogos dos deuses* – Sátira religiosa. Episódios da mitologia grega apresentados em forma de diálogo, sempre com ironia e sátira. São 25.

80. *Diálogos das cortesãs* – Sátira moral e social. São 15. São cenas rápidas, no limiar da porta, entre cortesãs que discutem seus problemas e seus amores. Fazem lembrar os mimos[16] de Herondas.

É nessas 4 séries de diálogos que aparece em toda a sua extensão a arte de Luciano, onde, como diz em *Acusado duas vezes,* ele tirou a máscara trágica do Diálogo filosófico de Platão e lhe aplicou a máscara irreverente, sorridente e bem humorada da comédia. *Nos Diálogos dos Deuses* e *Diálogos dos deuses marinhos,* que poderiam ter sido uma obra só, ele consegue retratar num rápido instante o essencial do mito ou de parte dele, pondo os deuses em cena, cada um com sua caracterização tradicional, mas agindo e falando dentro.

Apócrifos

81. *Cartas.*

82. *Filópatris* ou *O que se instrui sozinho* – Crítica dos mitos e crendices de uma época, que não seria a de Luciano; há várias alusões a textos cristãos.

83. *Kharidemos* ou *Sobre o Belo* – Por ocasião de um festival, dois personagens, Kharidemos e Hermippos discorrem sobre o Belo. O Belo é essencial em todos os momentos da vida.

84. *Nero* ou *A Escavação do Istmo* – Crítica à vaidade e orgulho de Nero, que quer fazer algo extraordinário.

85. *Epigramas* (53) – Alguns são da Antologia Grega. Leitura agradável; são leves e bem humorados.

86. *Timarion* ou *Sobre os sofrimentos por si mesmo* – Narrativa com descrição das festas em homenagem a um mártir, Demétrio; a descrição da doença que acometeu o narrador; e a descida ao Hades com descrição minuciosa de tudo o que ele viu e sofreu. Parece ser de um período bem posterior.

Esta introdução não pretende ser um estudo sobre Luciano, mas apenas uma apresentação, uma sugestão de leitura. Luciano é um escritor fascinante; em sua variada produção podemos ver a inquietação de um intelectual diante do quadro social, religioso e cultural de sua época, quase sempre com um olhar maroto, de crítico inteligente e bem humorado.

Embora seu personagem principal, que é visto como veículo de suas idéias e posições, seja Menipo, filósofo cínico desenterrado por Luciano, em muitos casos é o próprio Luciano que fala e em outros um Lykinos. Menipo, pelas idéias, pelo comportamento irreverente e pelo estilo, seria a vertente cínica da obra de Luciano. Mas há muito de Epicuro em *Icaromenipo*, em *Hermótimos*, em *Filópatris*. Contudo, em nenhuma das obras há uma filosofia pura: cinismo, epicurismo e ceticismo se misturam em partes desiguais.

Luciano é um dos autores gregos que nunca deixou de ser lido e apreciado. Desde o séc. III d.C., e mesmo em vida, nós vemos sua influência sobre os autores romanos, sobre Ateneu no *Deipnosofistas* ou *O Banquete dos Sábios*. O Imperador Juliano, o orador Libânio (séc. IV) o lêem. A Idade Média também o lê, apesar dos epítetos que Souda e Arethas lhe dão de libertino e ateu. Os escritores bizantinos nunca deixaram de cultivá-lo e imitá-lo, sobretudo usando modelo dos diálogos para fins edificantes ou satíricos.

No Renascimento ele é lido, traduzido e imitado por Thomas Morus, Melanchton e por Erasmo, que o imita em seus *Colloquia* e *Elogio da Loucura*, além dos outros autores citados no começo desta introdução.

Nos sécs. XVI e XVII há inúmeras edições na Europa inteira. É um autor adotado nas aulas de língua grega. Em geral são edições expurgadas, censuradas, "ad usum Delphini". As "petites écoles" de Port Royal o adotam. Vemos isso na obra de Lancelot *Nouvelle méthode pour apprendre facilement la langue grecque*, 1655.

Frederico II e Voltaire são leitores assíduos de Luciano (séc. XVIII). Voltaire não só o imita, mas faz de Luciano um de seus personagens, junto com Erasmo, em *Conversation de Lucien,*

Érasme et Rabelais dans Les Champs Élysées. O autor, Voltaire, é o narrador do encontro. Aliás, em toda a série de seus *Dialogues et Anecdotes Philosophiques,* o modelo de Luciano está presente.

Há inúmeras edições de suas obras completas a partir de 1800. Damos aqui um registro delas, que está na excelente introdução da edição:

Lucien – Oeuvres – Opuscules 1-10
Texte Etabli et traduit par
Jacques Bompaire
Paris, Les Belles Lettres, 1993

As edições são as seguintes:

1857 – Paris, *Oeuvres complètes,* 2 volumes, in-12, chez Hachette, "traduction nouvelle", introduction, notes par Eugène Talbot[17].

1905 – Oxford, *The Works of Lucian* ("complete with exceptions specified in the Preface"), 4 vol., in-12, por H.W. e F.G. Fowler.

1920 – Milão, *I Dialoghi e gli epigrammi,* 4 vol., trad. de L. Settembrini (do séc. XIX, reeditado em Roma, 1962, por D. Baccini e em Turim, 1974, com introdução de L. Sciascia.

1933-34 – Paris, *Oeuvres complètes,* 3 vol., in-12, Garnier, "traduction nouvelle, notice et notes", por Émile Chambry.

1936 – *Lucian,* with an english translation, by A.M. Marmon, in 8 vol., Cambridge, Massachussets, Harvard University Press, London, Willian Heinemann Ltd.

Faz parte da The Loeb Classical Library

1972-1987 – *Luciani Opera* Recognouit breuique adnotatione instruxit M.D. MACLEOD, Oxonii e Typographeo Clarendoniano, Oxford.

É esse o texto que nós seguimos para a tradução.

1981-1990 – Madrid, *Luciano, Obras,* 3 vol. publicados (1-68), Biblioteca Clássica Gredos. Introd. de J. Alsina Clota, tradução e notas de A. Espinosa Alarcon, (I), J.L. Navarro Gonzalez (II) e J. Zaragoza Botella (III). Com índice.

Não temos notícia de uma tradução das obras completas de Luciano em língua portuguesa. Há apenas *A Deusa Síria e*

O Luto, tradução e notas de Lobo Vilela. Editorial Inquérito, Lisboa,1939.

O Parasita, ou o Papajantares

& Etc.

Publicações Culturais Engrenagem Ltda

Prefácio, tradução e notas de Aníbal Teixeira

Lisboa, 1981

(Inclui *História Verdadeira, Lúcio, o Burro* e *Elogio da Mosca.*)

Há outras traduções parciais no mercado.

Enylton José de Sá Rego

O Calandu e a panacéia - A sátira menipéia e a Tradição Lucianesca

Forense Universitária

Rio de Janeiro, 1981

José Guilherme Merquior

Gênero e Estilo nas Memórias Póstumas de Braz Cubas

Colóquio - Letras, Lisboa, 8 (12-20) Julho 1972

Para os interessados na leitura e interpretação de Luciano, além das obras citadas, podemos sugerir alguns estudos específicos sobre esse autor, além dos tratados gerais sobre a Literatura Grega.

Há vários tratados gerais de Literatura Grega disponíveis na Biblioteca da USP, em várias línguas. Os consultados para esta introdução são os seguintes:

Croiset, Alfred et Maurice

Histoire de la Littérature Grecque, vol. V.

Ernest Thorin et Fils Éd.

Paris, 1887-1889

Mesmo com um século de distância, os comentários de A. Croiset continuam pertinentes e válidos.

Lesky, Albin

Historia de la Literatura Griega

Versión española de José Ma. Diaz Regañon y Beatriz

Romero

Editorial Gredos, Madrid, 1968

Há três obras recentes que são essenciais para quem quer ter uma visão abrangente sobre Luciano e sua obra. São as seguintes:

BOMPAIRE, Jacques
Lucien Écrivain
Éd. de Boccard, Éditeur
Paris, 1958

BOMPAIRE, Jacques
Lucien, Oeuvres, Opuscules 1-10
Société d'Édition Les Belles Lettres
Paris, 1993

Esse primeiro volume de um plano para uma edição das obras completas de Luciano é de um valor inestimável. O estudo da tradição manuscrita das obras de Luciano e depois, a relação de todas as edições a partir do séc. XV, e ainda um estudo sucinto mas sério e profundo sobre a vida e a obra de Luciano, tornam a consulta desse volume essencial para quem estudar Luciano. J. Bompaire é, desde a publicação de *Lucien Écrivain* em 1958, talvez o grande especialista no assunto.

Para uma visão ampla e clara de toda a época de Luciano é indispensável a leitura de

B.P. REARDON
Courants Littéraires grecs des II et III siècles après J.C.
Société d'Édition Les Belles Lettres
Paris, 1971

Nessas obras de J. Bompaire e B.P. Reardon o leitor interessado encontrará a bibliografia mais recente sobre Luciano e suas obras.

Uma pergunta final: Luciano foi ou é conhecido no Brasil? Enquanto a estrutura e os programas de ensino tinham como finalidade a formação dos jovens e não a informação e o Latim, e durante algum tempo o Grego, estavam nos programas, e as escolas usavam manuais e edições européias, sobretudo francesas, com freqüência os estudantes tinham algum contato com Luciano. Prova disso é que até nossos dias é possível comprar nos "Sebos" edições de Luciano, herança das bibliotecas das escolas tradicionais, públicas e privadas e mesmo de seminários.

Não sabemos de estudos sobre a influência de Luciano sobre os escritores brasileiros. Recentemente, no entanto, depois da publicação do trabalho de Enylton José de Sá Rego, há uma grande curiosidade sobre a influência de Luciano sobre Machado de Assis e novos estudos se fazem sobre o assunto. Uma releitura dos dois autores, Luciano e Machado, nos leva facilmente a identificar a presença do humor, da ironia, da imaginação do primeiro sobre o segundo. É só ler *Icaromenipo, ou o Nefelibata, Caronte, ou os Contempladores, O Leilão dos filósofos*, para citar os principais.

A presente tradução dos *Diálogos dos Mortos* é uma contribuição para esses estudos. Outras traduções virão brevemente.

Antes de terminar esta introdução, não quero deixar sem registro os motivos que me levaram a traduzir os *Diálogos dos Mortos*.

Foram sugestões e cobranças dos meus amigos, professores de Literatura Brasileira na USP, Valentim Faciolli, José Antônio Pasta Jr., a quem agradeço a sugestão de inúmeras notas, a meus alunos-amigos e amigos-alunos dos Cursos Extracurriculares de Língua Grega da FFLCH da USP, que espero sobrevivam à política malthusiana posta em vigor nesta última gestão. Devo muito à dedicação, à seriedade, à alegria e à irreverência que caracterizam nossos encontros das sextas-feiras. Já disseram que esses encontros são os verdadeiros encontros acadêmicos. Não poderia deixar de citar o núcleo-base, em torno do qual gira todo o resto, há mais de seis anos: Irineu Bicudo, Juvino Maia Jr., João Câmara Neiva e José Carlos Seabra, além do saudoso Prof. Benedito Castrucci, que nos seus 84 anos de vida era um dos alunos mais aplicados do grupo.

Finalmente, como uma sobremesa, que não influi no menu, mas é a parte mais gostosa, o meu carinho e ternura à minha mulher France e às minhas filhas Cristina, Sílvia e Karine, por sua paciência silenciosa e conivente.

Critérios de Tradução

É muito comum, ao lermos sobretudo uma obra clássica, grega ou latina, ficarmos surpresos com o estilo do autor. Mas quando vamos ao texto original, constatamos que o estilo é outro. É que, no afã de trazer aos modernos as obras antigas, os tradutores as vestem também com roupagens modernas, desde as imagens usadas até à estrutura das frases. Cada século, cada corrente literária tem a sua tradução. Ora, em nossos mais de 30 anos de trabalho com textos gregos e latinos nas aulas da Universidade de São Paulo, fizemos os alunos descobrirem o verdadeiro texto. É essa experiência que tento trazer nesta tradução: o tradutor tem a função de traduzir, isto é, passar para outro lado: não deve interferir, não deve roubar a cena, deve ficar na sombra e fazer a luz incidir onde deve, isto é, sobre a obra como o autor a criou. Não é tarefa fácil; cabe ao leitor dizer se conseguimos ou não.

O leitor notará que os nomes dos personagens e dos fatos históricos e referências geográficas conservam a forma grega, sobretudo o nome dos deuses e personagens homéricos. Zeus não é Júpiter, Hera não é Juno, Atena não é Minerva. Essa tradição latina na tradução das obras gregas está sendo posta de lado a partir do começo deste século. É muito estranho, por exemplo, na Odisséia ver *Minerva* guiar Telêmaco. Os nomes dos personagens fictícios foram transpostos foneticamente para o português.

Notas

1. Esse nome foi criado por Filostrato, nas Vidas dos Sofistas, 481, em que faz referência à antiga sofística (séc. V - IV a.C.) e contrapõe a nova àquela.
2. Os discursos de Herodes Ático se perderam.
3. Há uma outra novela com o mesmo nome, Lúcio, o Asno ou O Asno de Ouro, às vezes com o subtítulo Metamorfose. É a mesma história, com algumas variantes, mas com vários contos a mais, sobretudo O Mito de Psykhé.
4. Aristófanes, As Nuvens, 225.
5. Platão, Fedro, 246e.
6. Platão, Fedro, 247b.
7. Medida para líqüidos de 0,270 de litro.
8. Platão, Timeu, 35a-41d.
9. Platão, Górgias, 463b-465c.
10. Referência às Nuvens, de Aristófanes.
11. Prolalia era uma peça curta, que servia como um aperitivo para os espetáculos declamatórios. Revelava a arte do orador, predispondo o público a ouvi-lo. Não tinha ligação com o tema do discurso seguinte.
12. Essa subida ao céu e a presença de Menipo na assembléia está também em *Assembléia dos Deuses* e *Zeus trágico*.
13. Kórdaks – dança da comédia antiga, praticada também nas cerimônias dos cultos de Ártemis, Apolo e Diônisos. De ritmo jâmbico, que é um ritmo alegre, com gestos grotescos e muitas vezes obcenos.
14. Ponto – Ponto Euxino é o Mar Negro. Primeiramente chamado de "áksenos pontos", isto é: mar inóspito, não hospitaleiro, em contraste com o Mar Egeu (Mediterrâneo oriental). Depois, por antífrase passou a ser chamado "eúkseinos pontos", Ponto Euxino, isto é: mar hospitaleiro.
15. "Apophrás" poderia ser traduzido por "vira essa boca prá lá", como as pessoas fazem para afastar maus presságios.
16. Mimos – Os mimos são pequenas peças cômicas, rápidas, que imitam, satirizando, o comportamento dos homens. Em geral são cenas do cotidiano, sobretudo campestres. Os mimos mais famosos eram os de Herondas (Herodas), Teócrito e Calímaco, todos poetas do período alexandrino (III séc. a.C.).
17. Machado de Assis deve ter lido essa edição.

DIÁLOGOS DOS MORTOS

α'

ΝΕΚΡΙΚΟΙ ΔΙΑΛΟΓΟΙ
ΔΙΟΓΕΝΟΥΣ ΚΑΙ ΠΟΛΥΔΕΥΚΟΥΣ

ΔΙΟΓΕΝΗΣ - Ὦ Πολύδευκες, ἐντέλλομαί σοι, ἐπειδὰν τάχιστα ἀνέλθῃς - σὸν γάρ ἐστιν, οἶμαι, ἀναβιῶναι αὔριον - ἤν που ἴδῃς Μένιππον τὸν κύνα - εὕροις δ' ἂν αὐτὸν ἐν Κορίνθῳ κατὰ τὸ Κράνειον ἢ ἐν Λυκείῳ τῶν ἐριζόντων πρὸς ἀλλήλους φιλοσόφων καταγελῶντα - εἰπεῖν πρὸς αὐτὸν ὅτι Σοί, ὦ Μένιππε, κελεύει ὁ Διογένης, εἴ σοι ἱκανῶς τὰ ὑπὲρ γῆς καταγεγέλασται, ἥκειν ἐνθάδε πολλῷ πλείω ἐπιγελασόμενον· ἐκεῖ μὲν γάρ ἐν ἀμφιβόλῳ σοὶ ἔτι ὁ γέλως ἦν καὶ πολὺ τό 'Τίς γὰρ ὅλως οἶδε τὰ μετὰ τὸν βίον;' ἐνταῦθα δὲ οὐ παύσῃ βεβαίως γελῶν καθάπερ ἐγὼ νῦν, καὶ μάλιστα ἐπειδὰν ὁρᾷς τοὺς πλουσίους καὶ σατράπας καὶ τυράννους οὕτω ταπεινοὺς καὶ ἀσήμους, ἐκ μόνης οἰμωγῆς διαγινωσκομένους, καὶ ὅτι μαλθακοὶ καὶ ἀγεννεῖς εἰσι μεμνημένοι τῶν ἄνω. Ταῦτα λέγε αὐτῷ, καὶ προσέτι ἐμπλησαμενον τὴν πέραν ἥκειν θέρμων τε πολλῶν καὶ εἴ που εὕροι ἐν τῇ τριόδῳ Ἑκάτης δεῖπνον κείμενον ἢ ᾠὸν ἐκ καθαρσίου ἤ τι τοιοῦτον.

ΠΟΛΥΔΕΥΚΗΣ - Ἀλλ' ἀπαγγελῶ ταῦτα, ὦ Διόγενες. ὅπως δὲ εἰδῶ μάλιστα ὁποῖός ἐστι τὴν ὄψιν;

ΔΙΟΓΕΝΗΣ - Γέρων, φαλακρός, τριβώνιον ἔχων πολύθυρον, ἅπαντι ἀνέμῳ ἀναπεπταμένον καὶ ταῖς ἐπιπτυχαῖς τῶν ῥακίων ποικίλον, γελᾷ δ' ἀεὶ καὶ τὰ πολλὰ τοὺς ἀλαζόνας τούτους φιλοσόφους ἐπισκώπτει.

Diálogo I

Diógenes[1]* e Pólux[2]

Diógenes – Pólux, eu te peço que, assim que subires de novo à terra (e eu creio que amanhã será a tua vez de subir) se vires Menipo[3], o cão (e poderias encontrá-lo em Corinto, lá pelo Crânion[4] ou no Liceu[5] perturbando os filósofos que estão brigando uns contra outros), eu te peço que lhes digas o seguinte:
"Menipo, Diógenes está te convidando, caso as coisas na terra já estejam suficientemente zombadas por ti, que venhas para cá, para zombar muito mais. Na verdade, aí o riso ainda está incerto e freqüente o refrão: "Quem sabe com certeza das coisas de além-vida?".
Aqui, no entanto, não cessarás de rir com segurança, como eu estou fazendo agora. Sobretudo porque tu vês os ricos, os sátrapas, os tiranos, agora tão rebaixados e insignificantes, reconhecidos apenas pela lamentação; isto é, que são uns poltrões e ignóbeis, enquanto ficam recordando das coisas lá de cima."
Dize isso a ele... E mais: que ele venha para cá com a sacola cheia de muito tremoço, e, se em alguma encruzilhada ele topar com um jantar preparado para Hécate[6] ou um ovo de alguma purificação ou alguma coisa desse tipo, que o traga.

Pólux – Está certo. Vou transmitir isso, Diógenes. Mas, para que eu o identifique bem, qual é o aspecto dele?

Diógenes – Ele é velho, careca, tem um pequeno manto todo esburacado, esvoaçando a qualquer vento; e multicolorido, por causa da superposição dos remendos. Ele está sempre rindo e, na maior parte do tempo, zombando daqueles filósofos charlatães.

* As notas de referência estão no final de cada diálogo.

ΠΟΛΥΔΕΥΚΗΣ - ᾿Ρᾴδιον εὑρεῖν ἀπό γε τούτων.

ΔΙΟΓΕΝΗΣ - Βούλει καὶ πρὸς αὐτοὺς ἐκείνους ἐντείλωμαί τι τοὺς φιλοσόφους;

ΠΟΛΥΔΕΥΚΗΣ - Λέγε· οὐ βαρὺ γὰρ οὐδὲ τοῦτο.

ΔΙΟΓΕΝΗΣ - Τὸ μέν ὅλον παύσασθαι αὐτοῖς παρεγγύα ληροῦσι καὶ περὶ τῶν ὅλων ἐρίζουσιν καὶ κέρατα φύουσιν ἀλλήλοις καὶ κροκοδείλους ποιοῦσι καὶ τὰ τοιαῦτα ἄπορα ἐρωτᾶν διδάσκουσι τὸν νοῦν.

ΠΟΛΥΔΕΥΚΗΣ - ᾿Αλλὰ ἐμὲ ἀμαθῆ καὶ ἀπαίδευτον εἶναι φάσκουσι κατηγοροῦντα τῆς σοφίας αὐτῶν.

ΔΙΟΓΕΝΗΣ - Σὺ δὲ οἰμώζειν αὐτοὺς παρ᾽ ἐμοῦ λέγε.

ΠΟΛΥΔΕΥΚΗΣ - Καὶ ταῦτα, ὦ Διόγενες, ἀπαγγελῶ.

ΔΙΟΓΕΝΗΣ - Τοῖς πλουσίοις δ᾽, ὦ φίλτατον Πολυδεύκιον, ἀπάγγελλε ταῦτα παρ᾽ ἡμῶν· Τί, ὦ μάταιοι, τὸν χρυσὸν φυλάττετε; τί δὲ τιμωρεῖσθε ἑαυτοὺς λογιζόμενοι τοὺς τόκους καὶ τάλαντα ἐπὶ ταλάντοις συντιθέντες, οὕς χρὴ ἕνα ὀβολὸν ἔχοντας ἥκειν μετ᾽ ὀλίγον;

ΠΟΛΥΔΕΥΚΗΣ - Εἰρήσεται καὶ ταῦτα πρὸς ἐκείνους.

ΔΙΟΓΕΝΗΣ - ᾿Αλλὰ καὶ τοῖς καλοῖς τε ἰσχυροῖς λέγε, Μεγίλλῳ τε τῷ Κορινθίῳ καὶ Δαμοξένῳ τῷ παλαιστῇ, ὅτι παρ᾽ ἡμῖν οὔτε ἡ ξανθὴ κόμη οὔτε τὰ χαροπὰ ἢ μέλανα ὄμματα ἢ ἐρύθημα ἐπὶ τοῦ προσώπου ἔτι ἔστιν ἢ νεῦρα εὔτονα ἢ ὦμοι καρτεροί, ἀλλὰ πάντα μία ἡμῖν κόνις, φασί, κρανία γυμνὰ τοῦ κάλλους.

ΠΟΛΥΔΕΥΚΗΣ - Οὐ χαλεπὸν οὐδὲ ταῦτα εἰπεῖν πρὸς τοὺς καλοὺς καὶ ἰσχυρούς.

ΔΙΟΓΕΝΗΣ - Καὶ τοῖς πένησιν, ὦ Λάκων, - πολλοὶ δ᾽ εἰσὶ καὶ ἀχθόμενοι τῷ πράγματι καὶ οἰκτείροντες τήν ἀπορίαν - λέγε μήτε δακρύειν μήτε οἰμώζειν διηγησάμενος τὴν ἐνταῦθα ἰσοτιμίαν, καὶ ὅτι ὄψονται τοὺς ἐκεῖ πλουσίους οὐδὲν ἀμεινους αὐτῶν· καὶ Λακεδαιμονίοις δὲ τοῖς σοῖς ταῦτα, εἰ δοκεῖ, παρ᾽ ἐμοῦ ἐπιτίμησον λέγων ἐκλελύσθαι αὐτούς.

Pólux – Será fácil encontrá-lo; pelo menos a partir desse perfil.

Diógenes – Queres que eu mande também um recado para aqueles filósofos?

Pólux – Vai, manda, que isso não é lá muito pesado.

Diógenes – Em poucas palavras recomendo-lhes de parar de conversa fiada, de discutir sobre a universalidade das coisas e de plantar chifres[7] uns nos outros e de fabricar crocodilos[8] e de afiar as mentes para formular perguntas sem resposta.

Pólux – Mas, se eu fizer críticas à sabedoria deles, eles vão me chamar de analfabeto e ignorante.

Diógenes – E tu, manda-os, então, vir gemer aqui perto de mim[9].

Pólux – Também isso, Diógenes, eu lhes transmitirei.

Diógenes – E aos ricos, meu queridinho Poluxinho, leva esta mensagem de nossa parte: – "Por que, seus tolos, guardais ouro? Por que vos castigais a vós mesmos, fazendo cálculos de juros, amontoando talentos e mais talentos?[10] Daqui um pouco, para chegardes aqui, vós precisareis de um óbolo apenas."

Pólux – Também isso aí será dito àquela gente.

Diógenes – E também aos belos e aos fortes: a Megilo[11] de Corinto e ao lutador Danoxenes, diga-lhes que aqui, entre nós, não há mais nem cabeleiras loiras, nem olhos azuis ou negros, nem faces rosadas, nem músculos tesos ou espáduas poderosas, mas sim crânios desprovidos de beleza, enfim, que tudo é só cinza.

Pólux – Também isso não é difícil dizer aos belos e aos fortes.

Diógenes – E aos pobres, meu Lacedemônio (e eles são muitos que sofrem com a situação e se lamentam da miséria) dize-lhes para que não chorem nem gemam; e fala-lhes depois da igualdade de condições que reina aqui e que aqui eles verão os ricos não melhores do que eles. E dize também aos teus[12] Lacedemônios isso: (se te convém) censura-os, de minha parte, e dize-lhes que eles ficaram frouxos.

ΠΟΛΥΔΕΥΚΗΣ - Μηδέν, ὦ Διόγενες περὶ Λακεδαιμονίων λέγε· οὐ γὰρ ἀνέξομαί γε. ἃ δὲ πρὸς τοὺς ἄλλους ἔφησθα, ἀπαγγελῶ.

ΔΙΟΓΕΝΗΣ - Ἐάσωμεν τούτους, ἐπεί σοι δοκεῖ· σὺ δὲ οἷς προεῖπον ἀπένεγκον παρ᾽ ἐμοῦ τοὺς λόγους.

Pólux – Não fala nada dos Lacedemônios. Eu não vou tolerar isso. Quanto ao que disseste para dizer aos outros, eu vou fazer.

Diógenes – Vamos esquecer isso, se te convém. Mas não deixes de transmitir minha mensagem a todos que acabei de mencionar.

Notas

1. Diógenes de Sinope (412-323). Veio a Atenas, segundo dizem, exilado por ter falsificado dinheiro, ou por ter, junto com o pai Ikésios, que era banqueiro, feito bancarrota. Discípulo de Antístenes, que, de início não queria discípulos. Diógenes o venceu por sua teimosia. Tornou-se então o mais famoso dos filósofos cínicos. Há muitas anedotas sobre a singularidade da vida que teria levado: morava em um tonel e tinha sempre uma resposta pronta e picante quando provocado. Teria deixado alguma coisa escrita, que se perdeu. No entanto veremos, em outros diálogos desta série, uma parte da filosofia dos cínicos.

2. Pólux (Polydeukes em grego) é um dos Dióscuros; o outro é Cástor. Nascidos dos amores de Zeus e Leda, têm como irmãs Helena e Clitemnestra. A versão mais corrente do seu nascimento é a seguinte: Numa mesma noite Leda se uniu a Zeus, que tinha se transformado em cisne para seduzi-la e também a Tíndaro, seu marido mortal. Do ovo ou dos dois ovos que ela bota nascem Pólux e Helena, imortais, e Cástor e Clitemnestra, mortais. Mas os gêmeos Cástor e Pólux são chamados também de Tindáridas. Heróis dóricos por excelência, eles, ainda adolescentes, participam da expedição para resgatar Helena, raptada por Teseu. Eles participam também da expedição dos Argonautas. Não participam da Guerra de Tróia, porque já estão divinizados. Uma das lendas sobre Cástor e Pólux conta que os dois foram roubar rebanhos na Arcádia, em companhia de seus primos Linceu e Idas. Na volta, os primos montaram uma emboscada e Cástor foi morto por Idas, mas Pólux matou Linceu. Zeus, enfurecido, matou Idas com um raio e levou Pólux para o Olimpo. Pólux, entretanto, não aceitou a imortalidade, preferindo ficar com o irmão. Zeus, então, permitiu que eles se revezassem, permanecendo cada um um dia com os deuses e o outro dia no Hades, com os mortos. Ver também em Diálogos dos Deuses, XXVI.

3. Menipo de Gadara, na Fenícia. Varrão o chama de "nobilis canis" e atribui a ele a criação da "sátira menipéia". Teria sido discípulo direto de Diógenes de Sinope. Viveu no IV século. Autor de várias paródias, como a Nekyia (cadáveres), que é uma paródia da descrição do Hades no canto XI da Odisséia. Em suas cartas, cheias de sarcasmos, onde mistura prosa e verso, satiriza os deuses da religião popular; satiriza sobretudo Epicuro. Segundo Diógenes Laércio, ele se estabeleceu em Tebas e teria enriquecido ensinando filosofia e praticando a usura. Essa prática foi descoberta por seus discípulos e conflitava totalmente com suas lições. Envergonhado, teria se suicidado. Seria a referência no Diálogo X, quando ele diz ao filósofo que teria se antecipado ao chamado da morte.

4. O Crânion era um bosque de ciprestes situado perto de Corinto. Havia um ginásio lá e era o ponto de encontro dos que praticavam a filosofia e também de desocupados.

5. O Liceu era um ginásio e um bosque a sudeste de Atenas, célebre por ter sido o local onde Aristóteles ministrava suas lições. Fazia contraponto com a Academia de Platão.

Diógenes passava o verão em Corinto e o inverno em Atenas. Ele imitava assim o rei da Pérsia " O grande Rei", que passava o verão em Ecbáctana e o inverno em Susa.

6. Hécate: Selene ou Luna no céu, Ártemis ou Diana na terra e Perséfone ou Proserpina no Hades. Era a protetora dos caminhos, a Trívia dos romanos. Representada com três cabeças ou três corpos. No fim de cada mês as pessoas lhe ofereciam nas encruzilhadas um prato, que continha ovos lustrais ou expiatórios usados nos rituais de purificação, grão de bico, tremoço, azeitonas etc. Os pobres costumavam aproveitar-se disso. Menipo o faz em algumas ocasiões.

7. Alusão ao hábito dos estóicos, que, para treinar a mente dos jovens, criavam problemas, sofismas e silogismos argutos e paradoxais. Diógenes Laércio cita alguns de Crisipo, como este: "O que não perdeste, isso tens; chifres não perdeste; logo, chifres tens". É o famoso "silogismo cornuto", modelo de tantos outros usados nos exercícios de retórica.

8. Outra alusão aos estóicos e a Crisipo: "Um crocodilo rapta uma criança e promete devolvê-la à mãe se ela disser a verdade". A seguir ele faz a pergunta à mãe se vai devolver a criança ou não. Pergunta-se: "a criança voltará ou não?" Trata-se de saber qual será a resposta da mãe.

Qualquer que seja a resposta, o crocodilo fará o que bem entender. Trata-se de um exercício de imaginação para se procurar uma resposta verossímil. Uma ginástica mental diferente dos exercícios nos testes de múltipla escolha em que duas ou três opções são produtos do absurdo, verdadeira tortura mental.

9. Isto é: manda-os ao inferno...

10. Um talento representava uma soma considerável. Valia 60 minas; a mina, 100 dracmas; ou 50 stateres; um statere, 2 dracmas e uma dracma, 6 óbolos, que era a moeda divisionária de menor valor. Dava-se como esmola.

11. Megilo e Danoxeno: Personagens obscuros, desconhecidos.

12. Cástor e Pólux teriam nascido no monte Taegetes, perto de Esparta. Daí a menção de Diógenes e a recusa de Pólux de levar uma mensagem de crítica aos Lacedemônios, seus compatriotas.

β'

ΧΑΡΩΝΟΣ ΚΑΙ ΜΕΝΙΠΠΟΥ

ΧΑΡΩΝ - Ἀπόδος, ὦ κατάρατε, τὰ πορθμεῖα.

ΜΕΝΙΠΠΟΣ - Βόα, εἰ τοῦτό σοι, ὦ Χάρων, ἥδιον.

ΧΑΡΩΝ - Ἀπόδος, φημί, ἀνθ' ὧν σε διεπορθμευσάμην.

ΜΕΝΙΠΠΟΣ - Οὐκ ἂν λάβοις παρὰ τοῦ μὴ ἔχοντος.

ΧΑΡΩΝ - Ἔστι δέ τις ὀβολὸν μὴ ἔχων;

ΜΕΝΙΠΠΟΣ - Εἰ μὲν καὶ ἄλλος τις οὐκ οἶδα, ἐγὼ δ' οὐκ ἔχω.

ΧΑΡΩΝ - Καὶ μὴν ἄγξω σε νὴ τὸν Πλούτωνα, ὦ μιαρέ, ἢν μὴ ἀποδῷς.

ΜΕΝΙΠΠΟΣ - Καὶ μὴν τῷ ξύλῳ σου πατάξας διαλυσω τὸ κρανίον.

ΧΑΡΩΝ - Μάτην οὖν ἔσῃ πεπλευκὼς τοσοῦτον πλοῦν;

ΜΕΝΙΠΠΟΣ - Ὁ Ἑρμῆς ὑπὲρ ἐμοῦ σοι ἀποδότω, ὅς με παρέδωκέ σοι.

ΕΡΜΗΣ - Νὴ Δί' ὀναίμην, εἰ μέλλω γε καὶ ὑπερεκτίνειν τῶν νεκρῶν.

ΧΑΡΩΝ - Οὐκ ἀποστήσομαί σου.

ΜΕΝΙΠΠΟΣ - Τούτου γε ἕνεκα νεωλκήσας τὸ πορθμεῖον παράμενε· πλὴν ἀλλ' ὅ γε μὴ ἔχω, πῶς ἂν λάβοις;

ΧΑΡΩΝ - Σὺ δ' οὐκ ᾔδεις κομίζειν δέον;

ΜΕΝΙΠΠΟΣ - Ἤιδειν μέν, οὐκ εἶχον δέ, τί οὖν; ἐχρῆν διὰ τοῦτο μὴ ἀποθανεῖν;

ΧΑΡΩΝ - Μόνος οὖν αὐχήσεις προῖκα πεπλευκέναι;

ΜΕΝΙΠΠΟΣ - Οὐ προῖκα, ὦ βέλτιστε· καὶ γὰρ ἤντλησα καὶ τῆς κώπης συνεπελαβόμην καὶ οὐκ ἔκλαον μόνος τῶν ἄλλων ἐπιβατῶν.

ΧΑΡΩΝ - Οὐδὲν ταῦτα πρὸς τὰ πορθμεῖα· τὸν ὀβολὸν ἀποδοῦναί σε δεῖ· οὐ γὰρ θέμις ἄλλως γενέσθαι.

Diálogo II

Caronte[1], Menipo e Hermes[2]

Caronte – Vamos, velhaco, paga a passagem[3].

Menipo – Vai gritando, se isso te dá prazer, Caronte.

Caronte – Paga, já disse, pela travessia.

Menipo – Não poderias tomar de quem não tem...

Caronte – E há alguém que não tem um óbolo?...

Menipo – Se há um outro eu não sei. Eu não tenho.

Caronte – Por Plutão, seu safado, vou te torcer o pescoço, se não pagares.

Menipo – E eu, com este porrete, vou te dar uma porretada e rachar a cabeça.

Caronte – Então foi por nada que eu te fiz atravessar?

Menipo – O Hermes aqui presente que pague a passagem. Foi ele que me entregou a ti.

Hermes – Por Zeus... Belo negócio é o meu... se ainda eu tenho que pagar pelos mortos...

Caronte – Não me afastarei de ti.

Menipo – Se é por isso, amarra o teu barco e fica aí. Contudo, como eu poderia pagar se não tenho?

Caronte – Mas, não sabias que era preciso trazer um óbolo?

Menipo – Saber eu sabia, mas não tinha. E por isso, então, era preciso não morrer?

Caronte – Tu serás o único a contar vantagem de ter navegado de graça?

Menipo – De graça não, meu caro. Porque eu empurrei o barco e peguei do remo... e era o único entre todos os passageiros que não chorava.

Caronte – Isso aí não vale nada. É preciso que me dês o óbolo. Não pode ser de outra forma.

ΜΕΝΙΠΠΟΣ - Οὐκοῦν ἄπαγέ με αὖθις εἰς τὸν βίον.

ΧΑΡΩΝ - Χάριέν γε λέγεις, ἵνα καὶ πληγὰς ἐπὶ τούτῳ παρὰ τοῦ Αἰακοῦ προσλάβω.

ΜΕΝΙΠΠΟΣ - Μὴ ἐνόχλει οὖν.

ΧΑΡΩΝ - Δεῖξον τί ἐν τῇ πήρᾳ ἔχεις.

ΜΕΝΙΠΠΟΣ - Θέρμους, εἰ θέλεις, καὶ τῆς Ἑκάτης τὸ δεῖπνον.

ΧΑΡΩΝ - Πόθεν τοῦτον ἡμῖν, ὦ Ἑρμῆ, τὸν κύνα ἤγαγες; οἷα δὲ καὶ ἐλάλει παρὰ τὸν πλοῦν τῶν ἐπιβατῶν ἁπάντων καταγελῶν καὶ ἐπισκώπτων καὶ μόνος ᾄδων οἰμωζόντων ἐκείνων.

ΕΡΜΗΣ - Ἀγνοεῖς, ὦ Χάρων, ὅντινα ἄνδρα διεπόρθμευσας; ἐλεύθερον ἀκριβῶς· οὐδενὸς αὐτῷ μέλει. οὗτός ἐστιν ὁ Μένιππος.

ΧΑΡΩΝ - Καὶ μὴν ἄν σε λάβω ποτέ;

ΜΕΝΙΠΠΟΣ - Ἂν λάβῃς, ὦ βέλτιστε· δὶς δὲ οὐκ ἂν λαβοις.

Menipo – Então leva-me de volta para a vida[4].

Caronte – Engraçadinho... para que, por causa disso, eu leve uma surra de Éaco[5].

Menipo – Então não enche.

Caronte – Deixa ver o que tens na sacola.

Menipo – Tremoços... e o jantar de Hécate[6]. Estás servido?

Caronte – Hermes, de onde tu nos trouxeste esse cão? Que coisas ele dizia durante a travessia... ele ria e zombava de todos os passageiros. Enquanto os outros gemiam, ele era o único que cantava.

Hermes – Não sabes, Caronte, que tipo de homem tu tiveste como passageiro? É alguém absolutamente livre. De nada se preocupa. Esse homem é Menipo.

Caronte – Ah, se eu te pegar um dia...

Menipo – Se me pegares? Duas vezes não me pegarias...[7]

Notas

1. Caronte é uma divindade infernal. É representado como um velho barbudo, vestido de farrapos; serve de alusão à longevidade, como o Matusalém bíblico. Ele é o barqueiro encarregado de fazer as almas atravessarem o Aqueronte, espécie de rio estagnado em volta do Hades. O preço da passagem é um óbolo (ver Diálogo I, nota 10). Caronte é cumpridor fiel de suas funções: não faz concessões. Heraclés obrigou-o à força a atravessá-lo, dando-lhe uma pancada com o remo. Mesmo assim ele foi punido por ter deixado um mortal atravessar o Aqueronte. Ficou um ano acorrentado. Neste diálogo ele está às voltas com um tipo muito esperto.
2. Hermes é uma divindade polivalente. Nos Diálogos dos Mortos ele aparece várias vezes em sua função de *psykhopompos*, isto é, o acompanhante (condutor) das almas. É ele que entrega as almas a Caronte, que se encarrega de fazê-las atravessar o Aqueronte.
3. O preço da passagem é um óbolo. Todo morto deve trazê-lo. Era costume colocar o óbolo entre os lábios dos cadáveres. Mas Menipo não tem.
4. Quem entra no Hades não sai mais! Mas há exceções: Heraclés e Alceste,

Persefone, Orfeu e Eurídice, Castor e Pólux... Menipo sabe disso e provoca a reação de Caronte que não pode sair da rotina.

5. Éaco ficou famoso por sua justiça e piedade. Filho de Zeus e de Egina, que deu nome à ilha. Pai de Peleu e Telamon, e avô de Aquiles. Depois que uma peste devastou a ilha, deixando-a despovoada, ele pediu ao seu adivinho que transformasse as formigas em homens. Daí nasceram os Mirmidons (de *myrmekes,* formigas), que combatem em Tróia sob o comando de Aquiles. Peleu e Telamon, com ciúmes de Phocos, meio-irmão deles, numa competição de lançamento do disco, mataram Phocos acertando-lhe com um disco na cabeça. Éaco baniu os filhos da ilha. Numa outra ocasião uma grande seca assolou a Grécia toda e Éaco suplicou a Zeus que pusesse fim a ela, e foi atendido. Depois de morrer, por causa de sua correção e espírito de justiça ele se torna auxiliar de Minos e Radamanto no tribunal de Hades, onde julga sobretudo os mortos da Europa.

6. Hécate, ver Diálogo I, nota 6. Note a provocação de Menipo oferecendo comida para um imortal.

7. Luciano joga muito com o senso comum. Aqui ele se serve de dois provérbios muito conhecidos, como "não se tira de quem não tem" ou "saco vazio não pára em pé". Menipo não repetirá o mesmo erro...

γ'

ΝΕΚΡΩΝ ΠΛΟΥΤΩΝΙ ΚΑΤΑ ΜΕΝΙΠΠΟΥ

ΚΡΟΙΣΟΣ - Οὐ φέρομεν, ὦ Πλούτων, Μένιππον τουτονὶ τὸν κύνα παροικοῦντα· ὥστε ἢ ἐκεῖνόν ποι κατάστησον ἢ ἡμεῖς μετοικήσομεν εἰς ἕτερον τόπον.

ΠΛΟΥΤΩΝ - Τί δ' ὑμᾶς δεινὸν ἐργάζεται ὁμόνεκρος ὤν;

ΚΡΟΙΣΟΣ - Ἐπειδὰν ἡμεῖς οἰμώζωμεν καὶ στένωμεν ἐκείνων μεμνημένοι τῶν ἄνω, Μίδας μὲν οὑτοσὶ τοῦ χρυσίου, Σαρδανάπαλλος δὲ τῆς πολλῆς τρυφῆς, ἐγὼ δὲ Κροῖσος τῶν θησαυρῶν, ἐπιγελᾷ καὶ ἐξονειδίζει ἀνδράποδα καὶ καθάρματα ἡμᾶς ἀποκαλῶν, ἐνίοτε δὲ καὶ ᾄδων ἐπιταράττει ἡμῶν τὰς οἰμωγάς, καὶ ὅλως λυπηρός ἐστιν.

ΠΛΟΥΤΩΝ - Τί ταῦτά φασιν, ὦ Μένιππε;

ΜΕΝΙΠΠΟΣ - Ἀληθῆ, ὦ Πλούτων· μισῶ γὰρ αὐτοὺς ἀγεννεῖς καὶ ὀλεθρίους ὄντας, οἷς οὐκ ἀπέχρησεν βιῶναι κακῶς, ἀλλὰ καὶ ἀποθανόντες ἔτι μέμνηνται καὶ περιέχονται τῶν ἄνω· χαίρω τοιγαροῦν ἀνιῶν αὐτούς.

ΠΛΟΥΤΩΝ - Ἀλλ' οὐ χρή· λυποῦνται γὰρ οὐ μικρῶν στερούμενοι.

ΜΕΝΙΠΠΟΣ - Καὶ σὺ μωραίνεις, ὦ Πλούτων, ὁμόψηφος ὢν τοῖς τούτων στεναγμοῖς;

ΠΛΟΥΤΩΝ - Οὐδαμῶς, ἀλλ' οὐκ ἂν ἐθέλοιμι στασιάζειν ὑμᾶς.

ΜΕΝΙΠΠΟΣ - Καὶ μήν, ὦ κάκιστοι Λυδῶν καὶ Φρυγῶν καὶ Ἀσσυρίων, οὕτω γινώσκετε ὡς οὐδὲ παυσομένου μου· ἔνθα γὰρ ἂν ἴητε, ἀκολουθήσω ἀνιῶν καὶ κατᾴδων καὶ καταγελῶν.

ΚΡΟΙΣΟΣ - Ταῦτα οὐχ ὕβρις;

Diálogo III

Creso[1], Midas[2], Sardanápalo[3] Plutão[4] e Menipo

Creso – Plutão, não dá mais para agüentar esse Menipo aí como vizinho. Ou tu o transferes para um outro lugar ou nós mudaremos para outra casa.

Plutão – Que coisa terrível ele está fazendo? Ele não é um morto igual a vós?

Creso – É que quando nós estamos gemendo e nos lamentando, lembrando-nos das coisas lá de cima: o Midas, que aqui está, do ouro; o Sardanápalo, do grande luxo, e eu, Creso, dos meus tesouros, ele fica zombando de nós e nos criticando, chamando-nos de escravos e de nomes feios. Com freqüência ele nos perturba os gemidos com seus cantos. Em suma, está duro de agüentar.

Plutão – O que é que eles estão dizendo, Menipo?

Menipo – A verdade, Plutão. Eu os odeio. São uns desqualificados, uns perdidos. Não lhes bastou terem vivido mal; mas, ao contrário, mesmo depois de mortos continuam se lembrando e presos às coisas lá de cima. E aí eu me divirto em aborrecê-los.

Plutão – Mas não devias... eles estão sofrendo por terem sido privados de coisas não pequenas...

Menipo – Também tu, Plutão, vais ficar falando bobagens, dando crédito às lamentações desses indivíduos?

Plutão – Não, de forma alguma. Mas é que eu não gostaria que houvesse discórdia entre vós.

Menipo – Pois bem, oh piores dos Lídios, dos Frígios e dos Assírios, ficai sabendo que eu não vou parar; para onde quer que fordes eu vos seguirei perturbando, cantando, zombando.

Creso – E isso não é abuso?

ΜΕΝΙΠΠΟΣ - Οὔκ, ἀλλ' ἐκεῖνα ὕβρις ἦν, ἃ ὑμεῖς ἐποιεῖτε, προσκυνεῖσθαι ἀξιοῦντες καὶ ἐλευθέροις ἀνδράσιν ἐντρυφῶντες καὶ τοῦ θανάτου παράπαν οὐ μνημονεύοντες· τοιγαροῦν οἰμώξεσθε πάντων ἐκείνων ἀφῃρημένοι.

ΚΡΟΙΣΟΣ - Πολλῶν γε, ὦ θεοί, καὶ μεγάλων κτημάτων.

ΜΙΔΑΣ - Ὅσου μὲν ἐγὼ χρυσοῦ.

ΣΑΡΔΑΝΑΠΑΛΛΟΣ - Ὅσης δὲ ἐγὼ τρυφῆς.

ΜΕΝΙΠΠΟΣ - Εὖ γε· οὕτω ποιεῖτε· ὀδύρεσθε μὲν ὑμεῖς, ἐγὼ δὲ τὸ γνῶθι σαυτὸν πολλάκις συνείρων ἐπᾴσομαι ὑμῖν· πρέποι γὰρ ἂν ταῖς τοιαύταις οἰμωγαῖς ἐπᾳδόμενον.

Menipo – Não. Mas abuso foram aqueles atos que vós praticáveis, julgando-vos dignos de adoração, atentando contra homens livres, esquecendo-vos da morte. Por isso mesmo, continuai a gemer, privados que estais de todas aquelas coisas.

Creso – ... de muitas e enormes posses!...

Midas – ... e eu, de quanto dinheiro!..

Sardanápalo – ... e eu, de quanto luxo!...

Menipo – Muito bem, continuai as lamentações; e eu, sem parar, vou ficar cantarolando "conhece-te a ti mesmo"; na verdade, essa cantilena combina bem com esse tipo de lamentação.

Notas

1. Creso, rei da Lídia, na Ásia Menor, séc. VI a.C., ficou conhecido por sua enorme riqueza. Heródoto, no Livro I, nos traz a história de sua dinastia, de sua fama e de sua desgraça e da visita que lhe fez Sólon.

2. Midas, rei mítico da Frígia, na Ásia Menor, ficou conhecido e citado como o homem que transformava em ouro tudo o que tocasse. Esse dom ele recebeu de Diônisos a quem oferecera hospitalidade; mas isso quase lhe foi funesto, pois a comida e bebida também se transformavam em ouro. Aconselhado pelo oráculo, foi banhar-se no rio Páctolo, que, a partir daí, produzia muito ouro em suas areias. Midas também porta orelhas de asno, "presente" que Apolo lhe dera por ter-se intrometido em um julgamento numa controvérsia entre Mársias e Apolo, dirimida por Tmolos: Midas deu ganho de causa a Mársias (Pan) contra Apolo.

3. Sardanápalo, rei da Assíria, séc. VIII a.C., também Asar-Adon-Baal, passou à posteridade com a fama de rei libertino por causa do luxo excessivo, da lascívia e também por seu comportamento efeminado. Diziam que ela preferia portar vestes femininas.

4. Plutão – É um dos nomes do deus Hades. O nome "Ploutos" significa riqueza. Seria filho do Titã Iásios e de Deméter. Eles se uniram no casamento de Cadmos, num campo três vezes trabalhado. Seria também a divindade agrária (é da agricultura que vem toda a riqueza). É cego para impedir que distribua a riqueza a uns em detrimento de outros. Aqui ele é apenas o "dono" do Hades.

* Na partilha da herança de Kronos, Zeus ficou com o vasto céu e o éter; Poseidon ficou com as águas, mar, oceanos e rios; Hades ou Aides ficou com as profundezas da terra e as trevas, o reino dos mortos.

δ'

ΜΕΝΙΠΠΟΥ ΚΑΙ ΚΕΡΒΕΡΟΥ

ΜΕΝΙΠΠΟΣ - Ὦ Κέρβερε - συγγενὴς γάρ εἰμι σοι, κύων καὶ αὐτὸς ὤν - εἰπέ μοι πρὸς τῆς Στυγός, οἷος ἦν ὁ Σωκράτης, ὁπότε κατῄει παρ' ὑμᾶς· εἰκὸς δέ σε θεὸν ὄντα μὴ ὑλακτεῖν μόνον, ἀλλὰ καὶ ἀνθρωπίνως φθέγγεσθαι, ὁπότ' ἐθέλοις.

ΚΕΡΒΕΡΟΣ - Πόρρωθεν μέν, ὦ Μένιππε, παντάπασιν ἐδόκει ἀτρέπτῳ τῷ προσώπῳ προσιέναι καὶ οὐ πάνυ δεδιέναι τὸν θάνατον δοκῶν καὶ τοῦτο ἐμφῆναι τοῖς ἔξω τοῦ στομίου ἑστῶσιν ἐθέλων, ἐπεὶ δὲ κατέκυψεν εἴσω τοῦ χάσματος καὶ εἶδε τὸν ζόφον, κἀγὼ ἔτι διαμέλλοντα αὐτὸν δακὼν [τῷ κωνείῳ] κατέσπασα τοῦ ποδός, ὥσπερ τὰ βρέφη ἐκώκυεν καὶ τὰ ἑαυτοῦ παιδία ὠδύρετο καὶ παντοῖος ἐγίνετο.

ΜΕΝΙΠΠΟΣ - Οὐκοῦν σοφιστὴς ὁ ἄνθρωπος ἦν καὶ οὐκ ἀληθῶς κατεφρόνει τοῦ πράγματος.

ΚΕΡΒΕΡΟΣ - Οὔκ, ἀλλ' ἐπείπερ ἀναγκαῖον αὐτὸ ἑώρα, κατεθρασύνετο ὡς δῆθεν οὐκ ἄκων πεισόμενος ὅ πάντως ἔδει παθεῖν, ὡς θαυμάσονται οἱ θεαταί, καὶ ὅλως περὶ πάντων γε τῶν τοιούτων εἰπεῖν ἂν ἔχοιμι, ἕως τοῦ στομίου τολμηροὶ καὶ ἀνδρεῖοι, τὰ δὲ ἔνδοθεν ἔλεγχος ἀκριβής.

ΜΕΝΙΠΠΟΣ - Ἐγὼ δὲ πῶς σοι κατεληλυθέναι ἔδοξα;

ΚΕΡΒΕΡΟΣ - Μόνος, ὦ Μένιππε, ἀξίως τοῦ γένους, καὶ Διογένης πρὸ σοῦ, μὴ ἀναγκαζόμενοι εἰσῄειτε μηδ ὠθούμενοι, ἀλλ' ἐθελούσιοι, γελῶντες, οἰμώζειν παραγγείλαντες ἅπασιν.

Diálogo IV

Menipo e Cérbero[1]

Menipo – Dize-me uma coisa, Cérbero, parente meu[2], pois que eu também sou cão, dize-me, pela Stix[3]: como estava Sócrates[4] na descida para cá? Ao que parece, mesmo sendo um deus, tu não só lates, mas também produzes sons humanos, quando queres.

Cérbero – De longe, Menipo, ele parecia avançar com o rosto perfeitamente imperturbável e parecia não ter nenhum medo da morte; e isso ele queria mostrar também aos que estavam parados na entrada do Hades. Mas, assim que ele olhou para dentro do abismo e percebeu a escuridão, e quando, enquanto ele hesitava, eu o mordi (com a cicuta) e puxei-lhe o pé, ele se pôs a berrar como um bebê, a lamentar seus próprios filhos, enfim, ficou daquele jeito.

Menipo – Então o homem era um sofista e não era verdade que desprezava a coisa?!

Cérbero – Não. Mas, depois que ele viu que a coisa era para valer, ficou rígido de maneira a parecer que não era contra sua vontade que iria sofrer o que é absolutamente necessário sofrer; a fim de que os espectadores o admirassem. De um modo geral, eu poderia dizer o mesmo desse tipo de gente: até a entrada, eles parecem ousados e valentes; mas as coisas aqui dentro dão uma medida exata deles.

Menipo – E eu, Cérbero, o que achas de minha chegada?

Cérbero – Tu és o único, Menipo, digno de tua raça. Antes de ti Diógenes[5], porque entrastes sem serdes forçados ou empurrados; bem ao contrário, entrastes voluntariamente e sorridentes, mandando todos os outros gemerem.

NOTAS

1. Cérbero – é o famoso cão que guardava a entrada do Hades, onde ficava acorrentado. É representado enorme, com três cabeças e uma cauda, que era uma serpente. Outras versões dão-lhe cinqüenta cabeças e os pêlos do dorso representados por serpentes.
2. É um diálogo entre cães: Cérbero e Menipo-cão, cínico.
3. Stix – Estige – (de stigeîn – odiar). É um rio do Hades, filho da Noite e do Érebo (Trevas), mas também é uma fonte na Arcádia, de águas maléficas. Também as águas do Stix infernal tinham propriedades mágicas. É nessa água que Tétis mergulhou Aquiles para torná-lo invulnerável. As águas do Stix serviam para os juramentos dos deuses. Íris ia buscá-la e Zeus fazia os deuses jurarem sobre ela. O perjúrio trazia muitos dissabores.
4. Sócrates, filósofo grego (470-399 a.C.). Não deixou nada escrito, mas é o principal personagem dos diálogos de Platão, que o celebrizaram. Espírito inquieto, crítico, cheio de bom senso, questiona todos os seus interlocutores fazendo-os voltar à realidade humana. Avesso ao dogmatismo, não afirma nada, mas discute sempre, passando a imagem da relatividade dos conceitos. Ele sabe que não sabe e afirma como o oráculo de Delfos "conhece-te a ti mesmo". Menipo o satiriza várias vezes. Os cínicos viam contradições entre o que ele dizia nos diálogos de Platão e seu modo de vida.
5. Diógenes – os filósofos cínicos aparecem sempre como modelos de comportamento diante da morte. Além de Diógenes, o próprio Menipo, Antístenes e Crates.

ε'

ΜΕΝΙΠΠΟΥ ΚΑΙ ΕΡΜΟΥ

ΜΕΝΙΠΠΟΣ - Ποῦ δαὶ οἱ καλοί εἰσιν ἢ αἱ καλαί, ὦ Ἑρμῆ; ξενάγησόν με νέηλυν ὄντα.

ΕΡΜΗΣ - Οὐ σχολὴ μέν, ὦ Μένιππε· πλὴν κατ' ἐκεῖνο ἀπόβλεψον, ἐπὶ τὰ δεξιά, ἔνθα Ὑάκινθός τέ ἐστιν καὶ Νάρκισσος καὶ Νιρεὺς καὶ Ἀχιλλεὺς καὶ Τυρὼ καὶ Ἑλένη καὶ Λήδα καὶ ὅλως τὰ ἀρχαῖα πάντα κάλλη.

ΜΕΝΙΠΠΟΣ - Ὀστᾶ μόνον ὁρῶ καὶ κρανία τῶν σαρκῶν γυμνά, ὅμοια τὰ πολλά.

ΕΡΜΗΣ - Καὶ μὴν ἐκεῖνά ἐστιν ἃ πάντες οἱ ποιηταὶ θαυμάζουσι, τὰ ὀστᾶ ὧν σὺ ἔοικας καταφρονεῖν.

ΜΕΝΙΠΠΟΣ - Ὅμως τὴν Ἑλένην μοι δεῖξον· οὐ γὰρ ἂν διαγνοίην ἔγωγε.

ΕΡΜΗΣ - Τουτὶ τὸ κρανίον ἡ Ἑλένη ἐστίν.

ΜΕΝΙΠΠΟΣ - Εἶτα διὰ τοῦτο αἱ χίλιαι νῆες ἐπληρώθησαν ἐξ ἁπάσης τῆς Ἑλλάδος καὶ τοσοῦτοι ἔπεσον Ἕλληνές τε καὶ βάρβαροι καὶ τοσαῦται πόλεις ἀνάστατοι γεγόνασιν;

ΕΡΜΗΣ - Ἀλλ' οὐκ εἶδες, ὦ Μένιππε, ζῶσαν τὴν γυναῖκα· ἔφης γὰρ ἂν καὶ σὺ ἀνεμέσητον εἶναι τοιῇδ' ἀμφὶ γυναικὶ πολὺν χρόνον ἄλγεα πάσχειν, ἐπεὶ καὶ τὰ ἄνθη ξηρὰ ὄντα εἴ τις βλέποι ἀποβεβληκότα τὴν βαφήν, ἄμορφα δῆλον ὅτι αὐτῷ δόξει, ὅτε μέντοι ἀνθεῖ καὶ ἔχει τὴν χρόαν, κάλλιστά ἐστιν.

ΜΕΝΝΙΠΟΣ - Οὐκοῦν τοῦτο, ὦ Ἑρμῆ, θαυμάζω, εἰ μὴ συνίεσαν οἱ Ἀχαιοὶ περὶ πράγματος οὕτως ὀλιγοχρονίου καὶ ῥᾳδίως ἀπανθοῦντος πονοῦντες.

ΕΡΜΗΣ - Οὐ σχολὴ συμφιλοσοφεῖν σοι. ὥστε ἐπιλεξάμενος τόπον, ἔνθα ἂν ἐθέλῃς, κεῖσο καταβαλὼν σεαυτόν, ἐγὼ δὲ τοὺς ἄλλους νεκροὺς ἤδη μετελεύσομαι.

Diálogo V

Menipo e Hermes[1]

Menipo – Onde estão os belos e as belas, Hermes? Leva-me até eles, pois eu sou novato aqui.

Hermes – Não tenho tempo, Menipo. Mas, olha aquilo ali, à direita: ali está Jacinto[2], também Narciso[3] e Nireu[4] e Aquiles[5]; e ainda Tiró[6], Helena[7], Leda[8], em suma, todas as beldades antigas.

Menipo – Eu estou vendo só ossos e crânios desprovidos de carnes, a maioria deles semelhantes.

Hermes – Contudo, aqueles são os ossos que todos os poetas admiram e que tu pareces desprezar.

Menipo – Mesmo assim, mostra-me Helena, pois eu não saberia reconhecê-la.

Hermes – Esse crânio aí é Helena.

Menipo – Então é por causa disso aí que foram lotados milhares de navios da Grécia inteira e tombaram tantos gregos e bárbaros, e tantas cidades foram arrasadas!

Hermes – Mas, Menipo, tu não viste essa mulher em vida; senão tu também terias dito que não merece castigo "sofrer dores por muito tempo por uma tal mulher", porque também as flores secas, se alguém as contempla depois que elas perderam o viço, é evidente que lhe parecerão murchas; mas enquanto florecem e mantêm o colorido, elas são muito belas.

Menipo – Pois é isso mesmo que me causa admiração, Hermes: que os Aqueus não perceberam que estavam sofrendo por uma coisa tão efêmera e tão facilmente perecível.

Hermes – Não tenho tempo de ficar filosofando contigo. Vai procurar um lugar, onde quiseres, atira-te lá e fica deitado. Quanto a mim, eu vou à busca de outros mortos.

Notas

1. Estranhamente Hermes está no Hades. Não é o lugar dele. Em outro diálogo, quem faz o papel de guia é Éaco.
2. Jacinto, filho da Musa Clio e de Pieros, filho de Magnes. O mito mais conhecido é o seguinte: Jacinto era muito belo e Apolo se apaixonou por ele. Um dia, enquanto praticavam o lançamento do disco, Apolo lançou o disco e o vento (Zéfiro ou Bóreas que também amavam Jacinto) desviou o disco e matou Jacinto. Apolo pesaroso transformou-o em uma flor muito bela, que traz a inicial Y de Jacinto e gotas de sangue.
3. Narciso, filho de Cefiso e Liríope. Quando nasceu, os pais consultaram o adivinho Tirésias que lhes respondeu: " Ele viverá muito se não se olhar". Narciso era belo mas desprezava o amor, rejeitando todas as jovens que se aproximavam dele. A ninfa Eco, rejeitada por ele, retirou-se desesperada e, solitária, foi emagrecendo até que se tornou apenas um fio de voz. As jovens pediram aos deuses que o castigassem e Nêmesis, quando, num dia de muito calor, ele se desalterava, ao curvar-se para a fonte, fez aparecer a própria imagem na água. Apaixonando-se pela própria imagem, Narciso deixa-se morrer ali mesmo. Naquele lugar, à beira da fonte, nasce uma flor a que se deu o nome de narciso. Há outras versões do mito.
4. Nireu, filho de Kháropos e da ninfa Aglaé, reina na ilha de Simé. Luciano se refere aqui aos versos de Homero, Ilíada, II, 671 e sgs., mencionados no Diálogo XXX. Ele seria "o mais belo guerreiro que veio até os muros de Ílion, depois de Aquiles."
5. Aquiles, filho de Peleu e Tétis, o mais valente dos aqueus na guerra de Tróia, de cabeleira dourada. É jovem, forte, belo. Morre em plena juventude; por isso ele está aqui ao lado de beldades como Jacinto e Narciso.
6. Tiró (Tyros) – filha de Salmoneu e Alcídice, apaixonou-se pelo rio-deus Enipeu, à beira do qual vinha chorar sua paixão. Um dia Poseidon tomou a forma do rio e se uniu a ela. Uma outra variante nos conta que Salmoneu e Sísifo eram irmãos e se odiavam. Um oráculo disse a Sísifo que a única maneira de se vingar do irmão era ter um filho com Tiró. Sísifo foi punido no Hades pelo incesto.
7. Helena, nome de uma antiga deusa lunar. Aqui é a mulher de Menelau. Raptada por Páris, filho de Príamo, rei de Tróia; foi a causa dessa guerra que levou ao Hades milhares de almas de heróis, segundo Homero. Nasceu

de um ovo, quando sua mãe Leda, esposa de Tíndaro, rei de Esparta, para escapar a Zeus se tranformou em cisne; Zeus fez o mesmo e a fertilizou. Ver Diálogo I nota sobre Pólux. Luciano se refere aqui aos versos de Homero – Ilíada, III, 157.

8. Leda, filha do rei da Etólia, Téstios e de Eurítemis. Tíndaro, expulso de Esparta por Hipocoon refugiou-se junto a Téstios, que lhe deu Leda em casamento. Depois que Heraclés restabeleceu Tíndaro no trono, Leda acompanhou o marido. Zeus apaixonou-se por sua beleza e a perseguiu. Ver Diálogo I, em Pólux.

ς'

ΜΕΝΙΠΠΟΥ ΚΑΙ ΑΙΑΚΟΥ

ΜΕΝΙΠΠΟΣ - Πρὸς τοῦ Πλούτωνος, ὦ Αἰακέ, περιήγησαί μοι τὰ ἐν ᾅδου πάντα.

ΑΙΑΚΟΣ - Οὐ ῥᾴδιον, ὦ Μένιππε, ἅπαντα· ὅσα μέντοι κεφαλαιώδη, μάνθανε· οὗτος μὲν ὅτι Κέρβερός ἐστιν οἶσθα, καὶ τὸν πορθμέα τοῦτον, ὅς σε διεπέρασεν, καὶ τὴν λίμνην καὶ τὸν Πυριφλεγέθοντα ἤδε ἑώρακας εἰσιών.

ΜΕΝΙΠΠΟΣ - Οἶδα ταῦτα καὶ σέ, ὅτι πυλωρεῖς, καὶ τὸν βασιλέα εἶδον καὶ τὰς Ἐρινῦς· τοὺς δὲ ἀνθρώπους μοι τοὺς πάλαι δεῖξον καὶ μάλιστα τοὺς ἐπισήμους αὐτῶν.

ΑΙΑΚΟΣ - Οὗτος μὲν Ἀγαμέμνων, οὗτος δὲ Ἀχιλλεύς, οὗτος δὲ Ἰδομενεὺς πλησίον, ἔπειτα Ὀδυσσεύς, εἶτα Αἴας καὶ Διομήδης καὶ οἱ ἄριστοι τῶν Ἑλλήνων.

ΜΕΝΙΠΠΟΣ - Βαβαί, ὦ Ὅμηρε, οἷά σοι τῶν ῥαψῳδιῶν τὰ κεφάλαια χαμαὶ ἔρριπται ἄγνωστα καὶ ἄμορφα, κόνις πάντα καὶ λῆρος πολύς, ἀμενηνὰ ὡς ἀληθῶς κάρηνα. οὗτος δέ, ὦ Αἰακέ, τίς ἐστιν;

ΑΙΑΚΟΣ - Κῦρός ἐστιν· οὗτος δὲ Κροῖσος, ὁ δ' ὑπὲρ αὐτὸν Σαρδανάπαλλος, ὁ δ' ὑπὲρ τούτους Μίδας, ἐκεῖνος δὲ Ξέρξης.

ΜΕΝΙΠΠΟΣ - Εἶτα σέ, ὦ κάθαρμα, ἡ Ἑλλὰς ἔφριττε ζευγνύντα μὲν τὸν Ἑλλήσποντον, διὰ δὲ τῶν ὀρῶν πλεῖν ἐπιθυμοῦντα; οἷος δὲ καὶ ὁ Κροῖσός ἐστιν. τὸν Σαρδανάπαλλον δέ, ὦ Αἰακέ, πατάξαι μοι κατὰ κόρρης ἐπίτρεψον.

ΑΙΑΚΟΣ - Μηδαμῶς· διαθρύπτεις γὰρ αὐτοῦ τὸ κρανίον γυναικεῖον ὄν.

ΜΕΝΙΠΠΟΣ - Οὐκοῦν προσπτύσομαί γε πάντως αὐτῷ ἀνδρογύνῳ ὄντι.

Diálogo VI

Menipo, Éaco[1] e Alguns Filósofos

Menipo – Por Plutão, Éaco, leva-me para dar uma voltinha por todo o Hades.

Éaco – Menipo, por todo mesmo, não é fácil. Mas aprende tudo quanto é importante: esse aí, tu sabes bem, é o Cérbero. E, já ao dares entrada, tu viste esse barqueiro, que te fez atravessar o lago e o Piriflégueton[2].

Menipo – Essas coisas eu já vi e a ti também, que vigias à porta. Eu vi também o rei[3] e as Eríneas.[4] Mas, mostra-me os homens antigos e sobretudo os mais ilustres deles.

Éaco – Esse aí é o Agamêmnon[5]; aquele é Aquiles[6], e perto dele é o Idomeneu[7]; o seguinte é o Odisseus[8], depois o Ájax[9] e Diomedes[10] e os melhores dos gregos.

Menipo – Caramba! Ei, Homero, que sumidades das tuas rapsódias estão jogadas por terra, irreconhecíveis e disformes! Tudo é poeira e muita conversa mole e cabeças inertes! De verdade! Mas, esse aí, quem é, Éaco?

Éaco – Esse aí é Ciro[11] e esse outro é Creso, e ao lado dele é o Sardanápalo[12]. Lá, acima deles é o Midas[13]; e aquele ali é o Xerxes.[14]

Menipo – Então, seu crápula, a Grécia inteira tremia de medo quando tu ligavas o Helesponto! e desejavas navegar através da montanha![15] E Creso, em que estado está! Quanto a Sardanápalo, ó Éaco, deixa que eu lhe dê um tapa na cara?

Éaco – Nada disso! tu vais moer o crânio dele, que é crânio de mulher.

Menipo – Pois bem então eu vou cuspir em cima dele todo, porque é um andrógino.

ΑΙΑΚΟΣ - Βούλει σοὶ ἐπιδείξω καὶ τοὺς σοφούς;

ΜΕΝΙΠΠΟΣ - Νὴ Δία γε.

ΑΙΑΚΟΣ - Πρῶτος οὗτός σοι ὁ Πυθαγόρας ἐστί.

ΜΕΝΙΠΠΟΣ - Χαῖρε, ὦ Εὔφορβε ἢ Ἄπολλον ἢ ὅ τι ἂν θέλῃς.

ΠΥΘΑΓΟΡΑΣ - Νὴ καὶ σύ γε, ὦ Μένιππε.

ΜΕΝΙΠΠΟΣ - Οὐκέτι χρυσοῦς ὁ μηρός ἐστί σοι;

ΠΥΘΑΓΟΡΑΣ - Οὐ γάρ· ἀλλὰ φέρε ἴδω εἴ τί σοι ἐδώδιμον ἡ πήρα ἔχει.

ΜΕΝΙΠΠΟΣ - Κυάμους, ὦγαθέ· ὥστε οὔ τι σοὶ ἐδώδιμον.

ΠΥΘΑΓΟΡΑΣ - Δὸς μόνον· ἄλλα παρὰ νεκροῖς δόγματα· ἔμαθον γάρ, ὡς οὐδὲν ἴσον κύαμοι καὶ κεφαλαὶ τοκήων ἐνθάδε.

ΑΙΑΚΟΣ - Οὗτος δὲ Σόλων ὁ Ἐξηκεστίδου καὶ Θαλῆς ἐκεῖνος καὶ παρ' αὐτοὺς Πιττακὸς καὶ οἱ ἄλλοι· ἑπτὰ δὲ πάντες εἰσὶν ὡς ὁρᾷς.

ΜΕΝΙΠΠΟΣ - Ἄλυποι, ὦ Αἰακέ, οὗτοι μόνοι καὶ φαιδροὶ τῶν ἄλλων· ὁ δὲ σποδοῦ ἀνάπλεως καθάπερ ἐγκρυφίας ἄρτος, ὁ ταῖς φλυκταίναις ὅλος ἐξηνθηκώς, τίς ἐστιν;

ΑΙΑΚΟΣ - Ἐμπεδοκλῆς, ὦ Μένιππε, ἡμίεφθος ἀπὸ τῆς Αἴτνης παρών.

ΜΕΝΙΠΠΟΣ - Ὦ χαλκόπου βέλτιστε, τί παθὼν σεαυτὸν εἰς τοὺς κρατῆρας ἐνέβαλες;

ΕΜΠΕΔΟΚΛΗΣ - Μελαγχολία τις, ὦ Μένιππε.

ΜΕΝΙΠΠΟΣ - Οὐ μὰ Δί' ἀλλὰ κενοδοξία καὶ τῦφον καὶ πολλὴ κόρυζα, ταῦτά σε ἀπηνθράκωσεν αὐταῖς κρηπῖσιν οὐκ ἀνάξιον ὄντα· πλὴν ἀλλ' οὐδέν σε ὤνησεν τὸ σόφισμα· ἐφωράθης γὰρ τεθνεώς. ὁ Σωκράτης δέ, ὦ Αἰακέ, ποῦ ποτε ἄρα ἐστιν;

ΑΙΑΚΟΣ - Μετὰ Νέστορος καὶ Παλαμήδους ἐκεῖνος ληρεῖ τὰ πολλά.

ΜΕΝΙΠΠΟΣ - Ὅμως ἐβουλόμην ἰδεῖν αὐτόν, εἴ που ἐνθάδε ἐστίν.

ΑΙΑΚΟΣ - Ὁρᾷς τὸν φαλακρόν;

Éaco – Queres que eu te mostre também os sábios?

Menipo – Quero sim, por Zeus!

Éaco – Para começar, esse aí é o Pitágoras[16] .

Menipo – Salve, oh Euforbo... ou Apolo... ou o que quiseres!

Pitágoras – Ei, Menipo, até tu?!

Menipo – E a coxa de ouro, tu não a tens mais?

Pitágoras – É claro que não! Mas, deixa-me ver o que há para comer na tua sacola?

Menipo – Favas, meu caro. Então, para ti não são comestíveis!

Pitágoras – Passa para cá! Entre os mortos os princípios são outros! Aqui eu aprendi que favas e crânios dos genitores não são iguais.

Éaco – Esse aí é Sólon[16], filho de Exértides; aquele lá é Tales[18] e junto dele está o Pítacos[19] e os outros. São ao todo sete, como estás vendo.

Menipo – Esses aí não estão tristes, Éaco; e estão até alegres entre si. E aquele aí, todo coberto de pó, como um pão assado na cinza, todo cheio de botões, todo coberto de bolhas, quem é?

Éaco – É Empédocles[20], Menipo, que está chegando meio assado, do Etna.

Menipo – Ei, meu caro, pé-de-cobre! Que sofrimentos te levaram a te jogar na cratera?

Empédocles – Foi o meu humor negro, Menipo.

Menipo – Por Zeus que não! Mas foi a vanglória e a vaidade e uma imensa burrice! Foram essas as coisas que te transformaram em carvão, tu que não eras indigno nem das sandálias de cobre. Contudo, o teu estratagema não deu certo, pois foste flagrado morto! Mas, Éaco, o Sócrates[21], onde será que está?

Éaco – Ele? Está batendo papo com Nestor[22] e Palamedes[23].

Menipo – Mesmo assim, eu gostaria de vê-lo, se é que ele está por aqui.

Éaco – Estás vendo aquele careca?

ΜΕΝΙΠΠΟΣ - Ἅπαντες φαλακροί εἰσιν· ὥστε πάντων ἂν εἴη τοῦτο γνώρισμα.

ΑΙΑΚΟΣ - Τὸν σιμὸν λέγω.

ΜΕΝΙΠΠΟΣ - Καὶ τοῦτο ὅμοιον· σιμοὶ γὰρ ἅπαντες.

ΣΩΚΡΑΤΗΣ - Ἐμὲ ζητεῖς, ὦ Μένιππε;

ΜΕΝΙΠΠΟΣ - Καὶ μάλα, ὦ Σώκρατες.

ΣΩΚΡΑΤΗΣ - Τί τὰ ἐν Ἀθήναις;

ΜΕΝΙΠΠΟΣ - Πολλοὶ τῶν νέων φιλοσοφεῖν λέγουσι, καὶ τά γε σχήματα αὐτὰ καὶ τὰ βαδίσματα εἰ θεάσαιτό τις, ἄκροι φιλόσοφοι.

ΣΩΚΡΑΤΗΣ - Μάλα πολλοὺς ἑώρακα.

ΜΕΝΙΠΠΟΣ - Ἀλλὰ ἑώρακας, οἶμαι, οἷος ἧκεν παρὰ σοὶ Ἀρίστιππος ἢ Πλάτων αὐτός, ὁ μὲν ἀποπνέων μύρου, ὁ δὲ τοὺς ἐν Σικελίᾳ τυράννους θεραπεύειν ἐκμαθών.

ΣΩΚΡΑΤΗΣ - Περὶ δὲ ἐμοῦ τί φρονοῦσιν;

ΜΕΝΙΠΠΟΣ - Εὐδαίμων, ὦ Σώκρατες, ἄνθρωπος εἶ τά γε τοιαῦτα. πάντες γοῦν σε θαυμάσιον οἴονται ἄνδρα γεγενῆσθαι καὶ πάντα ἐγνωκέναι καὶ ταῦτα - οἶμαι γὰρ τἀληθῆ λέγειν - οὐδὲν εἰδότα.

ΣΩΚΡΑΤΗΣ - Καὶ αὐτὸς ἔφασκον ταῦτα πρὸς αὐτούς, οἱ δὲ εἰρωνείαν τὸ πρᾶγμα ᾤοντο εἶναι.

ΜΕΝΙΠΠΟΣ - Τίνες δὲ οὗτοί εἰσιν οἱ περὶ σέ;

ΣΩΚΡΑΤΗΣ - Χαρμίδης, ὦ Μένιππε, καὶ Φαῖδρος καὶ ὁ τοῦ Κλεινίου.

ΜΕΝΙΠΠΟΣ - Εὖ γε, ὦ Σώκρατες, ὅτι κἀνταῦθα μέτει τὴν σεαυτοῦ τέχνην καὶ οὐκ ὀλιγωρεῖς τῶν καλῶν.

ΣΩΚΡΑΤΗΣ - Τί γὰρ ἂν ἄλλο πράττοιμι; ἀλλὰ πλησίον ἡμῶν κατάκεισο, εἰ δοκεῖ.

ΜΕΝΙΠΠΟΣ - Μὰ Δί', ἐπεὶ παρὰ τὸν Κροῖσον καὶ τὸν Σαρδανάπαλλον ἄπειμι πλησίον οἰκήσων αὐτῶν· ἔοικα γοῦν οὐκ ὀλίγα γελάσεσθαι αἰμωζόντων ἀκούων.

ΑΙΑΚΟΣ - Κἀγὼ ἤδη ἄπειμι, μὴ καί τις ἡμᾶς νεκρὸς λάθῃ διαφυγών. τὰ πολλὰ δ' εἰσαῦθις ὄψει, ὦ Μένιππε.

ΜΕΝΙΠΠΟΣ - Ἄπιθι· καὶ ταυτὶ γὰρ ἱκανά, ὦ Αἰακε.

Menipo – Mas... todos são carecas! Então essa seria a marca de todos?

Éaco – Eu estou falando daquele ali, de nariz achatado.

Menipo – Dá no mesmo. Todos têm o nariz chato.

Sócrates – Estás me procurando, Menipo?

Menipo – E bastante!

Sócrates – Como estão as coisas em Atenas?

Menipo – Muitos jovens fazem de conta que estão filosofando; e, se alguém olhasse para seus semblantes e para seu modo de andar, diria que são excelsos filósofos!

Sócrates – É, eu vi muitos assim!

Menipo – Contudo, tu viste, creio eu, como chegaram junto a ti Aristipo[24] e o próprio Platão: um, todo perfumado, e o outro, depois de aprender a cortejar os tiranos da Sicília![25]

Sócrates – E o que eles pensam a meu respeito?

Menipo – Tu és um homem feliz, Sócrates! Pelo menos no que diz respeito a isso. Com efeito, todos acham que tu foste um homem admirável e que sabias tudo! E isso, acho que é preciso que eu te diga, sem saberes nada...

Sócrates – Mas eu mesmo lhes dizia isso! Mas eles achavam que a coisa era ironia!

Menipo – E quem são esses que estão em torno de ti?

Sócrates – Cármides[26], Menipo, e também Fedro[27] e o filho de Clínias[28].

Menipo – Muito bem, Sócrates!... Até aqui tu exerces tua arte e não desprezas os belos!

Sócrates – E... que outra coisa eu poderia fazer?! Mas, se te apraz, deita-te aqui junto de nós.

Menipo – Não! Por Zeus! Eu vou me instalar ao lado de Creso e de Sardanápalo, para morar perto deles. Acho que vou rir, e não pouco, ao ouvi-los gemer.

Éaco – E eu vou indo, para que algum morto não fuja sem eu perceber. Muitas coisas verás ainda, Menipo, em outra ocasião.

Menipo – Podes ir. Essas aí me bastam, Éaco.

Notas

1. Éaco, ver nota 5 do Diálogo II
2. Pyriphlégueton ou Phlégueton. É um dos rios do Hades, ele se junta ao Cocito para formar o Aqueronte. O nome (pyr – fogo, e phleg/phlog – chama) sugere um rio de fogo. Minos, no Diálogo XXIV, manda o bandido-sofista Sóstrates para o Pyriphlégueton.
3. O rei é Plutão.
4. As Eríneas (Fúrias para os romanos), filhas da Noite e de Kronos, ou da Terra e da Noite. Elas habitam no Érebo e sobem à terra para punir os culpados e executar as maldições. São Alecto, Megera e Tisíphone. São representadas com asas, serpentes entrelaçadas na cabeleira e lágrimas de sangue nos olhos. Elas também são chamadas de Eumênides (benevolentes), guardiãs da moral. Eram adoradas na Ática, Sicione, Argos e Arcádia.
5. Agamêmnon, rei de Mecenas, irmão de Menelau, comanda a expedição dos aqueus contra Tróia, para vingar o rapto de Helena. Leva sempre a imagem do poderoso, ciente de seu poder.
6. Aquiles, ver nota 5 do Diálogo V
7. Idomeneu, rei de Creta, filho de Deucalion e neto de Minos; um dos pretendentes de Helena, participou da guerra de Tróia. Foi um dos nove que se ofereceram para enfrentar Heitor em combate singular. Destacou-se na defesa dos navios quando do avanço dos Troianos.
8. Odisseus (Ulisses na tradição latina), filho de Laertes e Anticléia, rei da Ítaca; junto com Aquiles, foram os mais famosos guerreiros aqueus da guerra de Tróia. Conhecido como homem de muitas faces, de muitas habilidades, tem sempre uma solução engenhosa para as situações difíceis de que sempre se encarrega na Ilíada. É o herói central da Odisséia, que conta sua volta tormentosa de mais de 10 anos para sua Penélope, esposa fiel, que o espera.
9. Há dois Ájax. Esse é o filho de Telamon, rei de Salamina; vai a Tróia com 12 navios e ocupa a ala esquerda do campo aqueu. Depois de Aquiles ele é o guerreiro mais forte, mais valente e mais belo entre os Aqueus. Sustenta sozinho um ataque dos Troianos. O Diálogo XXIII trata do rancor de Ájax contra Agamêmnon.
10. Diomedes, príncipe de Argos, um dos pretendentes de Helena. Participa da guerra de Tróia. Companheiro inseparável de Odisseus nas missões difíceis, aliando sua valentia ao engenho e arte de Odisseus.
11. Há vários Ciro. Todos reis da Pérsia. Desde o Ciro que conquistou

Babilônia desviando o rio e entrando na cidade enquanto Nabucodonosor promovia orgias, até o Ciro que Xenofonte retrata como príncipe ideal na Ciropedia (a educação de Ciro), que disputou a herança da coroa com o irmão e morreu na batalha, com um golpe de lança sob o olho, por ter ido à batalha com a cabeça desguarnecida. Esse fato deu ensejo à criação de uma outra obra de Xenofonte: Anábase, ou A retirada dos dez mil.

12. Veja nota 3, p. 61.

13. Veja nota 2, p. 61

14. Rei da Pérsia, filho e sucessor de Dario, que invadiu a Grécia e foi derrotado na batalha de Maratona (480). Querendo vingar a derrota do pai preparou-se durante 10 anos e reuniu um formidável exército, invadindo a Grécia por terra e por mar. Heródoto é a grande fonte de informações sobre essa expedição. A alusão à ligação (amarração) do Helesponto (Estreito de Dardanelos) seria uma ponte flutuante de madeira que Xerxes teria feito construir para a passagem da tropa. Obra de engenharia militar, que excitava a imaginação dos antigos. Xerxes foi derrotado por Temístocles na batalha de Salamina (490). Ésquilo, na tragédia *Os Persas* retrata bem o orgulho grego com a humilhação de Xerxes.

15. Alusão ao canal de 150 jardas que Xerxes teria feito cavar no istmo do Monte Atos, para encurtar caminho.

16. Pitágoras de Samos, filósofo, místico e matemático grego (580-500). Há muitas incertezas sobre a vida dele, mas tem uma presença marcante em toda a antigüidade. Teria migrado de Samos para Crotona, na Magna Grécia e fundado comunidades dedicadas ao estudo e à vida simples, austera e de moral elevada. Muitas descobertas no campo da matemática (aritmética, geometria e astronomia) são atribuídas a Pitágoras e aos Pitagóricos: tábua de multiplicar, sistema decimal, teorema do quadrado da hipotenusa. Crê na migração da alma. Heráclito do Ponto diz que ele foi filho de Etálides, filho de Hermes. Hermes teria prometido que ele podia pedir tudo que desejasse, menos a imortalidade. Ele pediu para não esquecer de nada, vivo ou morto. É assim que ele depois de ter sido Etálides, foi Euforbos, depois Hermótimos, depois Pirro e então Pitágoras e se lembrava de todas as vidas passadas. Era extremamente belo e seus discípulos afirmavam que era Apolo descido das regiões hiperbóreas; diziam também que um dia viram a coxa dele descoberta (ele trajava uma longa veste branca de lã) e que ela era de ouro. Entre outras coisas ele proíbe comer favas, por elas conterem vento (ar). Mas outros dizem que é por elas parecerem testícu-

los, ou se parecerem com cérebro (cabeça dos genitores). Luciano alude a essas lendas, e mais uma vez satiriza falando de comida no Hades. Ver também no diálogo Leilão dos Filósofos.

17. Sólon, legislador ateniense e poeta lírico, um dos Sete Sábios (640-558). Durante um levante popular contra um regime oligárquico-aristocrático de grandes proprietários, foi chamado pelas partes e elaborou uma constituição democrática, abolindo todas as dívidas, que eram hereditárias e garantidas pelo corpo e por isso criavam uma sociedade de escravos. Dividiu a sociedade em classes segundo a renda e atribuiu a cada uma delas os encargos públicos e honrarias proporcionais. Ver Aristóteles em *O Governo dos Atenienses,* impropriamente chamada *Constituição de Atenas.*

18. Tales, (640-547) de Mileto, o mais antigo dos filósofos gregos, da chamada escola jônica, mais fisiólogos, físicos e matemáticos do que filósofos propriamente ditos. Um dos Sete Sábios.

19. Pítacos, (650-569) de Mitilene, na ilha de Lesbos, contemporâneo de Alceu e Safo. Libertou a cidade da tirania e governou com justiça e bondade. Ao renunciar, em 579, os cidadãos lhe ofereceram uma área de terra para seu sustento: ele devolveu a metade, dizendo que inteira era demais. Um dos Sete Sábios.

20. Empédocles, (490-430) de Agrigento, na Sicília. Tinha grandes conhecimentos de filosofia, medicina e física, o que lhe deu a fama de mágico entre os contemporâneos. Escreveu dois poemas em hexâmetros de mais ou menos 5.000 versos, de que restam 350 de *Sobre a Natureza* e 100 de *Purificações.* Exerceu cargos públicos onde grangeou respeito e admiração. Grande orador, teve como discípulo Górgias. O episódio de sua morte é contado diversamente, mas a versão mais popular era de que depois de um banquete para festejar a cura de uma mulher condenada pelos médicos, sem que os convivas percebessem, Empédocles caminhou em direção ao Etna, atraído por uma intensa luz e se precipitou no vulcão. O vulcão teria lançado de volta uma das sandálias de cobre que ele costumava portar. Daí a menção "pé de cobre" que Menipo faz; ele também se refere aqui ao caráter temperamental e vaidoso de Empédocles.

21. Os filósofos em geral dão farto material para as zombarias de Menipo. Sócrates também. Ele está em vários diálogos. Aqui ele usa Sócrates para com ele criticar os que apenas seguem a moda e se contentam com as aparências. No Diálogo IV, p. 63, Cérbero diz como Sócrates entrou no Hades.

22. Nestor, rei de Pilos no extremo sudoeste do Peloponeso. Na Ilíada é o ancião ouvido e respeitado. É assim que ele interfere, no canto I, na querela entre Aquiles e Agamêmnon. Ele pertence à geração que tem a palavra fácil, persuasiva.

23. Palamedes, herói grego da guerra de Tróia. Rei da Eubéia, filho de Náuplios e Climene. Segue Agamêmnon e obriga Odisseus a fazer o mesmo: este se vinga acusando-o de conluio com os Troianos. Palamedes é apedrejado. Os gregos lhe atribuem vários inventos: o jogo de damas, algumas letras do alfabeto, os dados, entre outras.

24. Aristipo de Cirene, amigo de Sócrates, conhecido por seu gosto refinado, amigo da boa mesa e do vinho. Fundador da escola cirenaica. A fonte da felicidade é o prazer.

25. Alusão à viagem de Platão à Sicília em 387 onde ele teria se encontrado com Dionísio I, tirano de Siracusa, cuja corte ficou famosa por ser freqüentada por inúmeros filósofos e sofistas. Ele teria conhecido ali Dion de Siracusa e o pitagórico Árquitas de Tarento com quem iniciou uma longa amizade.

26. Cármides, ateniense de origem nobre, sobrinho de Crítias e tio de Platão. Intervém em alguns diálogos de Platão. Há um diálogo com o nome dele. Sócrates o encorajava a fazer carreira política. Participou do governo oligárquico de Crítias (404) e morreu com ele numa batalha que marca a volta dos democratas ao poder, sob Trasíbulo (403).

27. Fedro de Mirrimonte, discípulo de Sócrates e admirador da eloqüência dos sofistas. Está presente no Banquete de Platão e é título de um dos mais belos de seus diálogos, em que discute com Sócrates sobre o Belo e o Amor. A alusão de Menipo é cheia de malícia.

28. Esse Clínias é o pai de Alcibíades, jovem talentoso, belo e irriquieto. Empresta o nome ao diálogo de Platão que fala sobre a ambição. A beleza de Alcibíades era muito apreciada por Sócrates. No começo do Protágoras perguntam a Sócrates de onde ele vem tão feliz. Esteve com Alcibíades? Sócrates não responde. Menipo conhece o assunto e provoca Sócrates. Ao ser convidado para se juntar aos amigos de Sócrates, prudentemente prefere ficar com Creso e Sardanápalo; talvez queira continuar a perturbá-los, como prometeu no Diálogo III. Menipo se referiria à pederastia de Creso e de Sardanápalo?!

ζ'

ΜΕΝΙΠΠΟΥ ΚΑΙ ΤΑΝΤΑΛΟΥ

ΜΕΝΙΠΠΟΣ - Τί κλάεις, ὦ Τάνταλε; ἢ τί σεαυτὸν ὀδύρῃ ἐπὶ τῇ λίμνῃ ἐστώς;

ΤΑΝΤΑΛΟΣ - Ὅτι, ὦ Μένιππε, ἀπόλωλα ὑπὸ τοῦ δίψους.

ΜΕΝΙΠΠΟΣ - Οὕτως ἀργὸς εἶ, ὡς μὴ ἐπικύψας πιεῖν ἢ καὶ νὴ Δία γε ἀρυσάμενος κοίλῃ τῇ χειρί;

ΤΑΝΤΑΛΟΣ - Οὐδὲ ὄφελος, εἰ ἐπικύψαιμι· φεύγει γὰρ τὸ ὕδωρ, ἐπειδὰν προσιόντα αἴσθηταί με· καὶ ἤν δέ ποτε καὶ ἀρύσωμαι καὶ προσενέγκω τῷ στόματι, οὐ φθάνω βρέξας ἄκρον τὸ χεῖλος, καὶ διὰ τῶν δακτύλων διαρρυὲν οὐκ οἶδ' ὅπως αὖθις ἀπολείπει ξηρὰν τὴν χεῖρά μοι.

ΜΕΝΙΠΠΟΣ - Τεράστιόν τι πάσχεις, ὦ Τάνταλε, ἀτὰρ εἰπέ μοι, τί δαὶ καὶ δέῃ τοῦ πιεῖν; οὐ γὰρ σῶμα ἔχεις, ἀλλ' ἐκεῖνο μὲν ἐν Λυδίᾳ που τεθαπται, ὅπερ καὶ πεινῆν καὶ διψῆν ἐδύνατο, σὺ δὲ ἡ ψυχὴ πῶς ἂν ἔτι ἢ διψῴης ἢ πίοις;

ΤΑΝΤΑΛΟΣ - Τοῦτ' αὐτὸ ἡ κόλασίς ἐστι, τὸ διψῆν τὴν ψυχὴν ὡς σῶμα οὖσαν.

ΜΕΝΙΠΠΟΣ - Ἀλλὰ τοῦτο μὲν οὕτως πιστεύσομεν, ἐπεὶ φῂς κολάζεσθαι τῷ δίψει. τί δ' οὖν σοι τὸ δεινὸν ἔσται; ἢ δέδιας μὴ ἐνδείᾳ τοῦ ποτοῦ ἀποθάνῃς; οὐχ ὁρῶ γὰρ ἄλλον ᾅδην μετὰ τοῦτον ἢ θάνατον ἐντεῦθεν εἰς ἕτερον τόπον.

ΤΑΝΤΑΛΟΣ - Ὀρθῶς μὲν λέγεις· καὶ τοῦτο δ' οὖν μέρος τῆς καταδίκης ἐστὶ τὸ ἐπιθυμεῖν πιεῖν μηδὲν δεόμενον.

ΜΕΝΙΠΠΟΣ - Ληρεῖς, ὦ Τάνταλε, καὶ ὡς ἀληθῶς ποτοῦ δεῖσθαι δοκεῖς, ἀκράτου γε ἐλλεβόρου νὴ Δία, ὅστις τοὐναντίον τοῖς ὑπὸ τῶν λυττώντων κυνῶν δεδηγμένοις πέπονθας, οὐ τὸ ὕδωρ ἀλλὰ τὴν δίψαν πεφοβημένος.

Diálogo VII

Menipo e Tântalo[1]

Menipo – Por que estás chorando, Tântalo? Ou melhor, por que estás te lamentando sobre ti mesmo, de pé, no meio do lago?

Tântalo – Porque, Menipo, estou morrendo de sede.

Menipo – És tão preguiçoso que não te abaixas nem para beber, ou mesmo, por Zeus, para pegar a água na concha das mãos?

Tântalo – De nada adiantaria, se eu me abaixasse; porque a água me foge quando sente que eu me aproximo. E se, por acaso, eu a pego e a levo até à boca, nem chego a molhar a extremidade dos lábios; ela escorre pelos dedos e, não sei como, imediatamente deixa secas minhas mãos.

Menipo – De fato, estás sofrendo de uma coisa estranha, Tântalo. Mas, dize-me uma coisa: que necessidade tens de beber, uma vez que não tens corpo? Ele está estendido em algum lugar da Lídia[2]; ele sim, podia ter sede e fome; mas tu, a alma, como poderias ainda ter sede, ou melhor, como poderias beber?

Tântalo – Pois é exatamente esse o meu castigo: a alma ter sede, como se fosse corpo.

Menipo – Está bem. Nós acreditaremos que isso é assim, já que afirmas que és punido pela sede. Mas, então, em que constitui o perigo? Acaso temes morrer por falta de bebida? Na verdade não vejo outro Hades depois deste aqui.[3]

Tântalo – É correto o que dizes; mas também isso faz parte da sentença: o desejo ardente de bebida, mesmo sem necessidade.

Menipo – Estás dizendo bobagens, Tântalo. Mas como pareces mesmo estar precisando de bebida, é de heléboro[4] puro de que precisas. Por Zeus, tu foste atingido pelo oposto dos que foram mordidos por cães raivosos: estás com medo não da água, mas da sede...

ΤΑΝΤΑΛΟΣ - Οὐδὲ τὸν ἐλλέβορον, ὦ Μένιππε, ἀναίνομαι πιεῖν, γένοιτό μοι μόνον.

ΜΕΝΙΠΠΟΣ - Θάρρει, ὦ Τάνταλε, ὡς οὔτε σὺ οὔτε ἄλλος πίεται τῶν νεκρῶν· ἀδύνατον γάρ· καίτοι οὐ πάντες ὥσπερ σὺ ἐκ καταδίκης διψῶσι τοῦ ὕδατος αὐτοὺς οὐχ ὑπομένοντος.

Tântalo – Mas, nem mesmo o heléboro eu estou recusando beber, Menipo! Ah, se pelo menos acontecesse isso!...

Menipo – Fica firme, Tântalo, já que nem tu nem nenhum outro dos mortos haverá de beber. É impossível. Mas, nem todos estão condenados à sede, como tu... de uma água que não os aguarda.

Notas

1. Tântalo, rei da Lídia; viveu 150 anos antes da guerra de Tróia; seria o pai de Pélops, pai de Atreu e Tiestes. Atreu teve como filhos Agamêmnon, Menelau, Tiestes, Egisto e Pelópia; Agamêmnon foi pai de Orestes, Menelau, de Hermíone e Egisto foi pai de Erígone. Tântalo seria filho de Zeus e da ninfa Pluto. Foi punido, porque, num banquete que oferecera aos deuses, para pôr à prova a divindade deles, serviu-lhes pedaços de seu próprio filho, Pélops. Zeus, enfurecido, precipitou-o ao Hades, onde sofre, dentro do lago, de sede terrível, e cada vez que aproxima os lábios da água ela se evapora; também sofre da fome do mesmo modo. Usa-se dessa imagem para uma ambição que fracassa no momento de ser satisfeita. Menções em Odisséia, XI, 601-626; II, 583 e segs.; em Platão, Prot. 315c; Píndaro, Olímpicas, I, 57 e segs.
2. Dizem que o túmulo de Tântalo ainda existe próximo a Esmirna, sobre a vertente do monte Sípilus.
3. Isto é: como se pode morrer duas vezes?
4. Eléboro ou heléboro, planta da família das liliáceas; é muito comum na Europa; o rizoma dela contém um vermífugo e purgativo drástico. Os antigos atribuiam a essa planta a cura da loucura.

η᾽

ΜΕΝΙΠΠΟΥ ΚΑΙ ΧΕΙΡΩΝΟΣ

ΜΕΝΙΠΠΟΣ - Ἤκουσα, ὦ Χείρων, ὡς θεὸς ὢν ἐπεθύμησας ἀποθανεῖν.

ΧΕΙΡΩΝ - Ἀληθῆ ταῦτα ἤκουσας, ὦ Μένιππε, καὶ τεθνηκα, ὡς ὁρᾷς, ἀθάνατος εἶναι δυνάμενος.

ΜΕΝΙΠΠΟΣ - Τίς δαί σε ἔρως τοῦ θανάτου ἔσχεν, ἀνεράστου τοῖς πολλοῖς χρήματος;

ΧΕΙΡΩΝ - Ἐρῶ πρὸς σὲ οὐκ ἀσύνετον ὄντα, οὐκ ἦν ἔτι ἡδὺ ἀπολαύειν τῆς ἀθανασίας.

ΜΕΝΙΠΠΟΣ - Οὐχ ἡδὺ ἦν ζῶντα ὁρᾶν τὸ φῶς;

ΧΕΙΡΩΝ - Οὔκ, ὦ Μένιππε· τὸ γὰρ ἡδὺ ἔγωγε ποικίλον τι καὶ οὐχ ἁπλοῦν ἡγοῦμαι εἶναι. ἐγὼ δὲ ἔζων ἀεὶ καὶ ἀπέλαυον τῶν ὁμοίων, ἡλίου, φωτός, τροφῆς, αἱ ὧραι δὲ αἱ αὐταὶ καὶ τὰ γινόμενα ἅπαντα ἑξῆς ἕκαστον, ὥσπερ ἀκολουθοῦντα θάτερον θατέρῳ· ἐνεπλήσθην οὖν αὐτῶν· οὐ γὰρ ἐν τῷ αὐτῷ ἀεί, ἀλλὰ ἐν τῷ μετασχεῖν ἄλλων τὸ τερπνὸν ἦν.

ΜΕΝΙΠΠΟΣ - Εὖ λέγεις, ὦ Χείρων· τὰ ἐν ᾅδου δὲ πῶς φέρεις, ἀφ᾽ οὗ προελόμενος αὐτὰ ἥκεις;

ΧΕΙΡΩΝ - Οὐκ ἀηδῶς, ὦ Μένιππε· ἡ γὰρ ἰσοτιμία πάνυ δημοτικὴ καὶ τὸ πρᾶγμα οὐδὲν ἔχει τὸ διάφορον ἐν φωτὶ εἶναι ἢ ἐν σκότῳ· ἄλλως τε οὔτε διψῆν ὥσπερ ἄνω οὔτε πεινῆν δεῖ, ἀλλ᾽ ἀνεπιδεεῖς τούτων ἁπάντων ἐσμέν.

ΜΕΝΙΠΠΟΣ - Ὅρα, ὦ Χείρων, μὴ περιπίπτῃς σεαυτῷ καὶ ἐς τὸ αὐτό σοι ὁ λόγος περιστῇ.

ΧΕΙΡΩΝ - Πῶς τοῦτο ἔφης;

Diálogo VIII

Menipo e Quiron[1]

Menipo – Ouvi dizer, Quiron, que tu, sendo um deus, quiseste morrer.

Quiron – E é verdade o que ouviste, Menipo. Eu estou morto, como estás vendo, mesmo podendo ser imortal.

Menipo – E que paixão foi essa que te possuiu, por uma coisa tão mal amada para a maioria dos homens?

Quiron – Vou dizer a ti, que não és desprovido de inteligência: não tinha mais prazer em gozar da imortalidade.

Menipo – Não era agradável viver olhando a luz?![2]

Quiron – Não, Menipo. Na verdade, é o variado que eu acho agradável e não o corriqueiro. Com efeito, eu vivia sempre e gozava sempre das mesmas coisas: do sol, da luz, da comida; as estações eram sempre as mesmas e os fatos todos acontecendo em seqüência, como se um acompanhasse o outro. Eu me enchi daquilo. Porque o prazer não estaria numa coisa sempre igual, mas no tomar parte de coisas diferentes.

Menipo – Tens razão, Quiron. E, como estás levando tua estada aqui no Hades, depois que aqui chegaste por vontade própria?

Quiron – De um modo não desagradável, Menipo, pois a igualdade é muito democrática e o fato de estar na luz ou nas trevas não faz nenhuma diferença. De mais a mais, nem mesmo é preciso ter sede, como lá em cima, nem ter fome. Ao contrário, nós estamos isentos de todas essas coisas.

Menipo – Atenção, Quiron, para que não te atropeles a ti mesmo e que o teu discurso não volte ao mesmo ponto.

Quiron – Como dizes isso?

ΜΕΝΙΠΠΟΣ - Ὅτι εἰ τῶν ἐν τῷ βίῳ τό ὅμοιον ἀεὶ καὶ ταὐτὸν ἐγένετό σοι προσκορές, καὶ τὰ ἐνταῦθα ὅμοια ὄντα προσκορῆ ὁμοίως ἂν γένοιτο, καὶ δεήσει μεταβολήν σε ζητεῖν τινα καὶ ἐντεῦθεν εἰς ἄλλον βίον, ὅπερ οἶμαι ἀδύνατον.

ΧΕΙΡΩΝ - Τί οὖν πάθοι τις, ὦ Μένιππε;

ΜΕΝΙΠΠΟΣ - Ὅπερ, οἶμαι, καὶ χρῆν, συνετὸν ὄντα πᾶσιν ἀρέσκεσθαι καὶ ἀγαπᾶν τοῖς παροῦσι καὶ μηδὲν αὐτῶν ἀφόρητον οἴεσθαι.

Menipo – É que, se das coisas da vida, o semelhante e o mesmo se tornaram enfadonhos, também aqui, as coisas sendo semelhantes, semelhantemente também se tornariam enfadonhas, e em breve tu serás obrigado a procurar mudanças numa outra vida. O que eu acho impossível.

Quiron – E o que se deveria fazer?

Menipo – Aquilo que dizem, creio eu: quem é inteligente se contenta com tudo e aprecia as coisas presentes e não pensa que alguma delas é insuportável.

Notas

1. Quiron, filho de Kronos e de Philira, era o mais justo e o mais sábio dos centauros; os heróis mais notáveis dos gregos lhe deviam seus conhecimentos e artes. Foi Quiron que educou Aquiles, mas Heraclés, em sua luta contra os Centauros, feriu Quiron com uma flecha envenenada com o sangue da hidra de Lerna. Quiron, não suportando a dor, pediu a Zeus que lhe retirasse a imortalidade em favor de Prometeu. Zeus o colocou entre os astros com o nome de Sagitário. Aqui Menipo distorce a lenda fazendo crer que Quiron se aborreceu da monotonia da vida. O conselho final faz parte da filosofia dos cínicos.
2. A presença da luz é fundamental para a mente grega.

θ'

ΜΕΝΙΠΠΟΥ ΚΑΙ ΤΕΙΡΕΣΙΟΥ

ΜΕΝΙΠΠΟΣ - Ὦ Τειρεσία, εἰ μὲν καὶ τυφλὸς εἶ, οὐκέτι διαγνῶναι ῥᾴδιον. ἅπασι γὰρ ἡμῖν ὁμοῖα τὰ ὄμματα, κενά, μόνον δὲ αἱ χῶραι αὐτῶν· τὰ δ' ἄλλα οὐκέτ' ἂν εἰπεῖν ἔχοις, τίς ὁ Φινεὺς ἦν ἢ τίς ὁ Λυγκεύς. ὅτι μέντοι μάντις ἦσθα καὶ ὅτι ἀμφότερα ἐγένου μόνος καὶ ἄρρην καὶ γυνή, τῶν ποιητῶν ἀκούσας οἶδα. πρὸς τῶν θεῶν τοιγαροῦν εἰπέ μοι, ὁποτέρου ἡδίονος ἐπειράθης τῶν βίων, ὁπότε ἀνὴρ ἦσθα, ἢ ὁ γυναικεῖος ἀμείνων ἦν;

ΤΕΙΡΕΣΙΑΣ - Παρὰ πολύ, ὦ Μένιππε, ὁ γυναικεῖος· ἀπραγμονέστερος γάρ. καὶ δεσπόζουσι τῶν ἀνδρῶν αἱ γυναῖκες, καὶ οὔτε πολεμεῖν ἀνάγκη αὐταῖς οὔτε παρ' ἐπάλξεις ἑστάναι οὔτ' ἐν ἐκκλησίαις διαφέρεσθαι οὔτ' ἐν δικαστηρίοις ἐξετάζεσθαι.

ΜΕΝΙΠΠΟΣ - Οὐ γὰρ ἀκήκοας, ὦ Τειρεσία, τῆς Εὐριπίδου Μηδείας, οἷα εἶπεν οἰκτείρουσα τὸ γυναικεῖον, ὡς ἀθλίας οὔσας καὶ ἀφόρητόν τινα τὸν ἐκ τῶν ὠδίνων πόνον ὑφισταμένας; ἀτὰρ εἰπέ μοι, - γάρ με τὰ τῆς Μηδείας ἰαμβεῖα - καὶ ἔτεκές ποτε, ὁπότε γυνὴ ἦσθα, ἢ στεῖρα καὶ ἄγονος διετέλεσας ἐν ἐκείνῳ τῷ βίῳ;

ΤΕΙΡΕΣΙΑΣ - Τί τοῦτο, Μένιππε, ἐρωτᾷς;

ΜΕΝΙΠΠΟΣ - Οὐδὲν χαλεπόν, ὦ Τειρεσία· πλὴν ἀπόκριναι, εἴ σοι ῥᾴδιον.

ΤΕΙΡΕΣΙΑΣ - Οὐ στεῖρα μὲν ἤμην, οὐκ ἔτεκον δ' ὅμως.

ΜΕΝΙΠΠΟΣ - Ἱκανὸν τοῦτο· εἰ γὰρ καὶ μήτραν εἶχες ἐβουλόμην εἰδέναι.

Diálogo IX

Menipo e Tirésias[1]

Menipo – Tirésias, se continuas cego, já não é fácil reconhecer, pois todos nós temos os olhos iguais, ocos; só há o lugar deles. Quanto ao resto, não mais se poderia dizer quem era Fineu,[2] nem quem era Linceu[3], já que tu eras adivinho e porque só tu te tornaste ora homem ora mulher. Eu sei disso por ter ouvido dos poetas. Por isso, pelos deuses, dize-me qual das duas vidas te era mais agradável: quando eras homem? ou a vida de mulher era melhor?

Tirésias – Melhor em muito era a vida de mulher, Menipo, pois era menos trabalhosa; e as mulheres mandam nos homens e não precisam fazer a guerra nem ficar nas ameias, nem se agitar nas assembléias, nem ser revistadas nos tribunais.

Menipo – Então, Tirésias, não ouviste a Medéia[4] de Eurípides, quando ela afirma em lamentos a condição feminina, que elas são infelizes e são sujeitas aos intoleráveis trabalhos do parto? No entanto, dize-me, pois me acodem à mente os jambos[5] de Medéia, alguma vez tu pariste, enquanto eras mulher? Ou eras estéril e permaneceste sem filhos durante toda aquela vida?

Tirésias – Por que tu me perguntas isso, Menipo?

Menipo – Não é difícil, Tirésias; mas, responde-me, se é que te é fácil.

Tirésias – Eu não era estéril, mas não tive filhos.

Menipo – Isso me basta. É que eu queria saber se tu tinhas útero.

ΤΕΙΡΕΣΙΑΣ - Εἶχον δηλαδή.

ΜΕΝΙΠΠΟΣ - Χρόνῳ δέ σοι ἡ μήτρα ἠφανίσθη καὶ τὸ μόριον τὸ γυναικεῖον ἀπεφράγη καὶ οἱ μαστοὶ ἀπεστάθησαν καὶ τὸ ἀνδρεῖον ἀνεφύη καὶ πώγωνα ἐξήνεγκας, ἢ αὐτίκα ἐκ γυναικὸς ἀνὴρ ἀνεφάνης;

ΤΕΙΡΕΣΙΑΣ - Οὐχ ὁρῶ τί σοι βούλεται τὸ ἐρώτημα· δοκεῖς γοῦν μοι ἀπιστεῖν, εἰ ταῦθ' οὕτως ἐγένετο.

ΜΕΝΙΠΠΟΣ - Οὐ χρὴ γὰρ ἀπιστεῖν, ὦ Τειρεσία, τοῖς τοιούτοις, ἀλλὰ καθάπερ τινὰ βλᾶκα μὴ ἐξετάζοντα, εἴτε δυνατά ἐστιν εἴτε καὶ μή, παραδέχεσθαι;

ΤΕΙΡΕΣΙΑΣ - Σὺ οὖν οὐδὲ τὰ ἄλλα πιστεύεις οὕτω γενέσθαι, ὁπόταν ἀκούσῃς ὅτι ὄρνεα ἐκ γυναικῶν ἐγένοντό τινες ἢ δένδρα ἢ θερία, τὴν Ἀηδόνα ἢ τὴν Δάφνην ἢ τὴν τοῦ Λυκάονος θυγατέρα;

ΜΕΝΙΠΠΟΣ - Ἤν που κἀκείναις ἐντύχω, εἴσομαι ὅ τι καὶ λέγουσι. σὺ δέ, ὦ βέλτιστε, ὁπότε γυνὴ ἦσθα, καὶ ἐμαντεύου τότε ὥσπερ καὶ ὕστερον, ἢ ἅμα ἀνὴρ καὶ μάντις ἔμαθες εἶναι;

ΤΕΙΡΕΣΙΑΣ - Ὁρᾷς; ἀγνοεῖς τὰ περὶ ἐμοῦ ἅπαντα, ὡς καὶ διέλυσά τινα ἔριν τῶν θεῶν, καὶ ἡ μὲν Ἥρα ἐπήρωσέν με, ὁ δὲ Ζεὺς παρεμυθήσατο τῇ μαντικῇ τὴν συμφοράν.

ΜΕΝΙΠΠΟΣ - Ἔτι ἔχῃ, ὦ Τειρεσία, τῶν ψευσμάτων; ἀλλὰ κατὰ τοὺς μάντεις τοῦτο ποιεῖς· ἔθος γὰρ ὑμῖν μηδὲν ὑγιὲς λέγειν.

Tirésias – Tinha, é claro!

Menipo – Então foi com o tempo que o útero sumiu, a coisa de mulher se fechou, os seios secaram, a coisa masculina brotou, a barba cresceu? Ou foi de repente que mudaste de mulher para homem?

Tirésias – Não estou vendo onde quer chegar tua pergunta. Ao que parece, tu não acreditas que as coisas aconteceram desse modo.

Menipo – E não se deve desconfiar, Tirésias, desse tipo de coisas?! Deve-se aceitar, como um tonto qualquer, sem examinar, se são possíveis ou não?

Tirésias – Então, tu não acreditas que também outras coisas aconteceram de maneira semelhante, quando ouves que algumas mulheres se tornaram aves ou árvores ou animais, como Aédon[6] ou Dafne[7] ou os filhos de Licaonte?[8]

Menipo – Se por acaso eu as encontrar saberei o que elas dizem. Mas tu, meu caro, enquanto eras mulher, também durante esse tempo tu profetizavas, como fazias depois, ou tu aprendeste a ser homem e adivinho de uma só vez?

Tirésias – Estás vendo? Tu desconheces tudo a meu respeito: como eu solucionei uma certa disputa entre os deuses, e que Hera me cegou, e que Zeus, para compensar minha desgraça, me deu o dom da profecia.

Menipo – E tu insistes ainda com essas mentiras, Tirésias! Aliás tu fazes isso à moda dos adivinhos: é costume vosso não dizer nada de são.

Notas

1. Adivinho lendário de Tebas. Ele exerce no ciclo Tebano o mesmo papel que Calcas no ciclo Troiano. Há lendas diferentes explicando sua cegueira, seu dom de adivinhação, sua longevidade e sua experiência de vida como homem e como mulher. Conta-se que um dia andando no monte Cileno ou Citeron, na Beócia, ele viu duas serpentes se acoplarem e as separou e foi transformado em mulher; sete anos depois, passeando no mesmo lugar, viu duas serpentes se acoplarem e as separou e voltou à condição

de homem. Quanto à cegueira, conta-se que um dia viu Palas tomando banho e a deusa irritada o cegou, mas a pedido da mãe de Tirésias, deu-lhe o dom da profecia. Uma outra versão conta que um dia Zeus e Hera discutiam sobre quem tinha mais prazer no amor, o homem ou a mulher. Como Tirésias tinha passado pela dupla experiência perguntaram a ele. Ele respondeu que se fosse dividir em 10 partes o prazer do amor, a mulher teria 9 partes e o homem, uma. Hera, então, zangada por ele ter revelado o seu segredo, castigou-o com a cegueira; Zeus, por seu turno, como compensação concedeu-lhe a longevidade (sete gerações de homens). A presença de Tirésias é muito constante nas tragédias: O rei Édipo, Sete contra Tebas, As Bacantes, Aconselhado por Circe Odisseus faz a viagem ao país dos Cimérios e desce ao Hades, Od. X, 487 e seg. e XI, 84 e seg. É que Zeus concedera a Tirésias o privilégio de conservar o dom da profecia mesmo depois da morte. Menipo ridiculariza tudo isso.

2. Há vários Fineu. Esse é provavelmente o terceiro. Rei da Trácia, tem um lenda complexa. Aqui a referência é à sua cegueira. Os mitógrafos resumem assim suas lendas: Fineu foi punido por Zeus por ter acusado injustamente seus próprios filhos e de tê-los cegado sem culpa suficiente. Eles foram acusados por Idaea, madrasta deles (eram filhos de Cleópatra, filha de Béreas), de terem-lhe atentado contra o pudor. Foi também perseguido pelas Harpias; finalmente foi libertado (das Harpias) pelos Argonautas.

3. Se Fineu era cego, Linceu tinha uma vista tão forte que enxergava através de uma tábua de carvalho ou até mesmo debaixo da terra. Ter olhos de Linceu era uma expressão proverbial entre os gregos. Linceu era irmão de Idas e filho de Afareu. Fez parte da expedição dos Argonautas.

4. Medéia é filha do rei da Cólquida Eétes e por isso neta de Hélios, o Sol, e sobrinha da feiticeira Circe. Por ocasião da expedição dos Argonautas, comandada por Jasão, que ia recuperar o velocino de ouro, Medéia se apaixonou por ele e traiu o pai e o irmão, mostrando a Jasão como podia recuperar o velocino de ouro e depois foge com ele. É longa e variada a lenda de Medéia. Aqui a referência é à tragédia de Eurípides em que Medéia lamenta sua condição de mulher, sujeita às dores do parto, versos 248-251. Medéia diz; "Dizem que nós levamos uma vida sem perigos em casa, enquanto os homens combatem na guerra; raciocínio insensato. Eu preferiria três vezes estar em linha de combate, com o escudo de lado, a parir uma só vez".

5. Jambo – pé formado de uma sílaba breve e uma longa. Aristóteles diz

(Poética) que o jambo é um ritmo (sucessão) natural porque imita o andar do homem (pé fraco / pé forte). Foi introduzido na Grécia pelos poetas líricos Arquíloco, Simônides de Amorgos e Hipônax (VI séc. a.C.). As composições em metro jâmbico refletiam a maneira jônica de viver: alegre, prazeirosa, irreverente. São em geral composições satíricas que cantam os prazeres do amor e do vinho. Os cantos rituais dionisíacos são em metro jâmbico. Os coros das tragédias gregas também são em metro jâmbico.

6. Aédon ou Filomela (rouxinol), filha de Pandareos e mulher do tebano Zetos, irmão de Amfion. Aédon tinha um filho só, Itilos, e tinha grande inveja da cunhada, Níobe, mulher de Amfion, que tinha muitos filhos, e resolveu matar-lhe o filho mais velho Amaleu, mas por engano matou seu próprio filho Itilos. No seu desespero, pediu proteção aos deuses que a transformaram em rouxinol. Ver Od. XIX,518 e sg.

7. Dafne (loureiro) era uma ninfa, filha da Terra e do rio Ladon, ou do Peneu na Tessália. Apolo se apaixonou por ela, mas ela procurava escapar; um dia em que quase foi alcançada ela pediu ao pai que a transformasse. Ela se tornou loureiro, planta preferida de Apolo. Não confundir com Dáfnis, semideus siciliano, filho de Hermes, o deus dos rebanhos, e de uma Ninfa. Aparece nos poemas bucólicos de Teócrito e outros. Há um outro Dáfnis, personagem de Longos (IV séc.) criador do romance pastoril, em seu romance Dáfnis e Cloé.

8. Licaonte, rei da Arcádia, que foi transformado em lobo, junto com seus filhos, por ter servido a Zeus, disfarçado em mortal, os membros de uma criança que ele tinha degolado. Menipo se refere a Calistô, filha de Licaonte. Ela era consagrada à virgindade e vivia nos bosques a caçar junto com as companheiras de Ártemis. Zeus se apaixonou por ela e a perseguiu até que se uniu a ela. Grávida, então, ela foi banhar-se junto com Ártemis e as companheiras numa fonte e mostrou sua gravidez: enfurecida, Ártemis a transformou em ursa. Há outras variantes do mito. Ela seria também a constelação Ursa Maior.

ι'

ΜΕΝΙΠΠΟΥ ΚΑΙ ΤΡΟΦΩΝΙΟΥ

ΜΕΝΙΠΠΟΣ - Σφὼ μέντοι, ὦ Τροφώνιε καὶ Ἀμφίλοχε, νεκροὶ ὄντες οὐκ οἶδ' ὅπως ναῶν κατηξιώθητε καὶ μάντεις δοκεῖτε, καὶ οἱ μάταιοι τῶν ἀνθρώπων θεοὺς ὑμᾶς ὑπειλήφασιν εἶναι.

ΤΡΟΦΩΝΙΟΣ - Τί οὖν ἡμεῖς αἴτιοι, εἰ ὑπὸ ἀνοίας ἐκεῖνοι τοιαῦτα περὶ νεκρῶν δοξάζουσιν;

ΜΕΝΙΠΠΟΣ - Ἀλλ' οὐκ ἂν ἐδόξαζον, εἰ μὴ ζῶντες καὶ ὑμεῖς τοιαῦτα ἐτερατεύεσθε ὡς τὰ μέλλοντα προειδότες καὶ προειπεῖν δυνάμενοι τοῖς ἐρομένοις.

ΤΡΟΦΩΝΙΟΣ - Ὦ Μένιππε, Ἀμφίλοχος μὲν οὗτος ἂν εἰδείη ὅ τι αὐτῷ ἀποκριτέον ὑπὲρ αὐτοῦ, ἐγὼ δὲ ἥρως εἰμὶ καὶ μαντεύομαι, ἤν τις κατέλθῃ παρ' ἐμέ. σὺ δὲ ἔοικας οὐκ ἐπιδεδημηκέναι Λεβαδείᾳ τὸ παράπαν· οὐ γὰρ [ἂν] ἠπίστεις σὺ τούτοις.

ΜΕΝΙΠΠΟΣ - Τί φῄς; εἰ μὴ εἰς Λεβάδειαν γὰρ παρέλθω καὶ ἐσταλμένος ταῖς ὀθόναις γελοίως μᾶζαν ἐν ταῖν χεροῖν ἔχων εἰσερπύσω διὰ τοῦ στομίου ταπεινοῦ ὄντος ἐς τὸ σπήλαιον, οὐκ ἂν ἠδυνάμην εἰδέναι, ὅτι νεκρὸς εἶ ὥσπερ ἡμεῖς μόνῃ τῇ γοητείᾳ διαφέρων; ἀλλὰ πρὸς τῆς μαντικῆς, τί δαὶ ὁ ἥρως ἐστίν; ἀγνοῶ γάρ.

ΤΡΟΦΩΝΙΟΣ - Ἐξ ἀνθρώπου τι καὶ θεοῦ σύνθετον.

ΜΕΝΙΠΠΟΣ - Ὃ μήτε ἄνθρωπός ἐστιν, ὡς φῄς, μήτε θεός, καὶ συναμφότερόν ἐστιν; νῦν οὖν ποῦ σοὶ τὸ θεῶν ἐκεῖνο ἡμίτομον ἀπελήλυθεν;

ΤΡΟΦΩΝΙΟΣ - Χρᾷ, ὦ Μένιππε, ἐν Βοιωτίᾳ.

ΜΕΝΙΠΠΟΣ - Οὐκ οἶδα, ὦ Τροφώνιε, ὅ τι καὶ λέγεις· ὅτι μέντοι ὅλος εἶ νεκρὸς ἀκριβῶς ὁρῶ.

Diálogo X

Menipo, Trofônios[1] e Anfílocos[2]

Menipo – Trofônios e Anfílocos, vós dois estando mortos, eu não sei como fostes julgados dignos de templos, como vós passais por adivinhos, e como homens insensatos imaginaram que vós sois deuses.

Trofônios – Que culpa temos nós se os homens, por ignorância, têm essa opinião a respeito dos mortos?

Menipo – É, mas eles não teriam tido essa opinião se também vós, em vida, não tivésseis executado esse tipo de prodígios, tais como: fazer previsão do futuro e fazer profecias aos que vos interrogavam.

Trofônios – Menipo, Anfílocos, aqui presente, teria condição de saber o que ele deve te responder a respeito dele. Quanto a mim, eu sou um herói e faço profecias a quem descer até aqui. Tu, no entanto, parece que nunca fizeste uma visita a Lebadia. Se não tu não serias incrédulo a respeito dessas coisas.

Menipo – O que estás dizendo? Que, se eu não fosse a Lebadia e, paramentado de roupagens femininas, segurando nas mãos uma torta, entrasse rastejando pela entrada muito baixa até tua espelunca, eu não poderia ficar sabendo que tu estás morto, como todos nós, apenas com uma diferença: a tua charlatanice? Mas, em nome da Adivinhação, o que é de fato um herói? Eu ignoro.

Trofônios – É um composto de homem e deus.

Menipo – Que nem é homem, como estás dizendo, nem deus; mas é as duas coisas juntas. Mas, neste instante, onde foi parar aquela metade que é dos deuses?!

Trofônios – Está proferindo oráculos na Beócia.

Menipo – Não sei, Trofônios, o que estás dizendo; mas que tu estás bem morto, isso eu estou vendo, e muito bem.

Notas

1. Trofônios, herói de Lebadia, na Beócia. Segundo uma das lendas, seria filho de Apolo e de Epicaste; esta, ao casar-se com Agamedes, trouxe-lhe um filho, Trofônios, e depois lhe deu outro, Cércion. Os três, Agamedes, Trofônios e Cércion, eram hábeis arquitetos e construíram vários edifícios: a casa de Anfitrião, em Tebas; um dos templos de Apolo em Delfos; o tesouro de Áugias, em Élis, e o de Hiereu, em Híria. Neste último, Agamedes e Trofônios teriam colocado uma pedra numa entrada secreta, que só eles sabiam e passaram a roubar do tesouro. Hiereu desconfiou e pediu a Dédalo que montasse uma armadilha. Ela foi feita e Agamedes caiu nela. Trofônios, para não deixar testemunhas, cortou a cabeça de Agamedes; Apolo, então, irritado, fez abrir-se a terra que engoliu Trofônios. Naquele lugar havia um buraco e uma estela com o nome de Agamedes. Ali também estava o oráculo de Trofônios, associado a Agamedes. Menipo associa a gruta subterrânea aos cultos dos mistérios, em que os iniciantes eram submetidos a várias provas de iniciação. Sobre a gruta de Lebadia, ver o diálogo *Menipo ou a Nequiomancia*.
2. Anfílocos, sobrinho de um outro adivinho do mesmo nome. Filho de Alcmeon e Mantô, que seria filha do adivinho Tirésias. Teria fundado a cidade de Argos, na Etólia, e ainda a cidade de Malos, na Cilícia, ajudado por Mopsos. Os dois se desentenderam e morreram ambos em combate singular. Anfílocos, o tio, filho de Anfiarao e Erifila, figura como um dos pretendentes de Helena; participou da expedição contra Tróia e teria ajudado o adivinho Calcas.

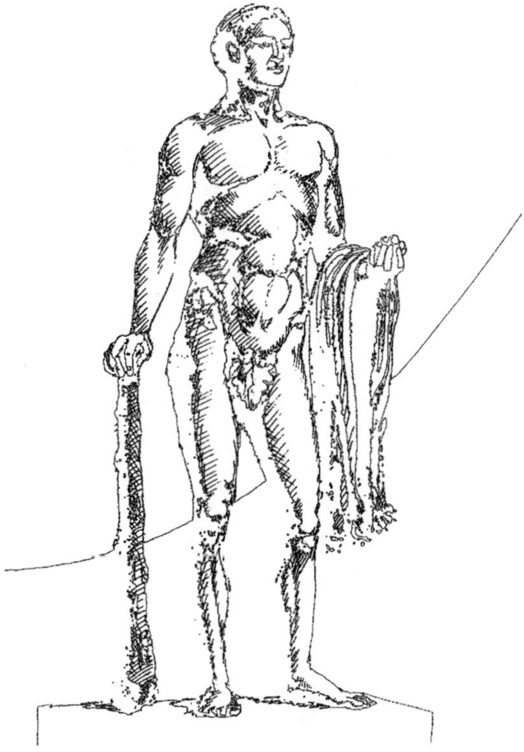

ια'

ΔΙΟΓΕΝΟΥΣ ΚΑΙ ΗΡΑΚΛΕΟΥΣ

ΔΙΟΓΕΝΗΣ - Οὐχ Ἡρακλῆς οὗτός ἐστιν; οὐ μὲν ἄλλος, μὰ τὸν Ἡρακλέα. τὸ τόξον, τὸ ῥόπαλον, ἡ λεοντῆ, τὸ μέγεθος, ὅλος Ἡρακλῆς ἐστιν. εἶτα τέθνηκεν Διὸς υἱὸς ὤν; εἰπέ μοι, ὦ καλλίνικε, νεκρὸς εἶ; ἐγὼ γάρ σοι ἔθυον ὑπὲρ γῆς ὡς θεῷ.

ΗΡΑΚΛΗΣ - Καὶ ὀρθῶς ἔθυες· αὐτὸς μὲν γὰρ ὁ Ἡρακλῆς ἐν τῷ οὐρανῷ τοῖς θεοῖς σύνεστι ‘καὶ ἔχει καλλίσφυρον Ἥβην,’ ἐγὼ δὲ εἴδωλόν εἰμι αὐτοῦ.

ΔΙΟΓΕΝΗΣ - Πῶς λέγεις; εἴδωλον τοῦ θεοῦ; καὶ δυνατὸν ἐξ ἡμισείας μὲν τινα θεὸν εἶναι, τεθνάναι δὲ τῷ ἡμίσει;

ΗΡΑΚΛΗΣ - Ναί· οὐ γὰρ ἐκεῖνος τέθνηκεν, ἀλλ' ἐγὼ ἡ εἰκὼν αὐτοῦ.

ΔΙΟΓΕΝΗΣ - Μανθάνω· ἄντανδρόν σε τῷ Πλούτωνι παραδέδωκεν ἀνθ' ἑαυτοῦ, καὶ σὺ νῦν ἀντ' ἐκείνου νεκρὸς εἶ.

ΗΡΑΚΛΗΣ - Τοιοῦτό τι.

ΔΙΟΓΕΝΗΣ - Πῶς οὖν ἀκριβὴς ὢν ὁ Αἰακὸς οὐ διέγνω σε μὴ ὄντα ἐκεῖνον, ἀλλὰ παρεδέξατο ὑποβολιμαῖον Ἡρακλέα παρόντα;

ΗΡΑΚΛΗΣ - Ὅτι ἐῴκειν ἀκριβῶς.

ΔΙΟΓΕΝΗΣ - Ἀληθῆ λεγεις· ἀκριβῶς γάρ, ὥστε αὐτὸς ἐκεῖνος εἶναι. ὅρα γοῦν μὴ τὸ ἐναντίον ἐστί· σὺ μὲν εἶ ὁ Ἡρακλῆς, τὸ δὲ εἴδωλον γεγάμηκεν τὴν Ἥβην παρὰ τοῖς θεοῖς.

ΗΡΑΚΛΗΣ - Θρασὺς εἶ καὶ λάλος, καὶ εἰ μὴ παύσῃ σκώπτων εἰς ἐμέ, εἴσῃ αὐτίκα οἵου θεοῦ εἴδωλόν εἰμι.

DIÓGENES E HERACLÉS[1]

DIÓGENES – Esse aí não é Heraclés?! Não pode ser outro, por Heraclés! – o arco, o porrete, a pele de leão, a estatura... é todinho Heraclés.
Então, Heraclés, mesmo sendo filho de Zeus, tu estás morto? Dize-me, ó belo vencedor, tu estás morto mesmo?! É que, eu, na terra, te oferecia sacrifícios, como a um deus.

HERACLÉS – E o teu sacrifício era correto, pois Heraclés em pessoa está no céu e possui Hebe, de belos pés; eu sou o simulacro dele.

DIÓGENES – Como é que é isso?! Simulacro do deus?! E é possível alguém ser deus pela metade e estar morto pela metade?

HERACLÉS – Sim. Na verdade ele não morreu, mas sim eu, a imagem dele.

DIÓGENES – Entendo, Ele te entregou a Plutão, como um sósia, em lugar dele; e tu, agora, estás morto em lugar dele.

HERACLÉS – É mais ou menos isso aí.

DIÓGENES – E como foi que Éaco, que é minucioso, não reconheceu que tu não eras ele, e acolheu um suposto Heraclés aqui presente?

HERACLÉS – É porque eu era perfeitamente parecido.

DIÓGENES – É verdade o que estás dizendo. És tão perfeito, a ponto de tu seres ele. Toma cuidado, então, para que não seja o contrário: o Heraclés és tu, e o teu simulacro se casou com Hebe, lá entre os deuses...

HERACLÉS – Tu és um impertinente e um tagarela. Se não cessares de me gozar, ficarás sabendo logo de que deus eu sou o simulacro.

ΔΙΟΓΕΝΗΣ - Τὸ μὲν τόξον γυμνὸν καὶ πρόχειρον· ἐγὼ δὲ τί ἂν ἔτι φοβοίμην σε ἅπαξ τεθνεώς; ἀτὰρ εἰπέ μοι πρὸς τοῦ σοῦ Ἡρακλέους, ὁπότε ἐκεῖνος ἔζη, συνῆς αὐτῷ καὶ τότε εἴδωλον ὤν; ἢ εἷς μὲν ἦτε παρὰ τὸν βίον, ἐπεὶ δὲ ἀπεθάνετε, διαιρεθέντες ὁ μὲν εἰς θεοὺς ἀπέπτατο, σὺ δὲ τὸ εἴδωλον, ὥσπερ εἰκὸς ἦν, εἰς ᾅδου πάρει;

ΗΡΑΚΛΗΣ - Ἐχρῆν μὲν μηδὲ ἀποκρίνεσθαι πρὸς ἄνδρα ἐξεπίτηδες ἐρεσχηλοῦντα· ὅμως δ' οὖν καὶ τοῦτο ἄκουσον· ὁπόσον μὲν γὰρ Ἀμφιτρύωνος ἐν τῷ Ἡρακλεῖ ἦν, τοῦτο τέθνηκεν καί εἰμι ἐγὼ ἐκεῖνο πᾶν, ὃ δὲ ἦν τοῦ Διός, ἐν οὐρανῷ σύνεστι τοῖς θεοῖς.

ΔΙΟΓΕΝΗΣ - Σαφῶς νῦν μανθάνω· δύο γὰρ φῄς ἔτεκεν ἡ Ἀλκμήνη κατὰ τὸ αὐτὸ Ἡρακλέας, τὸν μὲν ὑπ' Ἀμφιτρύωνι, τὸν δὲ παρὰ τοῦ Διός, ὥστε ἐλελήθειτε δίδυμοι ὄντες ὁμομήτριοι.

ΗΡΑΚΛΗΣ - Οὔκ, ὦ μάταιε· ὁ γὰρ αὐτὸς ἄμφω ἦμεν.

ΔΙΟΓΕΝΗΣ - Οὐκέτι τοῦτο μαθεῖν ῥᾴδιον, συνθέτους δύο ὄντας Ἡρακλέας, ἐκτὸς εἰ μὴ ὥσπερ ἱπποκένταυρός τις ἦτε εἰς ἓν συμπεφυκότες ἄνθρωπός τε καί θεός.

ΗΡΑΚΛΗΣ - Οὐ γὰρ καὶ πάντες οὕτως σοι δοκοῦσι συγκείσθαι ἐκ δυεῖν, ψυχῆς καὶ σώματος; ὥστε τί τὸ κωλῦόν ἐστι τὴν μὲν ψυχὴν ἐν οὐρανῷ εἶναι, ἥπερ ἦν ἐκ Διός, τὸ δὲ θνητὸν ἐμὲ παρὰ τοῖς νεκροῖς;

ΔΙΟΓΕΝΗΣ - Ἀλλ', ὦ βέλτιστε Ἀμφιτρυωνιάδη, καλῶς ἂν ταῦτα ἔλεγες, εἰ σῶμα ἦσθα, νῦν δὲ ἀσώματον εἴδωλον εἶ· ὥστε κινδυνεύεις τριπλοῦν ἤδη ποιῆσαι τὸν Ἡρακλέα.

ΗΡΑΚΛΗΣ - Πῶς τριπλοῦν;

ΔΙΟΓΕΝΗΣ - Ὧδέ πως· εἰ μὲν γὰρ ὁ μέν τις ἐν οὐρανῷ, ὁ δὲ παρ' ἡμῖν σὺ τὸ εἴδωλον, τὸ δὲ σῶμα ἐν Οἴτῃ κόνις ἤδη γενόμενον, τρία ταῦτα ἤδη γεγένηνται· καὶ σκόπει ὅντινα τὸν τρίτον πατέρα ἐπινοήσεις τῷ σώματι.

Diógenes – É. O arco está armado e entesado. Mas eu, de que mais poderia ter medo, vindo de ti, já que morri de vez? Entretanto, dize-me, por teu Heraclés: quando ele estava vivo, tu estavas com ele como um simulacro, já naquele tempo, ou vós dois éreis um só durante a vida, e depois que morrestes, depois de vos separardes, ele alçou vôo para os deuses, e tu, o simulacro dele, como era natural, estás aqui no Hades?

Heraclés – Eu nem devia responder a um indivíduo que fica dizendo bobagens de propósito. Mas escuta aí também isto: tudo quanto, em Heraclés, era de Anfitrião[2], está morto, e eu sou aquilo tudo; e o que era de Zeus está no céu, em companhia dos deuses.

Diógenes – Ah, agora estou entendendo. É claro. Estás dizendo que Alcmene pariu de uma só vez dois Heraclés: um, que concebeu sob Anfitrião, e o outro, de Zeus. Assim vós dois nascestes gêmeos de uma mesma mãe.

Heraclés – Não, imbecil! Nós éramos dois e uma mesma pessoa!

Diógenes – Ainda não está fácil de entender isso: que éreis dois Heraclés compostos; a menos que fôsseis como uma espécie de hipocentauro, nascidos os dois juntos em um só: homem e deus.

Heraclés – Não! Pois não te parece que todos somos compostos de duas partes: alma e corpo? Então, o que impede que a alma, que era de Zeus, esteja no céu, e a parte mortal, eu, esteja entre os mortos?

Diógenes – Mas, ó, distintíssima estirpe de Anfitrião, seria bonito afirmar isso, se tu fosses um corpo; contudo, tu agora és um simulacro incorpóreo! Então, estás correndo o risco de produzir já um tríplice Heraclés!

Heraclés – Tríplice como?

Diógenes – Mais ou menos assim: se um está no céu e outro, tu, o simulacro dele, estás entre nós, e outro ainda, o corpo, que já virou pó, em Oeta[3], essas coisas já viraram três! Agora, vê lá quem inventarás como pai do corpo!

ΗΡΑΚΛΗΣ - Θρασὺς εἶ καὶ σοφιστής· τίς δαὶ καὶ ὢν τυγχάνεις;

ΔΙΟΓΕΝΗΣ - Διογένους τοῦ Σινωπέως εἴδωλον, αὐτὸς δὲ οὐ μὰ Δία ʽμετ᾽ ἀθανάτοισι θεοῖσιν,᾽ ἀλλὰ τοῖς βελτίστοις τῶν νεκρῶν σύνεστιν Ὁμήρου καὶ τῆς τοιαύτης ψυχρολογίας καταγελῶν.

Heraclés – Tu és um impertinente e um sofista. Mas, quem és tu, por acaso?

Diógenes – Eu sou o simulacro de Diógenes de Sinope. Eu não estou, por Zeus, entre os deuses imortais, mas estou entre os melhores dos mortos; e estou zombando de Homero e desse tipo de invencionices.

Notas

1. Heraclés, Hércules para os latinos. Filho de Zeus e de Alcmene. Zeus se apaixonara por Alcmene, mas não tinha sucesso em suas investidas, até que tomou a figura do marido, Anfitrião, que Alcmene iludida aceitou. Heraclés nasceu dotado de força descomunal e, ainda criancinha, estrangulou duas serpentes que Hera, sempre enciumada, tinha mandado para matá-lo. A vida de Heraclés é uma sucessão de feitos extraordinários, sempre combatendo e vencendo as forças do mal, entremeados de atos arbitrários em cenas em que é dominado por loucura, que Hera lhe incute (como a morte de seus próprios filhos e sobrinhos). Acolhido pelo rei Téspios, durante cinqüenta noites seguidas recebe em seu leito cinqüenta jovens. Seriam as cinqüenta lunações que medeiam os jogos olímpicos, cuja criação é atribuída a Heraclés. É o herói grego por excelência, modelo para os jovens por causa de seus atributos físicos. É violento, mas generoso, imprevisível e temerário, perseverante, infatigável, sublime em seus trabalhos gigantescos e rompantes de generosidade, mas ingênuo e imprevidente. É o herói da ação imediata, libertadora. Aqui ele é o ingênuo, que não consegue escapar à esperteza de Diógenes, que explora a condição de meio deus e meio homem. Heraclés é um modelo para muitas esculturas; aparece com um tacape imenso com que matou o leão de Meméia, de cuja pele faz seu manto e do crâneo e juba seu capacete.
Os estóicos, vendo em Heraclés firmeza de alma, tinham-no como modelo de sábio. Xenofonte, nas *Memoráveis,* reproduz o apólogo atribuído a Pródico *"Heraclés na encruzilhada"*, que representa Heraclés diante do destino, encontrando duas jovens figurando a Virtude e o Vício. Depois de ouvir as duas, Heraclés se decide pela Virtude. Esse apólogo foi muito explorado, desde a antigüidade até nossos dias.
2. Anfitrião, marido de Alcmene, esposa fiel. Foi vítima do cumprimento

do dever de hospitalidade: o hóspede, Zeus, se fez passar por ele e enganou Alcmene. Anfitrião passou a ser então o símbolo de quem convida e recebe hóspedes e serve de tema para várias peças de teatro que levam seu nome, a começar pela de Plauto, cujo falso Anfitrião tem o nome de Sósia, seu secretário, que se tornou um nome comum às pessoas parecidas. Esse tema tem sido muito explorado. Rotrou (1636) escreve *Os Sósias,* baseando-se em Plauto; em 1668, Molière escreveu *Amphitryon*. É dessa peça que se generalizou o sentido de anfitrião-hospedeiro. O criado Sósia é que diz "anfitrião é lá onde se janta"; Kleist, em 1806, escreveu um *Anfitrião;* Giraudoux, em 1938, também; em português tivemos recentemente *Um deus dormiu lá em casa,* de Guilherme Figueiredo.

3. Oeta, montanha perto de Tráquis, entre a Beócia e a Tessália, onde Heraclés morreu.

ιβ'

ΦΙΛΙΠΠΟΥ ΚΑΙ ΑΛΕΞΑΝΔΡΟΥ

ΦΙΛΙΠΠΟΣ - Νῦν μέν, ὦ Ἀλέξανδρε, οὐκ ἂν ἔξαρνος γένοιο μὴ οὐκ ἐμὸς υἱὸς εἶναι· οὐ γὰρ ἂν τεθνήκεις Ἄμμωνός γε ὤν.

ΑΛΕΞΑΝΔΡΟΣ - Οὐδ' αὐτὸς ἠγνόουν, ὦ πάτερ, ὡς Φιλίππου τοῦ Ἀμύντου υἱός εἰμι, ἀλλ' ἐδεξάμην τὸ μάντευμα, χρήσιμον εἰς τὰ πράγματα εἶναι οἰόμενος.

ΦΙΛΙΠΠΟΣ - Πῶς λέγεις; χρήσιμον ἐδόκει σοι τὸ παρέχειν σεαυτὸν ἐξαπατηθησόμενον ὑπὸ τῶν προφητῶν;

ΑΛΕΞΑΝΔΡΟΣ - Οὐ τοῦτο, ἀλλ' οἱ βάρβαροι κατεπλάγησάν με καὶ οὐδεὶς ἔτι ἀνθίστατο οἰόμενοι θεῷ μάχεσθαι, ὥστε ῥᾷον ἐκράτουν αὐτῶν.

ΦΙΛΙΠΠΟΣ - Τίνων ἐκράτησας σύ γε ἀξιομάχων ἀνδρῶν, ὃς δειλοῖς ἀεὶ συνηνέχθης τοξάρια καὶ πελτάρια καὶ γέρρα οἰσύϊνα προβεβλημένοις; Ἑλλήνων κρατεῖν ἔργον ἦν, Βοιωτῶν καὶ Φωκέων καὶ Ἀθηναίων, καὶ τὸ Ἀρκάδων ὁπλιτικὸν καὶ τὴν Θετταλὴν ἵππον καὶ τοὺς Ἠλείων ἀκοντιστὰς καὶ τὸ Μαντινέων πελταστικὸν ἢ Θρᾷκας ἢ Ἰλλυριοὺς ἢ καὶ Παίονας χειρώσασθαι, ταῦτα μεγάλα· Μήδων δὲ καὶ Περσῶν καὶ Χαλδαίων, χρυσοφόρων ἀνθρώπων καὶ ἁβρῶν, οὐκ οἶσθα ὡς πρὸ σοῦ μύριοι μετὰ Κλεάρχου ἀνελθόντες ἐκράτησαν οὐδ' εἰς χεῖρας ὑπομεινάντων ἐλθεῖν ἐκείνων, ἀλλὰ πρὶν ἢ τόξευμα ἐξικνεῖσθαι φυγόντων;

Diálogo XII

Filipe[1] e Alexandre[2]

Filipe – Agora, Alexandre, não mais poderias afirmar que não és meu filho, pois se fosses filho de Amon não estarias aqui.

Alexandre – Nem eu desconhecia, meu pai, que era filho de Felipe, filho de Amintas. Mas eu aceitava o oráculo porque acreditava que aquilo era útil para meus projetos.

Filipe – Como é isso? Parecia-te útil sujeitar-te a ser enganado pelos adivinhos?

Alexandre – Não, não é isso. É que os bárbaros ficavam estarrecidos na minha presença, e assim nenhum deles me resistiu, por acreditar que estavam lutando com um deus. Daí, eu os dominava mais facilmente.

Filipe – Mas, que homens dignos de combate tu dominaste! Tu mediste forças sempre com homens fracos, armados de pequenos arcos e de escudinhos de nada ou trançados de vime! Dominar os gregos é que era a façanha! Submeter os Beócios, os Fócios, e também os Atenienses, a infantaria dos Árcades, a cavalaria Tessálica, os lanceiros de Eléia, os escudos de Mantinéia, ou ainda os Trácios, os Ilírios[3], os Peônios[4], isso sim que foram grandes façanhas! Mas, dominar Medos, Persas e Caldeus, homens carregados de ouro e delicados... Tu não sabes que antes de ti, dez mil gregos, partindo com Clearco[5], os bateram, sem que viessem a se enfrentar? Eles fugiram antes de chegar à linha das flechadas!

ΑΛΕΞΑΝΔΡΟΣ - Ἀλλ᾽ οὐ Σκύθαι γε, ὦ πάτερ, οὐδὲ Ἰνδῶν ἐλέφαντες εὐκαταφρόνητόν τι ἔργον, καὶ ὅμως οὐ διαστήσας αὐτοὺς οὐδὲ προδοσίαις ὠνούμενος τὰς νίκας ἐκράτουν αὐτῶν· οὐδ᾽ ἐπιώρκησα πώποτε ἢ ὑποσχόμενος ἐψευσάμην ἢ ἄπιστον ἔπραξά τι τοῦ νικᾶν ἕνεκα. καὶ τοὺς Ἕλληνας δὲ τοὺς μὲν ἀναιμωτὶ παρέλαβον, Θηβαίους δὲ ἴσως ἀκούεις ὅπως μετῆλθον.

ΦΙΛΙΠΠΟΣ - Οἶδα ταῦτα πάντα· Κλεῖτος γὰρ ἀπήγγειλέ μοι, ὃν σὺ τῷ δορατίῳ διελάσας μεταξὺ δειπνοῦντα ἐφόνευσας, ὅτι με πρὸς τὰς σὰς πράξεις ἐπαινέσαι ἐτόλμησεν. σὺ δὲ καὶ τὴν Μακεδονικὴν χλαμύδα καταβαλὼν κάνδυν, ὥς φασι, μετενέδυς καὶ τιάραν ὀρθὴν ἐπέθου καὶ προσκυνεῖσθαι ὑπὸ Μακεδόνων, ἐλευθέρων ἀνδρῶν, ἠξίους, καὶ τὸ πάντων γελοιότατον, ἐμι-μοῦ τὰ τῶν νενικημένων. ἐῶ γὰρ λέγειν ὅσα ἄλλα ἔπραξας, λέουσι συγκατακλείων πεπαιδευμένους ἄνδρας καὶ τοσούτους γαμῶν γάμους καὶ Ἡφαιστίωνα ὑπεραγαπῶν. ἓν ἐπῄνεσα μόνον, ἀκούσας ὅτι ἀπέσχου τῆς Δαρείου γυναικὸς καλῆς οὔσης, καὶ τῆς μητρὸς αὐτοῦ καὶ τῶν θυγατέρων ἐπεμελήθης· βασιλικὰ γὰρ ταῦτα.

ΑΛΕΞΑΝΔΡΟΣ - Τὸ φιλοκίνδυνον δέ, ὦ πατερ, οὐκ ἐπαινεῖς καὶ τὸ ἐν Ὀξυδράκαις πρῶτον καθαλέσθαι ἐντὸς τοῦ τείχους καὶ τοσαῦτα λαβεῖν τραύματα;

Alexandre – Mas não os citas, meu pai, nem os elefantes dos Indus foram façanhas a se menosprezar!

E assim mesmo, sem semear discórdia entre eles, nem comprar vitórias por meio de traições[6]. Mesmo assim eu os venci. Além disso, eu jamais cometi perjúrio, nem fiz falsas promessas, nem pratiquei algum ato pérfido para vencer. Quanto aos gregos, eu os cooptei sem uma gota de sangue sequer. Agora, quanto aos Tebanos[7]... certamente tu sabes como eu os venci.

Filipe – Eu sei de tudo isso. Clitos[8] me informou. Tu o mataste, atravessando-o com uma lança, no meio de um festim, só porque ele teve a ousadia de cantar minhas façanhas à frente das tuas. E mais, tu rejeitaste a clâmide macedônica e vestiste o manto com mangas dos persas e puseste na cabeça a tiara reta e te julgaste digno de ser adorado pelos macedônios[9], que são homens livres. E o que é o mais ridículo de tudo, tu copiaste os costumes dos vencidos. Deixo de mencionar outras façanhas tuas, como a de fechar numa jaula, junto com leões, homens sábios e de ter celebrado tantos casamentos e de ter amado além do normal Hefaistion[10]. Só uma coisa eu elogio: é que eu ouvi que não tocaste na mulher de Dario[11], apesar de sua beleza, e que cuidaste da mãe e das filhas dele. Isso sim, são atitudes dignas de um rei.

Alexandre – E o meu amor dos perigos, meu pai, tu não elogias? E o fato de ser o primeiro a pular para dentro das muralhas, entre os Oxidraques[12]; e de ter recebido um sem número de ferimentos[13]?

ΦΙΛΙΠΠΟΣ - Οὐκ ἐπαινῶ τοῦτο, ὦ Ἀλέξανδρε, οὐχ ὅτι μὴ καλὸν οἴομαι εἶναι καὶ τιτρώσκεσθαί ποτε τὸν βασιλέα καὶ προκινδυνεύειν τοῦ στρατοῦ, ἀλλ' ὅτι σοὶ τὸ τοιοῦτο ἥκιστα συνέφερεν· θεὸς γὰρ εἶναι δοκῶν εἴ ποτε τρωθείης, καὶ βλέποιέν σε φοράδην τοῦ πολέμου ἐκκομιζόμενον, αἵματι ῥεόμενον, οἰμώζοντα ἐπὶ τῷ τραύματι, ταῦτα γέλως ἦν τοῖς ὁρῶσιν, καὶ ὁ Ἄμμων γόης καὶ ψευδόμαντις ἠλέγχετο καὶ οἱ προφῆται κόλακες. ἢ τίς οὐκ ἂν ἐγέλασεν ὁρῶν τὸν τοῦ Διὸς υἱὸν λιποψυχοῦντα, δεόμενον τῶν ἰατρῶν βοηθεῖν; νῦν μὲν γὰρ ὁπότε ἤδη τέθνηκας, οὐκ οἴει πολλοὺς εἶναι τοὺς τὴν προσποίησιν ἐκείνην ἐπικερτομοῦντας, ὁρῶντας τὸν νεκρὸν τοῦ θεοῦ ἐκτάδην κείμενον, μυδῶντα ἤδη καὶ ἐξῳδηκότα κατὰ νόμον ἁπάντων τῶν σωμάτων; ἄλλως τε καὶ τοῦτο, ὅ χρήσιμον ἔφης, ὦ Ἀλέξανδρε, τὸ διὰ τοῦτο κρατεῖν ῥᾳδίως, πολὺ σὲ τῆς δόξης ἀφῃρεῖτο τῶν κατορθουμένων· πᾶν γὰρ ἐδόκει ἐνδεὲς ὑπὸ θεοῦ γίγνεσθαι δοκοῦν.

ΑΛΕΞΑΝΔΡΟΣ - Οὐ ταῦτα φρονοῦσιν οἱ ἄνθρωποι περὶ ἐμοῦ, ἀλλὰ Ἡρακλεῖ καὶ Διονύσῳ ἐνάμιλλον τιθέασί με. καίτοι τὴν Ἄορνον ἐκείνην, οὐδετέρου ἐκείνων λαβόντος, ἐγὼ μόνος ἐχειρωσάμην.

ΦΙΛΙΠΠΟΣ - Ὁρᾷς ὅτι ταῦτα ὡς Ἄμμωνος υἱὸς λέγεις, ὅς Ἡρακλεῖ καὶ Διονύσῳ παραβάλλεις σεαυτόν; καὶ οὐκ αἰσχύνῃ, ὦ Ἀλέξανδρε, οὐδὲ τὸν τῦφον ἀπομαθήσῃ καὶ γνώσῃ σεαυτὸν καὶ συνήσεις ἤδη νεκρὸς ὤν;

Filipe – Não elogio isso não, Alexandre. Não porque não acho que seja bonito uma vez ou outra também um rei ser ferido e se expor à frente de suas tropas; mas porque esse gesto não te convinha nem um pouco. É que, como te viam como um deus, se, por acaso tu fosses ferido e te vissem carregado para fora das fileiras, vertendo sangue e gemendo por causa dos ferimentos, isso seria motivo de riso para os circunstantes. E Amon seria considerado um charlatão e falso profeta, e os adivinhos seriam considerados bajuladores. Pois quem não teria caído na risada se visse o filho de Zeus cair desmaiado e necessitar de socorros médicos? E agora, que já estás morto, não achas que há um bando de gente criticando aquela tua pretensão, ao verem o cadáver do deus estirado, começando a apodrecer, todo inchado, como é a lei de todos os corpos[14] ? Mais uma coisa, Alexandre: aquilo que tu dizias ser útil, para vencer com mais facilidade, diminui muito tua glória e teus sucessos. É que tudo se revelava aquém do que parecia ser, por ser obra de um deus.

Alexandre – Mas não é isso que os homens pensam a meu respeito. Eles me colocam no mesmo nível de Heraclés e de Diônisos. E mais: a famosa Aornos[15], que nenhum dos dois tomou, eu fui o único que conquistei.

Filipe – Estás vendo? Tu já estás falando como filho de Amon e te comparas a Diônisos... Não tens vergonha, Alexandre? Tu não desistirás de tua vaidade, não te conhecerás a ti mesmo, nem compreenderás que já estás morto?

Notas

1. Filipe II, rei da Macedônia (382-336 a.C.), filho do rei Amintas. Assumiu a regência em 359 e tornou-se rei em 356. Reorganizou o estado, saneou as finanças e o exército, criou a Falange e começou a expandir o reino, primeiro na Trácia e depois se apoderando de ilhas gregas no mar Egeu. Praticou uma política de alianças com as cidades gregas. Demóstenes lhe faz uma oposição sistemática, denunciando seu imperialismo e seus métodos (*As Olínticas* e *As Filípicas*); Atenas enfrenta Filipe e é derrotada

em Queronéia em 339. Filipe se faz nomear comandante dos gregos e se prepara para invadir a Pérsia, quando é assassinado por um nobre, Pausânias, talvez instigado pela esposa Olímpias.

2. Alexandre Magno, filho de Filipe II, rei da Macedônia e de Olímpias, de uma família sacerdotal do templo de Zeus em Dordona, no Épiro. Olímpias fez espalhar a notícia de que seu filho Alexandre era filho de Zeus Amon, que penetrara no palácio, sob forma de serpente, e incutiu essa idéia a Alexandre, que ficou convencido disso e se comprazia em divulgar essa idéia. Muitos de seus feitos, produtos do arrojo, do imprevisto e da temeridade se explicariam por sua origem divina. Filipe lhe deu como mestre Aristóteles, a quem Alexandre sempre foi grato. Nas suas campanhas nunca se esquecia de fornecer a Aristóteles todos os meios para suas pesquisas, notadamente sobre a vida dos animais. Assumindo o reino com a morte do pai, Alexandre se fez proclamar estratego autocrator dos gregos (336) e invadiu a Pérsia. Venceu Dario em Granico (334) e em Issos (333), tomou Tiro, Sidon e conquistou o Egito, foi a Tebas, onde havia um templo de Zeus Amon, que seria seu pai. Fundou Alexandria que seria o grande centro cultural, com a missão de guardar toda a produção cultural da humanidade. Na volta atravessa o Tigre e o Eufrates e derrota definitivamente os Persas em Arbela (331): conquista Babilônia, Susa, Persépolis, que é incendiada; atinge o rio Indus, onde vence Poros, que, conquistado pela generosidade de Alexandre, torna-se seu aliado. Alexandre morre de malária (323), na Babilônia, cidade que tinha intenção de transformar na capital de seu Império. Por isso havia iniciado sua reconstrução.

3. A Ilíria fica na costa oriental do Adriático, a leste da Macedônia.

4. Os Peônios eram um povo Trácio que habitavam ao norte da Macedônia.

5. Referência aos mercenários gregos engajados por Ciro, o Jovem (424-401), que disputava a coroa com o irmão, Artaxerxes. Ciro morreu na batalha de Cunaxa (401) e Artaxerxes decretou anistia e os mercenários gregos, comandados por Clearco, ficaram isolados. Com a morte de Clearco, Xenofonte assume o comando dos gregos e organiza a retirada rumo ao norte; ele a descreve em sua obra *Anábase* ou *A retirada dos dez mil.*

6. Alusão às táticas do pai ao promover as alianças com as cidades gregas. Demóstenes explora bem isso.

7. Tebas não aceitou o comando de Alexandre. Foi vencida e arrasada. Alexandre poupou apenas a casa de Píndaro.

8. Clitos ou Clíton, ver nota 6 do Diálogo XIII

9. Há inúmeras histórias sobre o comportamento de Alexandre, umas verdadeiras, freqüentemente ampliadas e outras frutos da imaginação. A referência ao abandono da austeridade dos macedônios se refere ao projeto de Alexandre de se tornar imperador de um império com sede na Babilônia. Ele favoreceu o casamento de seus soldados com mulheres persas e de outros povos – teria realizado num só dia 10.000 casamentos. O luxo e a ostentação orientais o seduziram. Ele mesmo se casou com Roxana, filha do chefe bactriano Oxiartes e com Barsina, filha mais velha de Dario.

10. Hefaistion era seu fiel escudeiro; Alexandre o tratava com muito carinho, mesmo em público; o que provoca esse comentário malicioso do pai.

11. Ele teria agido assim de caso pensado porque pretendia ser reconhecido como sucessor de Dario, e na batalha de Arbela (331) ele socorre Dario ferido, impedindo que o matassem. Dario morre em seus braços.

12. Como a cidade resistia demais, Alexandre, num lance de ousadia, alcança as muralhas e salta para dentro da cidade: imediatamente seus companheiros fazem o mesmo e conseguem abrir as portas. A fortaleza em questão ficava no país dos Málios, ao sudeste dos Oxidraques, que habitavam entre os rios Índus e Hifase.

13. Foi no cerco de Iaxartes que Alexandre foi atingido por uma flechada, que lhe atravessou a perna direita, fraturando o osso.

14. Alusão à morte recente de Alexandre. Alexandre morreu, mas ainda não está enterrado, e Ptolomeu tinha prometido que quando Alexandre morresse ele o enterraria no templo de Zeus Amon. Alexandre pretendia ser reconhecido como um deus egípcio.

15. Ele se refere ao ponto mais longínquo de sua expedição: nenhum grego teria chegado até lá. Aornos significa "inacessível às aves".

ιγ'

ΔΙΟΓΕΝΟΥΣ ΚΑΙ ΑΛΕΞΑΝΔΡΟΥ

ΔΙΟΓΕΝΗΣ - Τί τοῦτο, ὦ Ἀλέξανδρε; καὶ σὺ τέθνηκας ὥσπερ καὶ ἡμεῖς ἅπαντες;

ΑΛΕΞΑΝΔΡΟΣ - Ὁρᾷς, ὦ Διόγενες· οὐ παράδοξον δέ, εἰ ἄνθρωπος ὢν ἀπέθανον.

ΔΙΟΓΕΝΗΣ - Οὐκοῦν ὁ Ἄμμων ἐψεύδετο λέγων ἑαυτοῦ σε εἶναι, σὺ δὲ Φιλίππου ἄρα ἦσθα;

ΑΛΕΞΑΝΔΡΟΣ - Φιλίππου δηλαδή· οὐ γὰρ ἂν ἐτεθνήκειν Ἄμμωνος ὤν.

ΔΙΟΓΕΝΗΣ - Καὶ μὴν καὶ περὶ τῆς Ὀλυμπιάδος ὅμοια ἐλέγετο, δράκοντα ὁμιλεῖν αὐτῇ καὶ βλέπεσθαι ἐν τῇ εὐνῇ, εἶτα οὕτω σε τεχθῆναι, τὸν δὲ Φίλιππον ἐξηπατῆσθαι οἰόμενον πατέρα σου εἶναι.

ΑΛΕΞΑΝΔΡΟΣ - Κἀγὼ ταῦτα ἤκουν ὥσπερ σύ, νῦν δὲ ὁρῶ ὅτι οὐδὲν ὑγιὲς οὔτε ἡ μήτηρ οὔτε οἱ τῶν Ἀμμωνίων προφῆται ἔλεγον.

ΔΙΟΓΕΝΗΣ - Ἀλλὰ τό γε ψεῦδος αὐτῶν οὐκ ἄχρηστόν σοι, ὦ Ἀλέξανδρε, πρὸς τὰ πράγματα ἐγένετο· πολλοὶ γὰρ ὑπέπτησσον θεὸν εἶναί σε νομίζοντες. ἀτὰρ εἰπέ μοι, τίνι τὴν τοσαύτην ἀρχὴν καταλέλοιπας;

ΑΛΕΞΑΝΔΡΟΣ - Οὐκ οἶδα, ὦ Διόγενες· οὐ γὰρ ἔφθασα ἐπισκῆψαί τι περὶ αὐτῆς ἢ τοῦτο μόνον, ὅτι ἀποθνῄσκων Περδίκκᾳ τὸν δακτύλιον ἐπέδωκα. πλὴν ἀλλὰ τί γελᾷς, ὦ Διόγενες;

ΔΙΟΓΕΝΗΣ - Τί γὰρ ἄλλο ἢ ἀνεμνήσθην οἷα ἐποίει ἡ Ἑλλάς, ἄρτι σε παρειληφότα τὴν ἀρχὴν κολακεύοντες καὶ προστάτην αἱρούμενοι καὶ στρατηγὸν ἐπὶ τοὺς βαρβάρους, ἔνιοι δὲ καὶ τοῖς δώδεκα θεοῖς προστιθέντες καὶ οἰκοδομοῦντές σοι νεὼς καὶ θύοντες ὡς δράκοντος υἱῷ. ἀλλ' εἰπέ μοι, ποῦ σε οἱ Μακεδόνες ἔθαψαν;

Diálogo XIII

Diógenes e Alexandre

Diógenes – O que é isso, Alexandre? Tu também estás morto, como todos nós?!

Alexandre – É o que estás vendo, Diógenes. Não seria de estranhar que, sendo eu um humano, tenha morrido.

Diógenes – Então Amon estava mentindo quando afirmava que tu eras filho dele? Na verdade, tu eras filho de Filipe, não é?

Alexandre – De Filipe, é claro; pois, se eu fosse filho de Amon não teria morrido!

Diógenes – Coisas parecidas se diziam também de Olímpias: que uma serpente a freqüentava e que foi vista com ela na cama, e que tu foste assim engendrado; e Filipe estava enganado ao acreditar ser teu pai.

Alexandre – Eu também ouvia esses boatos, e tu também. Agora, no entanto, estou vendo que nem minha mãe nem os adivinhos amônios[1] não diziam nada de sadio.

Diógenes – E, no entanto, a mentira deles, Alexandre, não foi sem proveito para ti e para teus projetos; pois muitos se escondiam de ti, pensando que eras um deus. Mas agora dize-me a quem tu deixaste um poder tão grande?

Alexandre – Não sei, Diógenes. Eu não tive tempo para tratar desse assunto. Só sei que, ao morrer, eu entreguei meu anel a Perdicas. Afinal, do que estás rindo, Diógenes?

Diógenes – De que outra coisa eu deveria rir senão que eu me lembrei do que a Grécia te fazia, logo que tu herdaste o poder? Eles te bajularam, eles te proclamaram chefe e comandante contra os bárbaros. Alguns até te juntaram aos doze deuses, te ofereceram sacrifícios e construíram templos a ti, o filho da serpente! Mas, dize-me: onde é mesmo que os Macedônios te enterraram?

ΑΛΕΞΑΝΔΡΟΣ - Ἔτι ἐν Βαβυλῶνι κεῖμαι τριακοστὴν ἡμέραν ταύτην, ὑπισχνεῖται δὲ Πτολεμαῖος ὁ ὑπασπιστής, ἤν ποτε ἀγάγῃ σχολὴν ἀπὸ τῶν θορύβων τῶν ἐν ποσίν, εἰς Αἴγυπτον ἀπαγαγών με θάψειν ἐκεῖ, ὡς γενοίμην εἷς τῶν Αἰγυπτίων θεῶν.

ΔΙΟΓΕΝΗΣ - Μὴ γελάσο οὖν, ὦ Ἀλέξανδρε, ὁρῶν σε καὶ ἐν ᾅδου ἔτι μωραίνοντα καὶ ἐλπίζοντα Ἄνουβιν ἢ Ὄσιριν γενήσεσθαι; πλὴν ἀλλὰ ταῦτα μέν, ὦ θειότατε, μὴ ἐλπίσῃς· οὐ γὰρ θέμις ἀνελθεῖν τινα τῶν ἅπαξ διαπλευσάντων τὴν λίμνην καὶ εἰς τὸ εἴσω τοῦ στομίου παρελθόντων· οὐ γὰρ ἀμελὴς ὁ Αἰακὸς οὐδὲ ὁ Κέρβερος εὐκαταφρόνητος. ἐκεῖνο δέ γε ἡδέως ἂν μάθοιμι παρὰ σοῦ, πῶς φέρεις, ὁπόταν ἐννοήσῃς ὅσην εὐδαιμονίαν ὑπὲρ γῆς ἀπολιπὼν ἀφῖξαι, σωματοφύλακας καὶ ὑπασπιστὰς καὶ σατράπας καὶ χρυσὸν τοσοῦτον καὶ ἔθνη προσκυνοῦντα καὶ Βαβυλῶνα καὶ Βάκτρα καὶ τὰ μεγάλα θηρία καὶ τιμὴν καὶ δόξαν καὶ τὸ ἐπίσημον εἶναι ἐξελαύνοντα διαδεδεμένον ταινίᾳ λευκῇ τὴν κεφαλὴν πορφυρίδα ἐμπεπορπημένον. οὐ λυπεῖ ταῦτά σε ὑπὲρ τὴν μνήμην ἰόντα; τί δακρύεις, ὦ μάταιε; οὐδὲ ταῦτα σε ὁ σοφὸς Ἀριστοτέλης ἐπαίδευσεν μὴ οἴεσθαι βέβαια εἶναι, τὰ παρὰ τῆς τύχης;

ΑΛΕΞΑΝΔΡΟΣ - Σοφὸς ἐκεῖνος, ἁπάντων κολάκων ἐπιτριπτότατος ὤν; ἐμὲ μόνον ἔασον τὰ Ἀριστοτέλους εἰδέναι, ὅσα μὲν ᾔτησεν παρ' ἐμοῦ, οἷα δὲ ἐπέστελλεν, ὡς δὲ κατεχρῆτό μου τῇ περὶ παιδείαν φιλοτιμίᾳ θωπεύων καὶ ἐπαινῶν ἄρτι μὲν πρὸς τὸ κάλλος, ὡς καὶ τοῦτο μέρος ὂν τἀγαθοῦ, ἄρτι δὲ ἐς τὰς πράξεις καὶ τὸν πλοῦτον. καὶ γὰρ αὖ καὶ τοῦτο ἀγαθὸν ἡγεῖτο εἶναι, ὡς μὴ αἰσχύνοιτο καὶ αὐτὸς λαμβάνων· γόης, ὦ Διόγενες, ἄνθρωπος καὶ τεχνίτης. πλὴν ἀλλὰ τοῦτό γε ἀπολέλαυκα τῆς σοφίας αὐτοῦ, τὸ λυπεῖσθαι ὡς ἐπὶ μεγίστοις ἀγαθοῖς ἐκείνοις, ἃ κατηριθμήσω μικρῷ γε ἔμπροσθεν.

Alexandre – Ainda estou morto na Babilônia.[2] Isso já faz três dias; mas Ptolomeu, meu escudeiro, prometeu que, se encontrar uma folga nas atribulações que o atropelam, ele me levará ao Egito e me enterrará lá, para que eu possa me tornar um dos deuses egípcios.

Diógenes – Então eu não vou rir, Alexandre, quando te vejo, mesmo aqui no Hades, a delirar e esperar tornar-te Anúbis[3] ou Osíris[4]? Contudo, ó diviníssimo, não esperes essas coisas. De fato, não é permitido que nenhum dos que atravessaram o lago uma vez e chegaram dentro da boca do Hades façam caminho de volta. Não contes com um descuido de Éaco e não faças pouco caso de Cérbero. Agora, eu queria saber uma coisa de ti: como suportas, quando ficas pensando na enorme felicidade que deixaste sobre a terra, ao chegares aqui? Eram os guarda-costas, os escudeiros, os sátrapas, aquele ouro todo, os povos te adorando, a Babilônia, a Bactriana, as grandes caçadas, a honra, a glória, o fato de poder te distinguir numa carruagem pela cabeça cingida de diadema branco e pelo manto de púrpura? Essas coisas não te doem quando passam pela tua memória? Mas... por que estás chorando, infeliz? Então o sábio Aristóteles não te ensinou que as coisas da fortuna não são estáveis?

Alexandre – Sábio, ele? Ele, que era o mais esperto de todos os bajuladores? Deixa as coisas de Aristóteles só comigo: quantas coisas ele me pediu e quais ele mandou pedir por cartas; como ele se aproveitou de minha paixão pelos estudos me bajulando e elogiando: às vezes era em relação ao belo como uma parte do bem, outras vezes, era em relação às ações e à riqueza. Na verdade, também isso ele considerava um bem; a tal ponto que não se envergonhava em recebê-la. Ele era um charlatão, Diógenes, e um homem matreiro.[5] Mas, pelo menos nisso eu tirei proveito da sabedoria dele: de me afligir, como se fossem os maiores bens, daquelas coisas que há pouco enumeraste.

ΔΙΟΓΕΝΗΣ - Ἀλλ᾽ οἶσθα ὃ δράσεις; ἄκος γὰρ τί σοι τῆς λύπης ὑποθήσομαι. ἐπεὶ ἐνταῦθά γε ἐλλέβορος οὐ φύεται, σὺ δὲ κἂν τὸ Λήθης ὕδωρ χανδὸν ἐπισπασάμενος πίε καὶ αὖθις πίε καὶ πολλάκις· οὕτω γὰρ ἂν παύσαιο ἐπὶ τοῖς Ἀριστοτέλους ἀγαθοῖς ἀνιώμενος. καὶ γὰρ καὶ Κλεῖτον ἐκεῖνον ὁρῶ καὶ Καλλισθένην καὶ ἄλλους πολλοὺς ἐπὶ σὲ ὁρμῶντας, ὡς διασπάσαιντο καὶ ἀμύναιντό σε ὧν ἔδρασας αὐτούς. ὥστε τὴν ἑτέραν σὺ ταύτην βάδιζε καὶ πῖνε πολλάκις, ὡς ἔφην.

Diógenes – Então, sabes o que vais fazer? Eu vou te propor um remédio para tua dor: já que o heléboro não medra aqui, bebe pelo menos, com a boca bem aberta, da água do Letes[6]; bebe de novo, bebe muitas vezes; talvez assim tu possas cessar de te afligir por causa dos bens de Aristóteles. É que eu estou vendo ali o Clitos[7] e o Clístenes[8] e muitos outros avançando na tua direção, com a intenção de te quebrar e te punir pelo que fizeste a eles. Vai, então, por outro caminho e bebe muitas vezes, como eu te disse.

Notas

1. Sacerdotes do templo de Zeus, em Dordona, membros da família de Olímpias.
2. Diógenes satiriza o fato de Alexandre ter pretendido ser deus. Como no Diálogo XII, nota 14, o corpo de Alexandre ainda não está enterrado.
3. Anúbis, deus egípcio representado com um corpo de homem e cabeça de chacal. Presidia às sepulturas.
4. Osíris, principal divindade do panteão egípcio, filho do céu e da terra, tem Ísis como esposa. Divindade civilizadora, ensinou aos egípcios a cultura do trigo e da vinha, instituiu o culto dos deuses e fundou Tebas. Foi morto por Tufão e seu corpo despedaçado e jogado no Nilo; Ísis, com o auxílio de Anúbis, de Neftis e do filho Horos, recompuseram o corpo e assim ele teve nova vida. É o deus dos mortos.
5. Esse perfil de Aristóteles não é Alexandre que traça, mas a irreverência dos cínicos, pela boca de Diógenes. Sabe-se que Aristóteles pertencia a uma família rica. Seu pai era médico. E para aceitar o convite de ser o preceptor de Alexandre, ele exigiu de Filipe que devolvesse todos os bens da família que ele havia seqüestrado ao anexar Estagira.
6. Letes é um dos rios do Hades, o rio do esquecimento.
7. Clíton ou Clitos, o negro, filho da antiga ama de Alexandre e seu amigo íntimo. Salvou a vida de Alexandre na passagem de Granico. Alexandre mandou matá-lo porque num banquete ele tinha elogiado Filipe.
8. Clístenes, outro amigo de Alexandre, parente e discípulo de Aristóteles. Alexandre mandou fechá-lo numa jaula de ferro e depois matá-lo, porque não suportava as críticas do amigo. Há também Calístenes, filósofo, que Alexandre enjaulou durante 7 meses e depois mandou matar. Há ainda o general Lisímaco, que Alexandre mandou fechar numa jaula com um leão.

ιδ᾿

ΕΡΜΟΥ ΚΑΙ ΧΑΡΩΝΟΣ

ΕΡΜΗΣ - Λογισώμεθα, ὦ πορθμεῦ, εἰ δοκεῖ, ὁπόσα μοι ὀφείλεις ἤδη, ὅπως μὴ αὖθις ἐρίζωμέν τι περὶ αὐτῶν.

ΧΑΡΩΝ - Λογισώμεθα, ὦ Ἑρμῆ· ἄμεινον γὰρ ὡρίσθαι καὶ ἀπραγμονέστερον.

ΕΡΜΗΣ - Ἄγκυραν ἐντειλαμένῳ ἐκόμισα πέντε δραχμῶν.

ΧΑΡΩΝ - Πολλοῦ λέγεις.

ΕΡΜΗΣ - Νὴ τὸν Ἀϊδωνέα, τῶν πέντε ὠνησάμην, καὶ τροπωτῆρα δύο ὀβολῶν.

ΧΑΡΩΝ - Τίθει πέντε δραχμὰς καὶ ὀβολοὺς δύο.

ΕΡΜΗΣ - Καὶ ἀκέστραν ὑπὲρ τοῦ ἱστίου· πέντε ὀβολοὺς ἐγὼ κατέβαλον.

ΧΑΡΩΝ - Καὶ τούτους προστίθει.

ΕΡΜΗΣ - Καὶ κηρὸν ὡς ἐπιπλάσαι τοῦ σκαφιδίου τὰ ἀνεῳγότα καὶ ἥλους δὲ καὶ καλῴδιον, ἀφ᾿ οὗ τὴν ὑπέραν ἐποίησας, δύο δραχμῶν ἅπαντα.

ΧΑΡΩΝ - Εὖ γε· καὶ ἄξια ταῦτα ὠνήσω.

ΕΡΜΗΣ - Ταῦτά ἐστιν, εἰ μή τι ἄλλο ἡμᾶς διέλαθεν ἐν τῷ λογισμῷ. πότε δ᾿ οὖν ταῦτα ἀποδώσειν φῄς;

ΧΑΡΩΝ - Νῦν μέν, ὦ Ἑρμῆ ἀδύνατον, ἢν δὲ λοιμός τις ἢ πόλεμος καταπέμψῃ ἀθρόους τινάς, ἐνέσται τότε ἀποκερδᾶναι παραλογιζόμενον ἐν τῷ πλήθει τὰ πορθμεῖα.

ΕΡΜΗΣ - Νῦν οὖν ἐγὼ καθεδοῦμαι τὰ κάκιστα εὐχόμενος γενέσθαι, ὡς ἂν ἀπὸ τούτων ἀπολάβοιμι;

ΧΑΡΩΝ - Οὐκ ἔστιν ἄλλως, ὦ Ἑρμῆ. νῦν δὲ ὀλίγοι, ὡς ὁρᾷς, ἀφικνοῦνται ἡμῖν· εἰρήνη γάρ.

Diálogo XIV

Hermes e Caronte

Hermes – Vamos acertar as contas, ó barqueiro, se estás de acordo, de quanto já estás me devendo, para não brigarmos de novo por causa disso.

Caronte – Vamos, Hermes. É melhor acertar tudo. Dá menos trabalho.

Hermes – Eu trouxe uma âncora, sob encomenda. São cinco dracmas.

Caronte – É muito caro esse preço aí!

Hermes – Por Plutão![1] Eu paguei cinco! E ainda uma correia de dois óbolos.

Caronte – Marca aí: cinco dracmas e dois óbolos.

Hermes – Uma agulha para a vela. Paguei cinco óbolos.

Caronte – Marca também isso aí.

Hermes – E cera também, para calafetar as fendas dessa banheira; e pregos também; e um pedaço de corda, do que fizeste uma amarra. São duas dracmas por tudo.

Caronte – Está bem. É justo. Eu pagarei.

Hermes – É isso aí, se é que não se esqueceu de alguma coisa nas contas. Mas, quando é mesmo que estás dizendo que pretendes pagar?

Caronte – Agora, Hermes, eu não posso. Mas, se uma peste ou uma guerra mandar para cá um bando deles, então será possível eu tirar um lucrinho, desviando um pouco das passagens.

Hermes – Então, agora eu vou ficar sentado torcendo para que aconteçam as piores coisas para poder tirar algum proveito disso?

Caronte – Não há outro jeito, Hermes. Agora, como estás vendo, são poucos os que chegam, pois reina a paz.

ΕΡΜΗΣ - Ἄμεινον οὕτως, εἰ καὶ ἡμῖν παρατείνοιτο ὑπὸ σοῦ τὸ ὄφλημα. πλὴν ἀλλ' οἱ μὲν παλαιοί, ὦ Χάρων, οἶσθα οἷοι παρεγίγνοντο, ἀνδρεῖοι ἅπαντες, αἵματος ἀνάπλειοι καὶ τραυματίαι οἱ πολλοί· νῦν δὲ ἢ φαρμάκῳ τις ὑπὸ τοῦ παιδὸς ἀποθανὼν ἢ ὑπὸ τῆς γυναικὸς ἢ ὑπὸ τρυφῆς ἐξῳδηκὼς τὴν γαστέρα καὶ τὰ σκέλη, ὠχροὶ ἅπαντες καὶ ἀγεννεῖς οὐδὲ ὅμοιοι ἐκείνοις. οἱ δὲ πλεῖστοι αὐτῶν διὰ χρήματα ἥκουσιν ἐπιβουλεύοντες ἀλλήλοις, ὡς ἐοίκασι.

ΧΑΡΩΝ - Πάνυ γὰρ περιπόθητά ἐστι ταῦτα.

ΕΡΜΗΣ - Οὐκοῦν οὐδ ἐγὼ δόξαιμι ἂν ἁμαρτάνειν πικρῶς ἀπαιτῶν τὰ ὀφειλόμενα παρὰ σοῦ.

Hermes – É melhor assim, mesmo que eu tenha de esperar pelo pagamento. Aliás, os homens antigos, Caronte, tu sabes bem como eles chegavam aqui. Todos valentes, cobertos de sangue, feridos em sua maior parte. Mas agora, é um que morreu envenenado pelo filho ou pela mulher, ou de barriga e de pernas inchadas de tanto comer; todos branquelos, desfibrados; não se parecem com os de antigamente. E a maioria deles, ao que parece, chegam aqui por causa das tramóias que fazem uns contra outros, por dinheiro.

Caronte – É que o dinheiro, Hermes, é uma das coisas mais desejáveis.

Hermes – Então, eu também não estaria incorrendo em nenhuma falta, se exigir de ti o que estás me devendo.

Nota

1. Edoneu – Aidoneu, outro nome de Hades, ou Plutão. Ver nota 4, p. 61.

ιε'

ΠΛΟΥΤΩΝΟΣ ΚΑΙ ΕΡΜΟΥ

ΠΛΟΥΤΩΝ - Τὸν γέροντα οἶσθα, τὸν πάνυ γεγηρακότα λέγω, τὸν πλούσιον Εὐκράτην, ᾧ παῖδες μὲν οὐκ εἰσίν, οἱ τὸν κλῆρον δὲ θηρῶντες πεντακισμύριοι;

ΕΡΜΗΣ - Ναί, τὸν Σικυώνιον φῄς. τί οὖν;

ΠΛΟΥΤΩΝ - Ἐκεῖνον μέν, ὦ Ἑρμῆ, ζῆν ἔασον ἐπὶ τοῖς ἐνενήκοντα ἔτεσιν, ἃ βεβίωκεν ἐπιμετρήσας ἄλλα τοσαῦτα, εἴ γε οἷόν γε ἦν, καὶ ἔτι πλείω, τοὺς δὲ κόλακας αὐτοῦ Χαρῖνον τὸν νέον καὶ Δάμωνα καὶ τοὺς ἄλλους κατάσπασον ἐφεξῆς ἅπαντας.

ΕΡΜΗΣ - Ἄτοπον ἂν δόξειε τὸ τοιοῦτον.

ΠΛΟΥΤΩΝ - Οὐ μὲν οὖν, ἀλλὰ δικαιότατον· τί γαρ ἐκεῖνοι παθόντες εὔχονται ἀποθανεῖν ἐκεῖνον ἢ τῶν χρημάτων ἀντιποιοῦνται οὐδὲν προσήκοντες; ὃ δὲ πάντων ἐστὶ μιαρώτατον, ὅτι καὶ τὰ τοιαῦτα εὐχόμενοι ὅμως θεραπεύουσιν ἔν γε τῷ φανερῷ, καὶ νοσοῦντος ἃ μεν βουλεύονται πᾶσι πρόδηλα, θύσειν δὲ ὅμως ὑπισχνοῦνται, ἢν ῥαΐσῃ, καὶ ὅλως ποικίλη τις ἡ κολακεία τῶν ἀνδρῶν. διὰ ταῦτα ὁ μὲν ἔστω ἀθάνατος, οἱ δὲ προαπίτωσαν αὐτοῦ μάτην ἐπιχανόντες.

ΕΡΜΗΣ - Γελοῖα πείσονται, πανοῦργοι ὄντες.

ΠΛΟΥΤΩΝ - Πολλὰ κἀκεῖνος εὖ μάλα διαβουκολεῖ αὐτοὺς καὶ ἐπελπίζει, καὶ ὅλως αἰεὶ θανέοντι ἐοικὼς ἔρρωται πολὺ μᾶλλον τῶν νέων. οἱ δὲ ἤδη τὸν κλῆρον ἐν σφίσι διῃρημένοι βοσκονται ζωὴν μακαρίαν πρὸς ἑαυτοὺς τιθέντες. οὐκοῦν ὁ μὲν ἀποδυσάμενος τὸ γῆρας ὥσπερ Ἰόλεως ἀνηβησάτω, οἱ δὲ ἀπὸ μέσων τῶν ἐλπίδων τὸν ὀνειροποληθέντα πλοῦτον ἀπολιπόντες ἡκέτωσαν ἤδη κακοὶ κακῶς ἀποθανόντες.

Diálogo XV

Plutão e Hermes

Plutão – Sabes aquele ancião, aquele mais do que velho, o ricaço Eucrates[1], que não tem filhos e que tem cinqüenta mil à caça de sua herança?

Hermes – Sei. Tu te referes àquele de Sicione? O que há com ele?

Plutão – Esse aí, Hermes, deixa-o viver além dos noventa anos que ele já viveu e programa outros tantos, se isso for possível, e mais ainda. Agora, os bajuladores dele, o jovem Carinos, Dâmon e os outros, arrasta-os para cá uns atrás dos outros.

Hermes – Mas isso pareceria fora de propósito.

Plutão – Não, não é. Ao contrário, muito justo. De que mal eles sofrem quando desejam a morte dele, ou se candidatam ao dinheiro dele, sem serem seus parentes?

E o que é mais revoltante do que tudo é que eles, mesmo desejando ardentemente a morte dele, desvelam-se em cuidados, na frente dos outros; e, se ele fica doente, todo mundo sabe o que eles pensam; ainda assim eles prometem oferecer sacrifícios, se ele sarar. É, a bajulação humana tem muitas faces. Por isso, que o ancião permaneça vivo e que os outros caiam aqui antes dele, com a boca armada, para nada.

Hermes – Eles vão achar engraçado, pois são uns bandidos.

Plutão – E ele também. Bem que ele os fica cevando com muitas coisas e lhes dá esperanças. Ele sempre parece estar completamente às portas da morte e de novo está forte, mais do que os jovens. Esses, já fizeram a partilha entre eles e ficam se banqueteando. E já programaram para si uma bela vida.

Pois bem. Então que ele, despojado da velhice, rejuvenesça como Ioleu[2]; e eles, depois de abandonar a riqueza sonhada no meio de suas esperanças, cheguem aqui, miseráveis e mortos miseravelmente.

ΕΡΜΗΣ - Ἀμέλησον, ὦ Πλούτων· μετελεύσομαι γάρ σοι ἤδη αὐτοὺς καθ' ἕνα ἑξῆς· ἑπτὰ δὲ, οἶμαι, εἰσί.

ΠΛΟΥΤΩΝ - Κατάσπα, ὁ δὲ παραπέμψει ἕκαστον ἀντὶ γέροντος αὖθις πρωθήβης γενόμενος.

Hermes – Não te inquietes, Plutão; eu vou cuidar deles já, um por um. São sete, creio eu.

Plutão – Manda-os para cá. E ele acompanhará cada um deles. Em vez de velho, tornou-se jovem de novo.

Notas

1. Eucrates, personagem desconhecido, assim como os jovens Carinos e Dâmon. Simples pretexto para exposição da visão que os cínicos tinham da vida. Pregavam o despojamento das riquezas e a vida simples.

2. Ioleu (Ióleos, forma ática por Iólaos), filho de Ificlés e fiel companheiro de Heraclés. Socorre os filhos dele e mata Euristeu que os perseguia. Como recompensa ele foi rejuvenescido por Heraclés e Hebe, quando ficou velho.

ις’

ΤΕΡΨΙΩΝΟΣ ΚΑΙ ΠΛΟΥΤΩΝΟΣ

ΤΕΡΨΙΩΝ - Τοῦτο, ὦ Πλούτων, δίκαιον, ἐμὲ μὲν τεθνάναι τριάκοντα ἔτη γεγονότα, τὸν δὲ ὑπὲρ τὰ ἐνενήκοντα γέροντα Θούκριτον ζῆν ἔτι;

ΠΛΟΥΤΩΝ - Δικαιότατον μὲν οὖν, ὦ Τερψίων, εἴ γε ὁ μὲν ζῇ μηδένα εὐχόμενος ἀποθανεῖν τῶν φίλων, σὺ δὲ παρὰ πάντα τὸν χρόνον ἐπεβούλευες αὐτῷ περιμένων τὸν κλῆρον.

ΤΕΡΨΙΩΝ - Οὐ γὰρ ἐχρῆν γέροντα ὄντα καὶ μηκέτι χρήσασθαι τῷ πλούτῳ αὐτὸν δυνάμενον ἀπελθεῖν τοῦ βίου παραχωρήσαντα τοῖς νέοις;

ΠΛΟΥΤΩΝ - Καινά, ὦ Τερψίων, νομοθετεῖς τὸν μηκέτι τῷ πλούτῳ χρήσασθαι δυνάμενον πρὸς ἡδονὴν ἀποθνῄσκειν· τὸ δὲ ἄλλως ἡ Μοῖρα καὶ ἡ Φύσις διέταξεν.

ΤΕΡΨΙΩΝ - Οὐκοῦν ταύτης αἰτιῶμαι τῆς διατάξεως· ἐχρῆν γὰρ τὸ πρᾶγμα ἑξῆς πως γίνεσθαι, τὸν πρεσβύτερον πρότερον καὶ μετὰ τοῦτον ὅστις καὶ τῇ ἡλικίᾳ μετ᾽ αὐτόν, ἀναστρέφεσθαι δὲ μηδαμῶς, μηδὲ ζῆν μὲν τὸν ὑπεργήρων ὀδόντας τρεῖς ἔτι λοιποὺς ἔχοντα, μόγις ὁρῶντα, οἰκέταις γε τέτταρσιν ἐπικεκυφότα, κορύζης μὲν τὴν ῥῖνα, λήμης δὲ τοὺς ὀφθαλμοὺς μεστὸν ὄντα, οὐδὲν ἔτι ἡδὺ εἰδότα, ἔμψυχόν τινα τάφον ὑπὸ τῶν νέων καταγελώμενον, ἀποθνῄσκειν δὲ καλλίστους καὶ ἐρρωμενεστάτους νεανίσκους· ἄνω γὰρ ποταμῶν τοῦτό γε· ἢ τὸ τελευταῖον εἰδέναι γε ἐχρῆν, πότε καὶ τεθνήξεται τῶν γερόντων ἕκαστος, ἵνα μὴ μάτην ἂν ἐνίους ἐθεράπευον. νῦν δὲ τὸ τῆς παροιμίας, ἡ ἅμαξα τὸν βοῦν [πολλάκις ἐκφέρει].

Diálogo XVI

Térpsion[1] e Plutão

Térpsion – Isso não é justo, Plutão! Eu, morrer com trinta anos de idade, e o Túcritos continuar vivendo ainda, com mais de noventa?

Plutão – É muito justo sim!, Térpsion. É que ele vive sem desejar a morte de nenhum dos amigos; e tu, o tempo todo tramavas contra ele, esperando sua herança.

Térpsion – Na verdade, não devia ele, velho que é, e incapaz de usufruir da riqueza, deixar a vida e ceder o lugar aos jovens?

Plutão – Tu estás criando novas leis, Térpsion, isto é, que morra aquele que não mais pode usufruir da riqueza para seu gozo. Mas a Moira[2] e a Natureza estabeleceram as coisas de maneira diferente.

Térpsion – Pois é essa ordem das coisas que eu critico. Seria preciso que funcionassem nesta seqüência: que por primeiro morresse o mais velho e depois dele também o que, pela idade, estivesse depois dele, sem mudança nenhuma. E não devia viver o velho decrépito, a quem sobram os três últimos dentes, quase cego, apoiado em quatro criados, as narinas empastadas, os olhos cheios de muco, não conhecendo mais nenhum prazer da vida, sepulcro ambulante, ridicularizado pelos jovens. E nem deviam morrer os adolescentes, mais belos e mais cheios de vigor. Isso seria reverter o curso de um rio. Ou então, para terminar, seria preciso saber quando deveria morrer cada velho, a fim de que não fosse em vão que se tratasse de cada um deles. Agora é o que diz o provérbio: "o carro muitas vezes puxa os bois".

ΠΛΟΥΤΩΝ - Ταῦτα μέν, ὦ Τερψίων, πολὺ συνετώτερα γίνεται ἤπερ σοὶ δοκεῖ. καὶ ὑμεῖς δὲ τί παθόντες ἀλλοτρίοις ἐπιχαίνετε καὶ τοῖς ἀτέκνοις τῶν γερόντων εἰσποιεῖτε φέροντες αὐτούς; τοιγαροῦν γέλωτα ὀφλισκάνετε πρὸ ἐκείνων κατορυττόμενοι, καὶ τὸ πρᾶγμα τοῖς πολλοῖς ἥδιστον γίνεται· ὅσῳ γὰρ ὑμεῖς ἐκείνους ἀποθανεῖν εὔχεσθε, τοσούτῳ ἅπασιν ἡδὺ προαποθανεῖν ὑμᾶς αὐτῶν. καινὴν γάρ τινα ταύτην τὴν τέχνην ἐπινενοήκατε γραῶν καὶ γερόντων ἐρῶντες, καὶ μάλιστα εἰ ἄτεκνοι εἶεν, οἱ δὲ ἔντεκνοι ὑμῖν ἀνέραστοι. καίτοι πολλοὶ ἤδη τῶν ἐρωμένων συνέντες ὑμῶν τὴν πανουργίαν τοῦ ἔρωτος, ἢν καὶ τύχωσι παῖδας ἔχοντες, μισεῖν αὐτοὺς πλάττονται, ὡς καὶ αὐτοὶ ἐραστὰς ἔχωσιν· εἶτα ἐν ταῖς διαθήκαις ἀπεκλείσθησαν μὲν οἱ παλαι δορυφορήσαντες, ὁ δὲ παῖς καὶ ἡ φύσις, ὥσπερ ἐστὶ δίκαιον, κρατοῦσι πάντων, οἱ δὲ ὑποπρίουσι τοὺς ὀδόντας ἀπομυγέντες.

ΤΕΡΨΙΩΝ - Ἀληθῆ ταῦτα φῄς· ἐμοῦ γοῦν Θούκριτος πόσα κατέφαγεν ἀεὶ τεθνήξεσθαι δοκῶν καὶ ὁπότε εἰσίοιμι ὑποστένων καὶ μύχιόν τι καθάπερ ἐξ ᾠοῦ νεοττὸς ἀτελὴς ὑποκρώζων ὥστ᾽ ἐμὲ ὅσον αὐτίκα οἰόμενον ἐπιβήσειν αὐτον τῆς σοροῦ ἐσπέμπειν τὰ πολλά, ὡς μὴ ὑπερβάλλοιντό με οἱ ἀντερασταὶ τῇ μεγαλοδωρεᾷ, καὶ τὰ πολλὰ ὑπὸ φροντίδων ἄγρυπνος ἐκείμην ἀριθμῶν ἕκαστα καὶ διατάττων. ταῦτα γοῦν μοι καὶ τοῦ ἀποθανεῖν αἴτια γεγένηται, ἀγρυπνία καὶ φροντίδες· ὁ δὲ τοσοῦτόν μοι δέλεαρ καταπιὼν ἐφειστήκει θαπτομένῳ πρῴην ἐπιγελῶν.

ΠΛΟΥΤΩΝ - Εὖ γε, ὦ Θούκριτε· ζῴης ἐπὶ μήκιστον πλουτῶν ἅμα καὶ τῶν τοιούτων καταγελῶν, μηδὲ πρότερόν γε σὺ ἀποθάνοις ἢ προπέμψας πάντας τοὺς κόλακας.

Plutão – Essas coisas, Térpsion, acontecem de uma maneira muito mais sábia do que tu pensas. E vós, o que vos leva a ter inveja das coisas alheias e a vos oferecer em adoção aos anciãos sem filhos? Na verdade, vós vos prestais a ser motivo de riso, quando sois enterrados antes deles e esse fato é muito agradável para a maioria; pois quanto mais vós desejais que eles morram, tanto mais agradável é vos ver morrer antes deles. É nova essa profissão que vós inventastes: isto é, de amar os velhos e as velhas, com a condição de que não tenham filhos; os que têm filhos são detestados por vós. E há também muitos dos que já são amados e que, sentindo a falsidade de vosso amor, mesmo os que por acaso têm filhos, fingem de os odiar para também terem amantes. E aí, nos testamentos, são excluídos esses que serviram durante longo tempo; e o filho e a natureza, como é de justiça, são os vencedores. Os outros, ficam bufando e rangendo os dentes.

Térpsion – É verdade o que estás dizendo. Esse Túcritos, quanta coisa minha ele não engoliu, sempre parecendo que ia morrer; quando eu entrava, ele gemia baixinho e soltava um pio como o de um pintinho ao sair da casca do ovo, molhado ainda; a tal ponto que eu, acreditando que ele já iria entrar no caixão, lhe enviava muitos presentes, na esperança de não ser ultrapassado em generosidade pelos concorrentes; e muitas vezes eu ficava acordado, cheio de cuidados, fazendo contas e classificando a herança; e foram essas coisas que causaram a minha morte: insônia e preocupação. E ele, depois de ter engolido uma tão grande isca, estava assistindo anteontem o meu enterro. E ele ria...

Plutão – Muito bem, Túcritos! Possas tu viver por muito tempo, rico e rindo desses aí e que tu não morras antes de enviares para cá os aduladores!

ΤΕΡΨΙΩΝ - Τοῦτο μέν, ὦ Πλούτων, καὶ ἐμοὶ ἥδιστον ἤδη, εἰ καὶ Χαροιάδης προτεθνήξεται Θουκρίτου.

ΠΛΟΥΤΩΝ - Θάρρει, ὦ Τερψίων· καὶ Φείδων γὰρ καὶ Μελανθος καὶ ὅλως ἅπαντες προελεύσονται αὐτοῦ ὑπὸ ταῖς αὐταῖς φροντίσιν.

ΤΕΡΨΙΩΝ - Ἐπαινῶ ταῦτα. ζῴης ἐπὶ μήκιστον, ὦ Θούκριτε.

Térpsion – É. Também para mim isso já é muito agradável se Caríades morrer antes de Túcritos.

Plutão – Agüenta aí, Térpsion. Tanto Feidor quanto Melanton, todos, sem exceção serão trazidos para cá com a mesma preocupação!

Térpsion – Isso eu aprovo! Possas tu viver por longo tempo, Túcritos!

Notas

1. Térpsion, Túcritos são personagens fictícias, que servem apenas para que no diálogo o autor exponha novamente a moral dos cínicos. Critica a ganância e a ambição dos jovens, que, para conseguirem o que desejam, se expõem a situações ridículas.

2. Moira ou Moiras, as Parcas para os latinos, o destino de cada ser humano. São três, filhas do Erebo e da Noite, ou por partenogênese, filhas da Necessidade. São Clotô, que tece em sua roca a trama da existência; Láquesis, com a varinha, determina a duração da vida e Átropos, inflexível, com a tesoura, corta o fio.

Moira usada no singular é a Fatalidade, isto é, a que dispensa o quinhão de cada um.

ιζ'

ΖΗΝΟΦΑΝΤΟΥ ΚΑΙ ΚΑΛΛΙΔΗΜΙΔΟΥ

ΖΗΝΟΦΑΝΤΟΣ - Σὺ δέ, ὦ Καλλιδημίδη, πῶς ἀπέθανες; ἐγὼ μὲν γὰρ ὅτι παράσιτος ὢν Δεινίου πλέον τοῦ ἱκανοῦ ἐμφαγὼν ἀπεπνίγην, οἶσθα· παρῆς γὰρ ἀποθνῄσκοντί μοι.

ΚΑΛΛΙΔΗΜΙΔΗΣ - Παρῆν, ὦ Ζηνόφαντε· τὸ δὲ ἐμὸν παράδοξόν τι ἐγένετο. οἶσθα γὰρ καὶ σύ που Πτοιόδωρον τὸν γέροντα;

ΖΗΝΟΦΑΝΤΟΣ - Ττὸν ἄτεκνον, τὸν πλούσιον, ᾧ σε τὰ πολλὰ ᾔδειν συνόντα.

ΚΑΛΛΙΚΗΜΙΚΗΣ - Ἐκεῖνον αὐτὸν ἀεὶ ἐθεράπευον ὑπισχνούμενον ἐπ' ἐμοὶ τεθνήξεσθαι. ἐπεὶ δὲ τὸ πρᾶγμα εἰς μήκιστον ἐπεγίνετο καὶ ὑπὲρ τὸν Τιθωνὸν ὁ γέρων ἔζη, ἐπίτομόν τινα ὁδὸν ἐπὶ τὸν κλῆρον ἐξηῦρον· πριάμενος γὰρ φάρμακον ἀνέπεισα τὸν οἰνοχόον, ἐπειδὰν τάχιστα ὁ Πτοιόδωρος αἰτήσῃ πιεῖν, - πίνει δὲ ἐπιεικῶς ζωρότερον - ἐμβαλόντα εἰς κύλικα ἕτοιμον ἔχειν αὐτὸ καὶ ἐπιδοῦναι αὐτῷ· εἰ δὲ τοῦτο ποιήσει, ἐλεύθερον ἐπωμοσάμην ἀφήσειν αὐτόν.

ΖΗΝΟΦΑΝΤΟΣ - Τί οὖν ἐγένετο; πάνυ γὰρ τι παράδοξον ἐρεῖν ἔοικας.

ΚΑΛΛΙΔΗΜΙΔΗΣ - Ἐπεὶ τοίνυν λουσάμενοι ἥκομεν, δύο δὴ ὁ μειρακίσκος κύλικας ἑτοίμους ἔχων τὴν μὲν τῷ Πτοιοδώρῳ τὴν ἔχουσαν τὸ φαρμακον, τὴν δὲ ἑτέραν ἐμοί, σφαλεὶς οὐκ οἶδ' ὅπως ἐμοὶ μὲν τὸ φάρμακον, Πτοιοδώρῳ δὲ τὸ ἀφάρμακτον ἔδωκεν· εἶτα ὁ μὲν ἔπινεν, ἐγὼ δὲ αὐτίκα μάλα ἐκτάδην ἐκείμην ὑποβολιμαῖος ἀντ' ἐκείνου νεκρός. τί τοῦτο γελᾷς, ὦ Ζηνόφαντε; καὶ μὴν οὐκ ἔδει γε ἑταίρῳ ἀνδρὶ ἐπιγελᾶν.

Diálogo XVII

Zenofantes[1] e Calidênides

Zenofantes – E tu, Calidênides, como morreste? Pois eu, que era parasita de Dêimias, comi além da conta e morri sufocado. Tu sabes, pois estavas presente à minha morte.

Calidênides – É, estava, Zenofantes. Comigo, aconteceu uma coisa estranha. Sem dúvida tu conheces, como eu, o velho Ptoiodoros.

Zenofantes – Aquele ricaço, sem filhos? A quem tu costumavas freqüentar?

Calidênides – Aquele mesmo. Eu cuidava dele e ele me prometia nomear seu herdeiro. Mas, como o negócio se alongava demais e como o velho já vivia mais do que Titon[2], eu procurei encontrar um caminho mais curto para a herança. Comprei um veneno e convenci o criado: assim que Ptoiodoros pedisse uma bebida – e ele costumava beber vinho bastante puro – de pôr o veneno na taça e tê-la preparada para lhe servir; e se o criado fizesse isso, eu jurei que lhe daria a liberdade.

Zenofantes – E o que aconteceu? Pareces ter algo surpreendente para dizer.

Calidênides – Então, assim que nós chegamos do banho, o criado já tinha as duas taças preparadas; uma que continha o veneno, para Ptoiodoros, e a outra para mim; e, por engano, não sei como, o criado me deu a taça com veneno e a Ptoiodoros, a sem veneno. Ptoiodoros tomou a dele e eu, no ato, estava lá deitado de costas, morto em lugar dele. Mas, do que estás rindo, Zenofantes? Não deverias rir assim de um companheiro.

ΖΗΝΟΦΑΝΤΟΣ - Ἀστεῖα γάρ, ὦ Καλλιδημίδη, πέπονθας. ὁ γέρων δὲ τί πρὸς ταῦτα;

ΚΑΛΛΙΔΗΜΙΔΗΣ - Πρῶτον μὲν ὑπεταράχθη πρὸς τὸ αἰφνίδιον, εἶτα συνείς, οἶμαι, τὸ γεγενημένον ἐγέλα καὶ αὐτός, οἷά γε ὁ οἰνοχόος εἴργασται.

ΖΗΝΟΦΑΝΤΟΣ - Πλὴν ἀλλ' οὐδὲ σὲ τὴν ἐπίτομον ἐχρῆν τραπέσθαι· ἧκε γὰρ ἂν σοι διὰ τῆς λεωφόρου ἀσφαλέστερον, εἰ καὶ ὀλίγῳ βραδύτερος ἦν.

Zenofantes – O teu acidente é sublime, Calidênides. E o velho, o que disse ?

Calidênides – Primeiro ele ficou assustado diante do inesperado. A seguir, depois que percebeu, eu creio, o que tinha acontecido, pôs-se a rir do que o criado tinha aprontado.

Zenofantes – Pois é. Tu não deverias ter tomado o atalho. A herança teria chegado pelo caminho normal, mais seguro, ainda que um pouquinho mais tarde.

Notas

1. Zenofantes, Calidênides, Ptoiodoros são também personagens fictícias; o diálogo é uma sátira à cobiça, ao ganho fácil.
2. Títon, filho de Laomedonte e de Estrimos e irmão de Príamo. Obteve dos deuses, a pedido de Eos, Aurora, a imortalidade, mas não a juventude. Por isso ficou muito velho, curvado, enrugado e decrépito. Eos, a Aurora, condoída, transformou-o em cigarra.

ιη'

ΚΝΗΜΩΝΟΣ ΚΑΙ ΔΑΜΝΙΠΠΟΥ

ΚΝΗΜΩΝ - Τοῦτο ἐκεῖνο τὸ τῆς παροιμίας· ὁ νεβρὸς τὸν λέοντα.

ΔΑΜΝΙΠΠΟΣ - Τί ἀγανακτεῖς, ὦ Κνήμων;

ΚΝΗΜΩΝ - Πυνθάνῃ ὅ τι ἀγανακτῶ; κληρονόμον ἀκούσιον καταλέλοιπα κατασοφισθεὶς ἄθλιος, οὓς ἐβουλόμην ἂν μάλιστα σχεῖν τἀμὰ παραλιπών.

ΔΑΜΝΙΠΠΟΣ - Πῶς τοῦτο ἐγένετο;

ΚΝΗΜΩΝ - Ἑρμόλαον τὸν πάνυ πλούσιον ἄτεκνον ὄντα ἐθεράπευον ἐπὶ θανάτῳ, κἀκεῖνος οὐκ ἀηδῶς τὴν θεραπείαν προσίετο. ἔδοξε δή μοι καὶ σοφὸν τοῦτο εἶναι, θέσθαι διαθήκας εἰς τὸ φανερόν; ἐν αἷς ἐκείνῳ καταλέλοιπα τἀμὰ πάντα, ὡς κἀκεῖνος ζηλώσειεν καὶ τὰ αὐτὰ πράξειεν.

ΔΑΜΝΙΠΠΟΣ - Τί οὖν δὴ ἐκεῖνος;

ΚΝΗΜΩΝ - Ὅ τι μὲν αὐτὸς ἐνέγραψεν ταῖς ἑαυτοῦ διαθήκαις οὐκ οἶδα· ἐγὼ γοῦν ἄφνω ἀπέθανον τοῦ τέγους μοι ἐπιπεσόντος, καὶ νῦν Ἑρμόλαος ἔχει τἀμὰ ὥσπερ τις λάβραξ καὶ τὸ ἄγκιστρον τῷ δελέατι συγκατασπάσας.

ΔΑΜΝΙΠΠΟΣ - Οὐ μόνον, ἀλλὰ καὶ αὐτόν σε τὸν ἁλιέα· ὥστε τὸ σόφισμα κατὰ σεαυτοῦ συντέθεικας.

ΚΝΗΜΩΝ - Ἔοικα· οἰμώζω τοιγαροῦν.

Diálogo XVIII

Cnêmon[1] e Dâmnipos

Cnêmon – Isso aí é aquilo que diz o provérbio: "E o veado comeu o leão"!

Dâmnipos – Cnêmon, por que estás tão zangado?

Cnêmon – Tu me perguntas por que eu estou louco da vida? Porque, infeliz que sou, eu me equivoquei todo e involuntariamente perdi uma herança, frustrando aqueles que eu mais desejava que tivessem meus bens.

Dâmnipos – E como aconteceu isso?

Cnêmon – Eu passei a dar assistência a Hermolau, aquele sujeito muito rico, que não tinha filhos. É que eu esperava a morte dele; e ele, por sua vez, aceitava os meus desvelos, não sem prazer. Então, pareceu-me de bom alvitre fazer registro público dos testamentos, em que constasse que eu deixava para ele todos os meus bens, de modo que ele, por emulação, fizesse o mesmo para mim.

Dâmnipos – E ele, fez o quê?

Cnêmon – Se por acaso ele escreveu alguma coisa no testamento dele eu não sei; o fato é que eu morri de repente. O teto caiu em cima de mim. E agora o Hermolau possui o que era meu, como um lobo marinho, que junto com a isca engoliu também o anzol.

Dâmnipos – E não é só isso. Ele pegou também o próprio pescador; isto é, fizeste uma armadilha para ti mesmo.

Cnêmon – É. Parece. É por isso que eu estou danado da vida.

Nota

1. Cnêmon, Dâmnipos, Hermolau são personagens fictícios. De novo uma sátira contra a ambição e o desejo do ganho fácil. Foi buscar lã e saiu tosquiado.

ιθ'

ΣΙΜΥΛΟΥ ΚΑΙ ΠΟΛΥΣΤΡΑΤΟΥ

ΣΙΜΥΛΟΣ - Ἥκεις ποτέ, ὦ Πολύστρατε, καὶ σὺ παρ' ἡμᾶς ἔτη οἶμαι οὐ πολὺ ἀποδέοντα τῶν ἑκατὸν βεβιωκώς;

ΠΟΛΥΣΤΡΑΤΟΣ - Ὀκτὼ ἐπὶ τοῖς ἐνενήκοντα, ὦ Σιμύλε.

ΣΙΜΥΛΟΣ - Πῶς δαὶ τὰ μετ' ἐμὲ ταῦτα ἐβίως τριάκοντα; ἐγὼ γὰρ ἀμφὶ τὰ ἑβδομήκοντά σου ὄντος ἀπέθανον.

ΠΟΛΥΣΤΡΑΤΟΣ - Ὑπερήδιστα, εἰ καὶ σοὶ παράδοξον τοῦτο δόξει.

ΣΙΜΥΛΟΣ - Παράδοξον, εἰ γέρων τε καὶ ἀσθενὴς ἄτεκνός τε προσέτι ἥδεσθαι τοῖς ἐν τῷ βίῳ ἐδύνασο.

ΠΟΛΥΣΤΡΑΤΟΣ - Τὸ μὲν πρῶτον ἅπαντα ἐδυνάμην· ἔτι καὶ παῖδες ὡραῖοι ἦσαν πολλοὶ καὶ γυναῖκες ἁβρόταται καὶ μύρα καὶ οἶνος ἀνθοσμίας καὶ τράπεζα ὑπὲρ τὰς ἐν Σικελίᾳ.

ΣΙΜΥΛΟΣ - Καινὰ ταῦτα· ἐγὼ γὰρ σε πάνυ φειδόμενον ἠπιστάμην.

ΠΟΛΥΣΤΡΑΤΟΣ - Ἀλλ' ἐπέρρει μοι, ὦ γενναῖε, παρὰ ἄλλων τὰ ἀγαθά· καὶ ἕωθεν μὲν εὐθὺς ἐπὶ θύρας ἐφοίτων μάλα πολλοί, μετὰ δὲ παντοῖα μοι δῶρα προσήγετο ἁπανταχόθεν τῆς γῆς τὰ κάλλιστα.

ΣΙΜΥΛΟΣ - Ἐτυράννησας, ὦ Πολύστρατε, μετ' ἐμέ;

ΠΟΛΥΣΤΡΑΤΟΣ - Οὔκ, ἀλλ' ἐραστὰς ἔσχον μυρίους.

ΣΙΜΥΛΟΣ - Ἐγέλασα· ἐραστὰς σὺ τηλικοῦτος ὤν, ὀδόντας τέτταρας ἔχων;

Diálogo XIX

Símilos[1] e Polístratos

Símilos – Enfim, Polístratos, tu também chegaste aqui, depois de ter vivido, creio eu, quase cem anos!

Polístratos – É. Oito além dos noventa.

Símilos – E então, como passaste esses trinta anos depois de mim? Quando eu morri tu tinhas mais ou menos setenta anos.

Polístratos – De uma maneira muito agradável, ainda que isso te pareça estranho.

Símilos – É estranho, sim, que velho, fraco e sem filhos, pudeste ainda tirar prazer das coisas da vida.

Polístratos – Para começar, eu podia tudo; além disso, eu tinha rapazes de circunstância e mulheres muito elegantes; e tinha também perfumes e vinho aromático e uma mesa que supera as da Sicília.

Símilos – Isso para mim é novidade, pois eu te conhecia muito econômico.

Polístratos – Mas era dos outros que os presentes afluíam para mim. Desde o amanhecer, direto, vinha à minha porta um bando de gente; e aí chegava todo tipo de presentes, os mais belos, de toda parte.

Símilos – Então, Polístratos, depois da minha morte, tu te tornaste um tirano.

Polístratos – Tirano não, mas possuía milhares de amantes.

Símilos – Tu me fazes rir. Estás dizendo amantes? Nessa idade? Com quatro dentes na boca?

ΠΟΛΥΣΤΡΑΤΟΣ - Νὴ Δία, τοὺς ἀρίστους γε τῶν ἐν τῇ πόλει· καὶ γέροντά με καὶ φαλακρόν, ὡς ὁρᾷς, ὄντα καὶ λημῶντα προσέτι καὶ κορυζῶντα ὑπερήδοντο θεραπεύοντες, καὶ μακάριος ἦν αὐτῶν ὅντινα ἂν καὶ μόνον προσέβλεψα.

ΣΙΜΥΛΟΣ - Μῶν καὶ σύ τινα ὥσπερ ὁ Φάων τὴν Ἀφροδίτην ἐκ Χίου διεπόρθμευσας, εἶτά σοι εὐξαμένῳ ἔδωκεν νέον εἶναι καὶ καλὸν ἐξ ὑπαρχῆς καὶ ἀξιέραστον;

ΠΟΛΥΣΤΡΑΤΟΣ - Οὔκ, ἀλλὰ τοιοῦτος ὢν περιπόθητος ἦν.

ΣΙΜΥΛΟΣ - Αἰνίγματα λέγεις.

ΠΟΛΥΣΤΡΑΤΟΣ - Καὶ μὴν πρόδηλός γε ὁ ἔρως οὑτοσὶ πολὺς ὢν ὁ περὶ τοὺς ἀτέκνους καὶ πλουσίους γέροντας.

ΣΙΜΥΛΟΣ - Νῦν μανθάνω σου τὸ κάλλος, ὦ θαυμάσιε, ὅτι παρὰ τῆς χρυσῆς Ἀφροδίτης ἦν.

ΠΟΛΥΣΤΡΑΤΟΣ - Ἀτάρ, ὦ Σιμύλε, οὐκ ὀλίγα τῶν ἐραστῶν ἀπολέλαυκα μονονουχὶ προσκυνούμενος ὑπ' αὐτῶν· καὶ ἐθρυπτόμην δὲ πολλάκις καὶ ἀπέκλειον αὐτῶν τινας ἐνίοτε, οἱ δὲ ἡμιλλῶντο καὶ ἀλλήλους ὑπερεβάλλοντο ἐν τῇ περὶ ἐμὲ φιλοτιμίᾳ.

ΣΙΜΥΛΟΣ - Τέλος δ' οὖν πῶς ἐβουλεύσω περὶ τῶν κτημάτων;

ΠΟΛΥΣΤΡΑΤΟΣ - Εἰς τὸ φανερὸν μὲν ἕκαστον αὐτῶν κληρονόμον ἀπολιπεῖν ἔφασκον, ὁ δ' ἐπιστευέν τε ἂν καὶ κολακευτικώτερον παρεσκεύαζεν αὑτόν, ἄλλας δὲ τὰς ἀληθεῖς διαθήκας ἐκείνας ἔχων, κατέλιπον οἰμώζειν ἅπασι φράσας.

ΣΙΜΥΛΟΣ - Τίνα δὲ αἱ τελευταῖαι τὸν κληρονόμον ἔσχον; ἦ πού τινα τῶν ἀπὸ τοῦ γένους;

ΠΟΛΥΣΤΡΑΤΟΣ - Οὐ μὰ Δία, ἀλλὰ νεώνητόν τινα τῶν μειρακίων τῶν ὡραίων Φρύγα.

ΣΙΜΥΛΟΣ - Ἀμφὶ πόσα ἔτη, ὦ Πολύστρατε;

ΠΟΛΥΣΤΡΑΤΟΣ - Σχεδὸν ἀμφὶ τὰ εἴκοσι.

ΣΙΜΥΛΟΣ - Ἤδη μανθάνω ἅτινά σοι ἐκεῖνος ἐχαρίζετο.

Polístratos – Por Zeus que sim! E os melhores da cidade! Apesar de ancião e careca, como tu estás vendo. Além disso, com muco nos olhos e o nariz escorrendo. E eles tinham um enorme prazer em me fazer agrados. E aquele a quem eu dirigia um só olhar ficava muito feliz.

Símilos – Mas então, também tu fizeste como Fáon[2], que transportou Afrodite, de Quios para outra margem, e daí, a teu pedido, ela te concedeu ser jovem, belo e digno de ser amado?

Polístratos – Não. Ao contrário, tal como eu era, eu era muito atraente.

Símilos – Estás fazendo charadas.

Polístratos – Mas é muito evidente esse amor! Esse, pelos velhos ricos e sem filhos!

Símilos – Agora sim. Estou entendendo tua beleza; ela vem da Afrodite de ouro!

Polístratos – Contudo, Símilos, não foram poucas as vantagens que eu levei dos meus amantes. Faltou pouco para eu ser adorado por eles. Muitas vezes eu até me fazia de difícil; algumas vezes fechava a porta para alguns deles, e aí eles entravam em competição entre si, tentando se ultrapassar em dedicação por mim.

Símilos – E afinal, qual foi a tua decisão a respeito de tua fortuna?

Polístratos – Em público eu dizia a cada um que deixava minha herança para ele, e ele acreditava e se tornava ainda mais adulador; mas eu já tinha feito o verdadeiro testamento, porque era outro o herdeiro que eu deixei; e a todos eu disse para ir chorar na cama.

Símilos – E quais foram tuas últimas disposições com respeito ao herdeiro? Por acaso era alguém da família?

Polístratos – Não, por Zeus! mas o mais jovem dos rapazes de circunstância, um Frígio[3].

Símilos – De que idade, mais ou menos?

Polístratos – Beirando os vinte.

Símilos – Já estou entendendo os favores que ele te concedeu...

ΠΟΛΥΣΤΡΑΤΟΣ - Πλὴν ἀλλὰ πολὺ ἐκείνων ἀξιώτερος κληρονομεῖν, εἰ καὶ βάρβαρος ἦν καὶ ὄλεθρος, ὃν ἤδη καὶ αὐτῶν οἱ ἄριστοι θεραπεύουσιν. ἐκεῖνος τοίνυν ἐκληρονόμησέ μου καὶ νῦν ἐν τοῖς εὐπατρίδαις ἀριθμεῖται ὑπεξυρημένος μὲν τὸ γένειον καὶ βαρβαρίζων, Κόδρου δὲ εὐγενέστερος καὶ Νιρέως καλλίων καὶ Ὀδυσσέως συνετώτερος λεγόμενος εἶναι.

ΣΙΜΥΛΟΣ - Οὔ μοι μέλει· καὶ στρατηγησάτω τῆς Ἑλλάδος, εἰ δοκεῖ, ἐκεῖνοι δὲ [μὴ] κληρονομείτωσαν μόνον.

Polístratos – Na verdade, muito mais que os outros, ele mereceu essa herança, mesmo sendo um bárbaro e sem vergonha. Agora, até os mais distintos dos outros o respeitam. Pois bem, foi esse que se tornou meu herdeiro; e agora ele já figura entre os eupátridas, mesmo imberbe e com seus modos bárbaros. Dizem mesmo que ele é mais nobre do que Codro e mais belo do que Nireu e mais astuto do que Odisseu.[4]

Símilos – Isso não é importante; ele pode até comandar a Grécia, se lhe convém, contanto que a herança não fique para os outros.

Notas

1. Símilos, Polístratos também são personagens fictícios; são figurantes de uma cena que satiriza a ambição pelo dinheiro e a vida fácil.
2. Fáon era um barqueiro de Mitilene. Era velho e feio. Por ter passado de graça Afrodite, da ilha de Quios ao continente, ela lhe concedeu juventude e beleza. Safo, a poetisa, se enamorou dele; não correspondida, suicidou-se, atirando-se da rocha Leucade ao mar.
3. Os gregos não tinham muito respeito pelos bárbaros, frígios, lídios, cários. Há uma crítica acerba ao comportamento da sociedade: o jovem é frígio, quase imberbe, mas tem dinheiro: então é astuto, belo e aceito na sociedade.
4. Odisseu é o mais esperto, o mais engenhoso dos gregos; ninguém o supera. Foi superado apenas uma vez, por ocasião da preparação da expedição contra Tróia. Odisseu, embora vinculado por juramento, tentou se safar. Quando Menelau e Palamedes foram procurá-lo, encontraram-no no campo simulando loucura: ele tinha atrelado ao arado um boi e um asno e semeava sal. Palamedes, então, colocou o filho de Odisseu, Telêmaco, na frente do arado. Odisseu não resistiu, deixou de fingir e foi para a guerra. Mas Palamedes pagou caro por isso. Em Tróia, Odisseu acusou Palamedes de traição e, como prova, introduziu ouro na tenda dele, com auxílio do criado. Palamedes foi lapidado.

Aqui a referência é irônica: um jovem bárbaro, herdeiro de um grego, e por cima mais astuto do que Odisseu!

κ᾽

ΧΑΡΩΝΟΣ ΚΑΙ ΕΡΜΟΥ ΚΑΙ ΝΕΚΡΩΝ ΔΙΑΦΟΡΩΝ

ΧΑΡΩΝ - Ἀκούσατε ὡς ἔχει ὑμῖν τὰ πράγματα. μικρὸν μὲν ὑμῖν, ὡς ὁρᾶτε, τὸ σκαφίδιον καὶ ὑπόσαθρόν ἐστιν καὶ διαρρεῖ τὰ πολλά, καὶ ἢν τραπῇ ἐπὶ θάτερα, οἰχήσεται περιτραπέν, ὑμεῖς δὲ τοσοῦτοι ἅμα ἥκετε πολλὰ ἐπιφερόμενοι ἕκαστος. ἢ οὖν μετὰ τούτων ἐμβῆτε, δέδια μὴ ὕστερον μετανοήσητε, καὶ μάλιστα ὁπόσοι νεῖν οὐκ ἐπίστασθε.

ΝΕΚΡΟΙ - Πῶς οὖν ποιήσαντες εὐπλοήσομεν;

ΧΑΡΩΝ - Ἐγὼ ὑμῖν φράσω· γυμνοὺς ἐπιβαίνειν χρὴ τὰ περιττὰ ταῦτα πάντα ἐπὶ τῆς ἠϊόνος καταλιπόντας· μόλις γὰρ ἂν καὶ οὕτως δέξαιτο ὑμᾶς τὸ πορθμεῖον. σοὶ δέ, ὦ Ἑρμῆ, μελήσει τὸ ἀπὸ τούτου μηδένα παραδέχεσθαι αὐτῶν, ὃς ἂν μὴ ψιλὸς ᾖ καὶ τὰ ἔπιπλα, ὥσπερ ἔφην, ἀποβαλών. παρὰ δὲ τὴν ἀποβάθραν ἑστὼς διαγίνωσκε αὐτοὺς καὶ ἀναλάμβανε, γυμνοὺς ἐπιβαίνειν ἀναγκάζων.

ΕΡΜΗΣ - Εὖ λέγεις, καὶ οὕτω ποιήσωμεν. - Οὑτοσὶ τίς ὁ πρῶτός ἐστιν;

ΜΕΝΙΠΠΟΣ - Μένιππος ἔγωγε. ἀλλ᾽ ἰδοὺ ἡ πήρα μοι, ὦ Ἑρμῆ, καὶ τὸ βάκτρον εἰς τὴν λίμνην ἀπερρίφθων, τὸν τρίβωνα δὲ οὐδὲ ἐκόμισα εὖ ποιῶν.

ΕΡΜΗΣ - Ἔμβαινε, ὦ Μένιππε ἀνδρῶν ἄριστε, καὶ τὴν προεδρίαν ἔχε παρὰ τὸν κυβερνήτην ἐφ᾽ ὑψηλοῦ, ὡς ἐπισκοπῇς ἅπαντας. ὁ καλὸς δ᾽ οὗτος τίς ἐστιν;

ΧΑΡΜΟΛΕΩΣ - Χαρμόλεως ὁ Μεγαρικὸς ἐπέραστος, οὗ τὸ φίλημα διτάλαντον ἦν.

ΕΡΜΗΣ - Ἀπόδυθι τοιγαροῦν τὸ κάλλος καὶ τὰ χείλη αὐτοῖς φιλήμασι καὶ τὴν κόμην τὴν βαθεῖαν καὶ τὸ ἐπὶ τῶν παρειῶν ἐρύθημα καὶ τὸ δέρμα ὅλον. ἔχει καλῶς, εὔζωνος εἶ, ἐπίβαινε ἤδη. ὁ δὲ τὴν πορφυρίδα οὑτοσὶ καὶ τὸ διάδημα ὁ βλοσυρὸς τίς ὢν τυγχάχεις;

Diálogo XX

Caronte, Hermes, Menipo e Vários Mortos.

Caronte – Ouvi todos aí, como está a situação. Como estais vendo, o barco é pequeno e está muito ruim. Está entrando água por todos os lados e se ele adernar para um lado, ficará navegando em círculo. E vós sois tantos e estais chegando juntos. E cada um carregado de bagagens. Se entrardes com tudo isso, temo que vos arrependereis, sobretudo os que não sabem nadar.

Os Mortos – Então, o que faremos para atravessar?

Caronte – Já vos direi. Vós deveis entrar no barco nus[1], depois de vos desfazerdes de todos os excedentes. Na verdade, mesmo assim o barco dificilmente será suficiente para todos. Tu, Hermes, ficas encarregado de, a partir de agora, não aceitar ninguém que não chegue nu, depois de jogar fora o supérfluo. De pé sobre a escada, examina e recebe-os, obrigando-os a subir nus.

Hermes – Está bem. Assim faremos. Esse aí, o primeiro, quem é?

Menipo – Eu? Eu sou Menipo. Olha, minha sacola e minha bengala eu já joguei no lago; quanto à túnica, eu fiz bem em não trazê-la.

Hermes – Sobe, Menipo, o melhor dos homens, e assume o comando da embarcação, junto ao piloto, lá em cima, para que fiscalizes todos. E esse lindão aí, quem é ?

Charmoso[2] – Eu sou o Charmoso de Megara. O bem-amado, cujo carinho era de dois talentos!

Hermes – Pois então despe esse charme aí, e essa enorme peruca, esse vermelho nas bochechas e a casca toda. Está bem. Cintura fina, hein?! Sobe já. E esse aí, o de manto de púrpura e de coroa, o carrancudo, quem és por acaso?

ΛΑΜΠΙΧΟΣ - Λάμπιχος Γελῴων τύραννος.

ΕΡΜΗΣ - Τί οὖν; ὦ Λάμπιχε, τουσαῦτα ἔχων πάρει;

ΛΑΜΠΙΧΟΣ - Τί οὖν; ἐχρῆν, ὦ Ἑρμῆ, γυμνὸν ἥκειν τύραννον ἄνδρα;

ΕΡΜΗΣ - Τύραννον μὲν οὐδαμῶς, νεκρὸν δὲ μάλα· ὥστε ἀπόθου ταῦτα.

ΛΑΜΠΙΧΟΣ - Ἰδού σοι ὁ πλοῦτος ἀπέρριπται.

ΕΡΜΗΣ - Καὶ τὸν τῦφον ἀπόρριψον, ὦ Λάμπιχε, καὶ τὴν ὑπεροψίαν· βαρήσει γὰρ τὸ πορθμεῖον συνεμπεσόντα.

ΛΑΜΠΙΧΟΣ - Οὐκοῦν ἀλλὰ τὸ διάδημα ἔασόν με ἔχειν καὶ τὴν ἐφεστρίδα.

ΕΡΜΗΣ - Οὐδαμῶς, ἀλλὰ καὶ ταῦτα ἄφες.

ΛΑΜΠΙΧΟΣ - Εἶεν. τί ἔτι; πᾶν γὰρ ἀφῆκα, ὡς ὁρᾷς.

ΕΡΜΗΣ - Καὶ τὴν ὠμότητα καὶ τὴν ἄνοιαν καὶ τὴν ὕβριν καὶ τὴν ὀργήν· καὶ ταῦτα ἄφες.

ΛΑΜΠΙΧΟΣ - Ἰδού σοι ψιλός εἰμι.

ΕΡΜΗΣ - Ἔμβαινε ἤδη. σὺ δὲ ὁ παχύς, ὁ πολύσαρκος τίς εἶ;

ΔΑΜΑΣΙΑΣ - Δαμασίας ὁ ἀθλητής.

ΕΡΜΗΣ - Ναί, ἔοικας· οἶδα γάρ σε πολλάκις ἐν ταῖς παλαίστραις ἰδών.

ΔΑΜΑΣΙΑΣ - Ναί, ὦ Ἑρμῆ· ἀλλὰ παράδεξαί με γυμνὸν ὄντα.

ΕΡΜΗΣ - Οὐ γυμνόν, ὦ βέλτιστε, τοσαύτας σάρκας περιβεβλημένον· ὥστε ἀπόδυθι αὐτάς, ἐπεὶ καταδύσεις τὸ σκάφος τὸν ἕτερον πόδα ὑπερθεὶς μόνον· ἀλλὰ καὶ τοὺς στεφάνους τούτους ἀπόρριψον καὶ τὰ κηρύγματα.

ΔΑΜΑΣΙΑΣ - Ἰδού σοι γυμνός, ὡς ὁρᾷς, ἀληθῶς εἰμι καὶ ἰσοστάσιος τοῖς ἄλλοις νεκροῖς.

ΕΡΜΗΣ - Οὕτως· ἄμεινον ἀβαρῆ εἶναι· ὥστε ἔμβαινε. καὶ σὺ τὸν πλοῦτον ἀποθέμενος, ὦ Κράτων, καὶ τὴν μαλακίαν δὲ προσέτι καὶ την τρυφὴν μηδὲ τὰ ἐντάφια κόμιζε μηδὲ τὰ τῶν προγόνων ἀξιώ-ματα, κατάλιπε δὲ καὶ γένος καὶ δόξαν καὶ εἴ ποτέ σε ἡ πόλις ἀνεκήρυξεν καὶ τὰς τῶν ἀνδριάντων ἐπιγραφάς, μηδὲ ὅτι μέγαν τάφον ἐπί σοι ἔχωσαν λέγε· βαρύνει γὰρ καὶ ταῦτα μνημονευόμενα.

Lâmpicos[3] – Eu sou Lâmpicos, o tirano de Gela.[4]

Hermes – E tu te apresentas com tudo isso?

Lâmpicos – O quê? Então um tirano devia chegar nu?

Hermes – Tirano coisa nenhuma. Tu és um morto. Então tira essas coisas aí.

Lâmpicos – Olha, as riquezas estão no chão.

Hermes – Joga no chão também a arrogância e o orgulho. Eles vão pesar no barco...

Lâmpicos – Então deixa-me guardar minha coroa e o manto de púrpura.

Hermes – De jeito nenhum. Tira isso também.

Lâmpicos – Está bem. E o que mais? Já joguei tudo, como estás vendo.

Hermes – Joga também a presunção, a ignorância, a insolência, a raiva. Joga tudo isso.

Lâmpicos – Pronto. Estou liso!

Hermes – Então sobe. E esse aí, o gordão, o cheio de carnes, quem és?

Damásios[5] – Eu sou Damásios, o atleta.

Hermes – É. Pareces. Eu sei que já te vi nas palestras[6].

Damásios – Isso mesmo, Hermes; recebe-me; estou nu.

Hermes – Nu não, meu caro. Todo envolvido de carnes. Despe tudo isso, porque se te apoiares no barco apenas com um pé, tu o afundarás. Joga fora também essas coroas e diplomas.

Damásios – Está bem. Como estás vendo estou nu de verdade. Na mesma condição dos outros mortos.

Hermes – Assim; estar aliviado é melhor. Sobe. Sobe também tu, Cráton[7] depois de jogar fora a tua riqueza; joga também a moleza e o luxo. E não deves trazer os enfeites fúnebres, nem as honrarias dos antepassados. Deixa para trás a estirpe, a glória, e, se por acaso a cidade te proclamou herói, joga fora as inscrições das estátuas e nem digas que eles te erigiram um grande túmulo. Na verdade essas lembranças são muito pesadas.

ΚΡΑΤΩΝ - Οὐχ ἑκὼν μέν, ἀπορρίψω δέ· τί γὰρ ἂν καὶ πάθοιμι;

ΕΡΜΗΣ - Βαβαί. σὺ δὲ ὁ ἔνοπλος τί βούλει; ἢ τί τὸ τρόπαιον τοῦτο φέρεις;

ΣΤΡΑΤΗΓΟΣ - Ὅτι ἐνίκησα, ὦ Ἑρμῆ, καὶ ἠρίστευσα καὶ ἡ πόλις ἐτίμησέν με.

ΕΡΜΗΣ - Ἄφες ὑπὲρ γῆς τὸ τρόπαιον· ἐν ᾅδου γὰρ εἰρήνη καὶ οὐδὲν ὅπλων δεήσει. ὁ σεμνὸς δὲ οὗτος ἀπό γε τοῦ σχήματος καὶ βρενθυόμενος, ὁ τὰς ὀφρῦς ἐπηρκώς, ὁ ἐπὶ τῶν φροντίδων τίς ἐστιν, ὁ τὸν βαθὺν πώγωνα καθειμένος;

ΜΕΝΙΠΠΟΣ - Φιλόσοφός τις, ὦ Ἑρμῆ, μᾶλλον δὲ γόης καὶ τερατείας μεστός· ὥστε ἀπόδυσον καὶ τοῦτον· ὄψει γὰρ πολλὰ καὶ γελοῖα ὑπὸ τῷ ἱματίῳ σκεπόμενα.

ΕΡΜΗΣ - Κατάθου σὺ τὸ σχῆμα πρῶτον, εἶτα καὶ ταυτὶ πάντα. ὦ Ζεῦ, ὅσην μὲν τὴν ἀλαζονείαν κομίζει, ὅσην δὲ ἀμαθίαν καὶ ἔριν καὶ κενοδοξίαν καὶ ἐρωτήσεις ἀπόρους καὶ λόγους ἀκανθώδεις καὶ ἐννοίας πολυπλόκους, ἀλλὰ καὶ ματαιοπονίαν μάλα πολλὴν καὶ λῆρον οὐκ ὀλίγον καὶ ὕθλους καὶ μικρολογίαν, νὴ Δία καὶ χρυσίον γε τουτὶ καὶ ἡδυπάθειαν δὲ καὶ ἀναισχυντίαν καὶ ὀργὴν καὶ τρυφὴν καὶ μαλακίαν· οὐ λέληθεν γάρ με, εἰ καὶ μάλα περικρύπτεις αὐτά. καὶ τὸ ψεῦδος δὲ ἀπόθου καὶ τὸν τῦφον καὶ τὸ οἴεσθαι ἀμείνων εἶναι τῶν ἄλλων· ὡς εἴ γε ταῦτα πάντα ἔχων ἐμβαίης, ποία πεντηκόντορος δέξαιτο ἄν σε;

ΦΙΛΟΣΟΦΟΣ - Ἀποτίθεμαι τοίνυν αὐτά, ἐπείπερ οὕτω κελεύεις.

ΧΑΡΩΝ - Ἀλλὰ καὶ τὸν πώγωνα τοῦτον ἀποθέσθω, ὦ Ἑρμῆ, βαρύν τε ὄντα καὶ λάσιον, ὡς ὁρᾷς· πέντε μναῖ τριχῶν εἰσι τοὐλάχιστον.

ΕΡΜΗΣ - Εὖ λέγεις· ἀπόθου καὶ τοῦτον.

ΦΙΛΟΣΟΦΟΣ - Καὶ τίς ὁ ἀποκείρων ἔσται;

ΕΡΜΗΣ - Μένιππος οὑτοσὶ λαβὼν πέλεκυν τῶν ναυπηγικῶν ἀποκόψει αὐτὸν ἐπικόπῳ τῇ ἀποβάθρᾳ χρησάμενος.

Cráton – É. Muito a contragosto, mas vou jogar fora. Afinal o que mais eu poderia sofrer?

Hermes – Caramba! Tu aí, carregado de armas! O que queres, ou por que carregas esse troféu?

Militar – Porque sou vencedor, Hermes; eu me distingui e a cidade me conferiu esta honra.

Hermes – Joga no chão o troféu. No Hades reina a paz e nenhuma arma será necessária. E esse aí, o sério, de sombrancelhas franzidas, montado em seus pensamentos, enrolado em espessa barba?

Menipo – Esse aí? É algum filósofo[8], Hermes; melhor dizendo, é um charlatão. Ele é cheio de truques, Hermes. Por isso, despe-o bem e verás muitas coisas engraçadas, escondidas debaixo do manto.

Hermes – Joga no chão primeiro essa armação... em seguida também todas essas coisas... ó Zeus! quanta fanfarronice ele está trazendo! Quanta besteira e quanta discussão! E a glória vã, as interrogações sem saída, os discursos picantes e as meditações complicadas. Ele traz também trabalhos inúteis e frivolidades não poucas; insignificâncias e mesquinharias e também dinheiro, ó Zeus! E aqui: vida fácil, falta de pudor, preguiça, luxo e moleza. Nada disso me escapa, mesmo que tu as escondas. Despe também a falsidade, o orgulho e a crença de que tu és melhor do que os outros. Se tu entrares carregando todas essas coisas, que navio de cinqüenta remadores te poderia aceitar?

O Filósofo – Vou me desembaraçar delas, já que é assim que tu queres.

Caronte – Mas, e essa barba aí; ele deve tirá-la também. Como estás vendo, ela é pesada e lisa e vale pelo menos cinco dracmas.

Hermes – É isso mesmo. Despe também isso.

O Filósofo – E quem será o barbeiro?

Hermes – Esse aí, o Menipo. Ele a cortará com o machado de construir navio. E como cepo usará a escada.

ΜΕΝΙΠΠΟΣ - Οὔκ, ὦ Ἑρμῆ, ἀλλὰ πρίονά μοι ἀνάδος· γελοιότερον γὰρ τοῦτο.

ΕΡΜΗΣ - Ὁ πέλεκυς ἱκανός. εὖ γε. ἀνθρωπινώτερος γὰρ νῦν ἀναπέφηνας ἀποθέμενος σεαυτοῦ τὴν κινάβραν.

ΜΕΝΙΠΠΟΣ - Βούλει μικρὸν ἀφέλωμαι καὶ τῶν ὀφρύων;

ΕΡΜΗΣ - Μάλιστα· ὑπὲρ τὸ μέτωπον γὰρ καὶ ταύτας ἐπῆρκεν, οὐκ οἶδα ἐφ᾽ ὅτῳ ἀνατείνων ἑαυτόν. τί τοῦτο; καὶ δακρύεις, ὦ κάθαρμα, καὶ πρὸς θάνατον ἀποδειλιᾷς; ἔμβηθι δ᾽ οὖν.

ΜΕΝΙΠΠΟΣ - Ἓν ἔτι τὸ βαρύτατον ὑπὸ μάλης ἔχει.

ΕΡΜΗΣ - Τί, ὦ Μένιππε;

ΜΕΝΙΠΠΟΣ - Κολακείαν, ὦ Ἑρμῆ, πολλὰ ἐν τῷ βίῳ χρησιμεύσασαν αὐτῷ.

ΦΙΛΟΣΟΦΟΣ - Οὐκοῦν, καὶ σύ, ὦ Μένιππε, ἀπόθου τὴν ἐλευθερίαν καὶ παρρησίαν καὶ τὸ ἄλυπον καὶ τὸ γενναῖον καὶ τὸν γέλωτα· μόνος γοῦν τῶν ἄλλων γελᾷς.

ΕΡΜΗΣ - Μηδαμῶς, ἀλλὰ καὶ ἔχε ταῦτα, κοῦφα γὰρ καὶ πάνυ εὔφορα ὄντα καὶ πρὸς τὸν κατάπλουν χρήσιμα. καὶ ὁ ῥήτωρ δὲ σὺ ἀπόθου τῶν ῥημάτων τὴν τοσαύτην ἀπεραντολογίαν καὶ ἀντιθέσεις καὶ παρισώσεις καὶ περιόδους καὶ βαρβαρισμοὺς καὶ τὰ ἄλλα βάρη τῶν λόγων.

ΡΗΤΩΡ - Ἢν ἰδού, ἀποτίθεμαι.

ΕΡΜΗΣ - Εὖ ἔχει· ὥστε λύε τὰ ἀπόγεια, τὴν ἀποβάθραν ἀνελώμεθα, τὸ ἀγκύριον ἀνεσπάσθω, πέτασον τὸ ἱστίον, εὔθυνε, ὦ πορθμεῦ, τὸ πηδάλιον· εὐπλοῶμεν. τί οἰμώζετε, ὦ μάταιοι, καὶ μάλιστα ὁ φιλόσοφος σὺ ὁ ἀρτίως τὸν πώγωνα δεδῃωμένος;

ΦΙΛΟΣΟΦΟΣ - Ὅτι, ὦ Ἑρμῆ, ἀθάνατον ᾤμην τὴν ψυχὴν ὑπάρχειν.

ΜΕΝΙΠΠΟΣ - Ψεύδεται· ἄλλα γὰρ ἔοικε λυπεῖν αὐτόν.

ΕΡΜΗΣ - Τὰ ποῖα;

Menipo – Não, Hermes, me dá um serrote. Será bem mais engraçado!...

Hermes – Não! O machado é suficiente... Ótimo, agora estás parecendo mais gente, depois que depositaste teu bodum!

Menipo – Queres que eu apare também as sombrancelhas?

Hermes – É, está bem. Ele as puxou para cima da testa. Não sei como ele fez a armação. Mas... o que é isso?! Tu estás chorando?! Droga! Tu também te acovardas diante da morte?! Vamos, sobe.

Menipo – Ei, ele tem mais uma coisa pesada debaixo do braço.

Hermes – O quê, Menipo?

Menipo – Bajulação, Hermes, ela lhe deu muitas coisas na vida.

O Filósofo – Pois então, Menipo, tu também despe a liberdade, a franqueza, a ausência de tristeza, a nobreza e o riso, porque tu és o único que estás rindo.

Hermes – De forma alguma. Ao contrário, conserva essas coisas. Todas são fáceis de transportar e são úteis para a viagem. Também tu, orador, despe-te da loquacidade, das antíteses, das frases simétricas, dos circunlóquios, dos barbarismos e de todos esses pesos dos discursos[9].

O Orador – Olha aqui, já me despi.

Hermes – Está bem. Então vamos lá. Solta as amarras, levanta a escada, recolha-se a âncora, desfralda a vela; barqueiro, endireita o leme. Boa viagem! Mas, por que estais chorando, ó homens vãos? E tu também, ó filósofo, que há pouco perdeste a barba?

O Filósofo – É que, Hermes, eu acreditava que sobraria uma alma imortal.

Menipo – É mentira. Ao que parece, há outras coisas que o deixam triste.

Hermes – Que coisas são essas?

ΜΕΝΙΠΠΟΣ - Ὅτι μηκέτι δειπνήσει πολυτελῆ δεῖπνα μηδὲ νύκτωρ ἐξιὼν ἅπαντας λανθάνων τῷ ἱματίῳ τὴν κεφαλὴν κατειλήσας περίεισιν ἐν κύκλῳ τὰ χαμαιτυπεῖα, καὶ ἕωθεν ἐξαπατῶν τοὺς νέους ἐπὶ τῇ σοφίᾳ ἀργύριον λήψεται · ταῦτα λυπεῖ αὐτόν.

ΦΙΛΟΣΟΦΟΣ - Σὺ γὰρ, ὦ Μένιππε, οὐκ ἄχθῃ ἀποθανών;

ΜΕΝΙΠΠΟΣ - Πῶς, ὅς ἔσπευσα ἐπὶ τὸν θάνατον καλέσαντος μηδενός ἀλλὰ μεταξὺ λόγων οὐ κραυγή τις ἀκούεται ὥσπερ τινῶν ἀπὸ γῆς βοώντων;

ΕΡΜΗΣ - Ναί, ὦ Μένιππε, οὐκ ἀφ ' ἑνός γε χώρου, ἀλλ' οἱ μὲν εἰς τὴν ἐκκλησίαν συνελθόντες ἄσμενοι γελῶσι πάντες ἐπὶ τῷ Λαμπίχου θανάτῳ καὶ ἡ γυνὴ αὐτοῦ συνέχεται πρὸς τῶν γυναικῶν καὶ τὰ παιδία νεογνὰ ὄντα ὁμοίως κἀκεῖνα ὑπὸ τῶν παίδων βάλλεται ἀφθόνοις τοῖς λίθοις · ἄλλοι δὲ Διόφαντον τὸν ῥήτορα ἐπαινοῦσιν ἐν Σικυῶνι ἐπιταφίους λόγους διεξιόντα ἐπὶ Κράτωνι τούτῳ. καὶ νὴ Δία γε ἡ Δαμασίου μήτηρ κωκύουσα ἐξάρχει τοῦ θρήνου σὺν γυναιξὶν ἐπὶ τῷ Δαμασίᾳ · σὲ δὲ οὐδείς, ὦ Μένιππε, δακρύει, καθ' ἡσυχίαν δὲ κεῖσαι μόνος.

ΜΕΝΙΠΠΟΣ - Οὐδαμῶς, ἀλλ' ἀκούσῃ τῶν κυνῶν μετ' ὀλίγον ὠρυομένων οἴκτιστον ἐπ' ἐμοὶ καὶ τῶν κοράκων τυπτομένων τοῖς πτεροῖς, ὁπόταν συνελθόντες θαπτωσί με.

ΕΡΜΗΣ - Γεννάδας εἶ, ὦ Μένιππε. ἀλλ' ἐπεὶ καταπεπλευκαμεν ἡμεῖς, ὑμεῖς μὲν ἄπιτε πρὸς τὸ δικαστήριον εὐθεῖαν ἐκείνην προϊόντες, ἐγὼ δὲ καὶ ὁ πορθμεὺς ἄλλους μετελευσόμεθα.

ΜΕΝΙΠΠΟΣ - Εὐπλοεῖτε, ὦ Ἑρμῆ · προΐωμεν δὲ καὶ ἡμεῖς. τί οὖν ἔτι καὶ μέλλετε; δικασθῆναι δεήσει, καὶ τὰς καταδίκας φασὶν εἶναι βαρείας, τροχοὺς καὶ λίθους καὶ γῦπας · δειχθήσεται δὲ ὁ ἑκάστου βίος.

Menipo – É que não mais terá lautos jantares; nem, saindo, à noite, escondendo-se de todos, a cabeça encoberta pelo manto, não mais fará a ronda dos bordéis; e logo cedo, não mais receberá dinheiro, depois de ter enganado os jovens. São essas as coisas que o fazem sofrer.

O Filósofo – E tu, Menipo, tu não te lamentas de estar morto?

Menipo – Como? Eu? Eu, que me antecipei à morte ?[10] Ninguém foi me chamar. Mas... enquanto estamos falando, não é uma algazarra que se ouve, como se fosse um bando de gente gritando da terra?

Hermes – É sim, Menipo, e não é de um lugar só. Há alguns que estão reunidos em assembléia; estão felizes, sorridentes pela morte de Lâmpicos. A mulher dele está com problemas diante das mulheres da cidade; os filhos dele também, mesmo sendo de tenra idade, estão sendo apedrejados para valer pelas crianças. Outros, em Sicione, estão aplaudindo Diofante, que está fazendo um elogio fúnebre do Cráton que aqui está. E, por Zeus, a mãe de Damásios, gemendo, puxa um lamento, seguida de outras mulheres. E tu, Menipo, ninguém te chora? Tu és o único que estás quieto...

Menipo – Nada disso! ouvirás daqui um pouco os cães uivando tristemente sobre mim e também os corvos batendo as asas, quando se reunirem sobre mim para me enterrar[11].

Hermes – Tu és gente boa, Menipo. Mas, já que terminamos a travessia, vós aí, dirigi-vos ao tribunal, descendo direto por essa reta. Eu, com o barqueiro vamos buscar outros mortos.

Menipo – Boa viagem, Hermes! E nós também, em frente! O que estais esperando? É preciso passar em julgado. E as sentenças, pelo que dizem, são pesadas! São rodas, são abutres, são rochedos[12]. A vida de cada um será passada a limpo.

NOTAS

1. A nudez toma todos iguais; é a lei da morte; é a lei no Hades.

2. Kharmoleus é um personagem fictício, mas por sua postura o nome de Charmoso lhe vai bem. Lâmpicos também é um personagem imaginário. Gela era uma cidade da costa meridional da Sicília, famosa por ter tido vários tiranos.

3. Lâmpicos seria mais um tirano de Gela?

4. Gela, cidade da costa meridional da Sicília. Teve muitos tiranos.

5. Damásios, de Amfípolis, vencedor nos CXV Jogos Olímpicos.

6. Palestra – (palaistra) vasta construção com um pátio interior, com o piso coberto de areia fina onde os jovens se exercitavam na luta (pala ou pela). Em torno do pátio havia salas para vestiários e banho. Muitas vezes pertenciam aos ricos e também a mestres de ginástica.

7. Cráton de Sicione. Orador conhecido.

8. Os filósofos são um dos alvos prediletos de Menipo; aqui ele se antecipa identificando um filósofo pelas aparências. Há toda uma mistura de filósofo, sofista, charlatão, demagogo, e uma crítica aos métodos usados nas escolas de retórica, os discursos formulares, vazios, feitos sob modelos dados. Ver o diálogo *O leilão dos filósofos*, em que vários filósofos são vendidos como escravos, ou em *Hermótimos e as Seitas* e ainda em *O Eunuco*, que trata de um concurso para professor de filosofia, em que o importante acaba sendo o candidato ter seu órgão completo!

9. Alusão aos esquemas gorgianos, desenvolvidos por Górgias e depois retomados por Aélio Aristides na II Sofística.

10. Alusão ao suicídio de Menipo de Gadara. Ver nota ao Diálogo I.

11. Mesmo irreverente, Menipo também vai ser enterrado (pela multidão dos corvos batendo as asas), para poder ter tranqüilidade no Hades.

12. *Rodas:* Ixion, rei na Tessália; reina sobre os Lapitas. Tomou como esposa Dia, filha de Deioneu, tendo feito muitas promessas. Como a esposa as cobrasse, ele a atirou num fosso repleto de brasas, tornando-se assim duplamente ímpio: por ter perjurado e por ter cometido o sacrilégio de ter matado um membro da própria família, unida por um vínculo religioso e sacrificando aos mesmos deuses protetores. Todos o rejeitavam e se recusavam a purificá-lo: Zeus se compadeceu dele e o purificou e fê-lo experimentar a ambrósia, o que lhe dava a imortalidade: Ixion a seguir se apaixonou por Hera e tentou violentá-la: Zeus fez uma nuvem que

parecia Hera e Ixion se uniu a ela, gerando um filho, o Centauro, que seria o ascendente dos centauros. Zeus então puniu Ixion amarrando-o a uma roda de fogo que gira continuamente, por ele ser imortal. Alguns o colocam no Tártaro.

- *Abutres:* Títios é um gigante, filho de Zeus e de Elara. Por causa dos ciúmes de Hera, Zeus escondeu sua amante nas profundezas da terra, onde nasceu Títios. Quando Leto deu a Zeus Ártemis e Apolo, Hera furiosa, enviou o mostruoso Títios contra Leto. Zeus fulminou Títios com um raio e o lançou no Tártaro, onde ele jaz e duas serpentes ou duas águias lhe devoram o fígado, que se refaz segundo as fases da lua. Ver Diálogo XXIV, p. 179.

- *Rochedos:* Sísifo, o mais astuto dos homens, da raça de Deucalião. Homero fala de seu castigo, Il. VI,152 e Od. XI,593-600. Há vários mitos sobre o castigo: um por ter visto o rapto de Egina por Zeus e ter contado ao pai, Asopos; Zeus o teria punido por isso. Outro, conta que Zeus, enfurecido pela delação de Sísifo, enviou-lhe Thánatos (a morte), mas Sísifo a surpreendeu e a prendeu com correntes. Thánatos deixou de exercer seu ofício, e Zeus foi obrigado a intervir e a libertou. Thánatos, então, pegou como primeira vítima o próprio Sísifo, que, matreiro, combinou com a mulher de não lhe celebrar as cerimônias fúnebres. No Hades Sísifo se queixou da impiedade da mulher e pediu permissão para voltar à terra e castigá-la por isso (enquanto o corpo não fosse enterrado, a alma não tinha lugar no Hades), e assim conseguiu viver muitos anos. Quando ele morreu para valer, os deuses lhe deram uma tarefa que não lhe deixaria nenhum momento de folga: ele devia empurrar um rochedo colina acima, mas quando chegava ao topo, a pedra rolava para baixo, obrigando-o a recomeçar tudo.

κα᾽

ΚΡΑΤΗΤΟΣ ΚΑΙ ΔΙΟΓΕΝΟΥΣ

ΚΡΑΤΗΣ - Μοίριχον τὸν πλούσιον ἐγίνωσκες, ὦ Διόγενες, τὸν πάνυ πλούσιον, τὸν ἐκ Κορίνθου, τὸν τὰς πολλὰς ὁλκάδας ἔχοντα, οὗ ἀνεψιὸς Ἀριστέας, πλούσιος καὶ αὐτὸς ὤν, τὸ Ὁμηρικὸν ἐκεῖνο εἰώθει ἐπιλέγειν, ʽἤ μ᾽ ἀνάειρ᾽ ἢ ἐγὼ σέ.᾽

ΔΙΟΓΕΝΗΣ - Τίνος ἕνεκα, ὦ Κράτης;

ΚΡΑΤΗΣ - Ἐθεράπευον ἀλλήλους τοῦ κλήρου ἕνεκα ἑκάτερος ἡλικιῶται ὄντες, καὶ τὰς διαθήκας εἰς τὸ φανερὸν ἐτίθεντο, Ἀριστέαν μὲν ὁ Μοίριχος, εἰ προαποθάνοι, δεσπότην ἀφιεὶς τῶν ἑαυτοῦ πάντων, Μοίριχον δὲ ὁ Ἀριστέας, εἰ προαπέλθοι αὐτοῦ. ταῦτα μὲν ἐγέγραπτο, οἱ δὲ ἐθεράπευον ὑπερβαλλόμενοι ἀλλήλους τῇ κολακείᾳ. καὶ οἱ μάντεις, εἴτε ἀπὸ τῶν ἄστρων τεκμαιρόμενοι τὸ μέλλον εἴτε ἀπὸ τῶν ὀνειράτων, ὥς γε Χαλδαίων παῖδες, ἀλλὰ καὶ ὁ Πύθιος αὐτὸς ἄρτι μὲν Ἀριστέᾳ παρεῖχε τὸ κράτος, ἄρτι δὲ Μοιρίχῳ, καὶ τὰ τάλαντα ποτὲ μὲν ἐπὶ τοῦτον, νῦν δ᾽ ἐπ᾽ ἐκεῖνον ἔρρεπεν.

ΔΙΟΓΕΝΗΣ - Τί οὖν πέρας ἐγένετο, ὦ Κράτης; ἀκοῦσαι γὰρ ἄξιον.

ΚΡΑΤΗΣ - Ἄμφω τεθνᾶσιν ἐπὶ μιᾶς ἡμέρας, οἱ δὲ κλῆροι εἰς Εὐνόμιον καὶ Θρασυκλέα περιῆλθον ἄμφω συγγενεῖς ὄντας οὐδεπώποτε προμαντευομένους οὕτω γενέσθαι ταῦτα· διαπλέοντες γὰρ ἀπὸ Σικυῶνος εἰς Κίρραν κατὰ μέσον τὸν πόρον πλαγίῳ περιπεσόντες τῷ Ἰάπυγι ἀνετράπησαν.

DIÁLOGO XXI

CRATES[1] E DIÓGENES

CRATES – Diógenes, tu conhecias o rico Meríquio[2], aquele ricaço de Corinto, o que era dono de muitos navios, aquele, cujo primo Aristeas, também muito rico que costumava recitar aquele verso de Homero: "ou tu me levantas ou eu te levanto"? [3]

DIÓGENES – Por que essa pergunta, Crates?

CRATES – É que eles se cuidavam mutuamente, um visando à herança do outro, apesar de serem os dois da mesma idade. Além disso tornaram públicos os respectivos testamentos: Meríquio deixava Aristeas dono de todos os seus bens, se morresse antes, e Aristeas fazia o mesmo a Meríquio se partisse antes dele. E isso ficou registrado. Os dois se tratavam competindo em agrados. E os adivinhos, seja porque apontavam para o futuro a partir dos astros, seja a partir dos sonhos, como os descendentes dos Caldeus[4], e até o próprio Pítio[5], ora atribuíam a vitória para Meríquio, ora para Aristeas; e a balança ora pendia para o lado deste, ora para o lado daquele.

DIÓGENES – E que fim teve essa história, Crates? Vale a pena ouvir.

CRATES – Ambos morreram no mesmo dia. E as heranças passaram para Eunômio e Trasicles, por serem ambos parentes, sem jamais terem prognosticado que as coisas aconteceriam daquele jeito. Com efeito, Meríquio e Aristeas, ao fazerem a travessia de Sicione a Kirra, lá pelo meio do percurso pegaram o Iápige[6] de flanco e soçobraram os dois.

ΔΙΟΓΕΝΗΣ - Εὖ ἐποίησαν. ἡμεῖς δὲ ὁπότε ἐν τῷ βίῳ ἦμεν, οὐδὲν τοιοῦτον ἐνενοοῦμεν περὶ ἀλλήλων· οὔτε πώποτε ηὐξάμην Ἀντισθένην ἀποθανεῖν, ὡς κληρονομήσαιμι τῆς βακτερίας αὐτοῦ - εἶχεν δὲ πάνυ καρτερὰν ἐκ κοτίνου ποιησάμενος - οὔτε οἶμαι σὺ ὁ Κράτης ἐπεθύμεις κληρονομεῖν ἀποθανόντος ἐμοῦ τὰ κτήματα καὶ τὸν πίθον καὶ τὴν πήραν χοίνικας δύο θέρμων ἔχουσαν.

ΚΡΑΤΗΣ - Οὐδὲν γάρ μοι τούτων ἔδει, ἀλλ' οὐδὲ σοί, ὦ Διόγενες· ἃ γὰρ ἐχρῆν, σύ τε Ἀντισθένους ἐκληρονόμησας καὶ ἐγὼ σοῦ, πολλῷ μείζω καὶ σεμνότερα τῆς Περσῶν ἀρχῆς.

ΔΙΟΓΕΝΗΣ - Τίνα ταῦτα φῄς;

ΚΡΑΤΗΣ - Σοφίαν, αὐτάρκειαν, ἀλήθειαν, παρρησίαν, ἐλευθερίαν.

ΔΙΟΓΕΝΗΣ - Νὴ Δία, μέμνημαι τοῦτον διαδεξάμενος τὸν πλοῦτον παρὰ Ἀντισθένους καὶ σοὶ ἔτι πλείω καταλιπών.

ΚΡΑΤΗΣ - Ἀλλ' οἱ ἄλλοι ἠμέλουν τῶν τοιούτων κτημάτων καὶ οὐδεὶς ἐθεράπευεν ἡμᾶς κληρονομήσειν προσδοκῶν, εἰς δὲ τὸ χρυσίον πάντες ἔβλεπον.

ΔΙΟΓΕΝΗΣ - Εἰκότως· οὐ γὰρ εἶχον ἔνθα δέξαιντο τὰ τοιαῦτα παρ' ἡμῶν διερρυηκότες ὑπὸ τρυφῆς, καθάπερ τὰ σαπρὰ τῶν βαλλαντίων· ὥστε εἴ ποτε καὶ ἐμβάλοι τις ἐς αὐτοὺς ἢ σοφίαν ἢ παρρησίαν ἢ ἀλήθειαν, ἐξέπιπτεν εὐθὺς καὶ διέρρει, τοῦ πυθμένος στέγειν οὐ δυναμένου, οἷόν τι πάσχουσιν αἱ τοῦ Δαναοῦ αὗται παρθένοι εἰς τὸν τετρυπημένον πίθον ἐπαντλοῦσαι· τὸ δὲ χρυσίον ὀδοῦσι καὶ ὄνυξι καὶ πάσῃ μηχανῇ ἐφύλαττον. οὐκοῦν ἡμεῖς μὲν ἕξομεν κἀνταῦθα τὸν πλοῦτον, οἱ δὲ ὀβολὸν ἥξουσι κομίζοντες καὶ τοῦτον ἄχρι τοῦ πορθμέως.

Diógenes – Bem feito para os dois. Nós, no entanto, enquanto estávamos em vida, não maquinávamos nada disso uns contra os outros. Nem eu nunca desejei a morte de Antístenes, com a intenção de herdar o porrete dele (e ele tinha um bem duro, que ele fez de oliveira selvagem), nem, creio eu, Crates, ambicionaste os meus bens depois da minha morte, isto é, o meu tonel e a minha sacola com dois punhados de tremoços.

Crates – E nem eu precisava deles, nem mesmo tu, Diógenes. Na verdade, tu herdaste de Antístenes as coisas necessárias, e eu as herdei de ti. E elas são muito mais valiosas do que o Império Persa.

Diógenes – E que coisas são essas?

Crates – Sabedoria, autodomínio, verdade, franqueza, liberdade.[7]

Diógenes – Sim! Por Zeus! Estou lembrado de ter recebido essas riquezas de Antístenes e de tê-las deixado para ti, ainda maiores.

Crates – Os outros, ao contrário, se descuidaram desses bens e ninguém cuidava de nós na esperança de tornar-se nosso herdeiro. Todos tinham os olhos voltados para o ouro.

Diógenes – Naturalmente. Eles não tinham onde receber essas coisas de nós. Eles estavam furados como cestas de colher bolotas; de modo que, se alguém um dia jogasse para eles ou sabedoria ou franqueza ou verdade, elas passariam direto, sem que o fundo as pudesse segurar; algo como o que as filhas de Dânaos[8] sofrem ao tentarem encher um tonel furado. Mas o ouro, eles o guardavam com os dentes, com as unhas, de todos os modos. Pois bem, enquanto nós manteremos nossas riquezas mesmo aqui, eles vão chegar aqui trazendo apenas um óbolo, e assim mesmo só até o barqueiro.

NOTAS

1. Crates, foi discípulo de Diógenes que por sua vez foi discípulo de Antístenes, fundador da escola cínica. Ver notas 1 e 2 do diálogo XXII.
2. Meríquio e Aristeas são personagens imaginários, como também o são Eunômio e Trasicles, os herdeiros.
3. É Ajax que diz, ao lutar com Odisseu (Od. XXIII,724); no caso se aplica no sentido de levar ao túmulo.
4. Os Caldeus habitavam na confluência dos rios Tigre e Eufrates; ficaram famosos por seus conhecimentos de astronomia e depois pela aplicação desses conhecimentos para a astrologia: gozavam também da fama de grandes adivinhos.
5. Era um dos apelidos de Apolo, por ter matado a serpente Piton; é também a origem do nome Pítia que se dava à sacerdotisa que proferia os oráculos no santuário de Apolo em Delfos.
6. Iápige, vento oeste que soprava da Apúlia: ele pegava de flanco os navios que iam de Sicione a Kirra. Sicione ficava no Peloponeso, perto do golfo de Corinto e Kirra ficava na Fócida, perto de Delfos.
7. Essas seriam as virtudes básicas da moral dos cínicos.
8. As Danaidas (Danaides) eram filhas do rei Dânaos. Eram 50 e, ao chagarem do Egito para Argos, casaram-se todas de uma vez, mas, instigadas pelo pai, mataram os maridos na noite de núpcias; menos Hipenmestra, que poupou Linceu. Mais tarde, elas foram mortas, junto com o pai, por Linceu. No Hades, elas são castigadas com a tarefa de encher de água um tonel furado.

κβ'

ΔΙΟΓΕΝΟΥΣ ΚΑΙ ΑΝΤΙΣΘΕΝΟΥΣ ΚΑΙ ΚΡΑΤΗΤΟΣ

ΔΙΟΓΕΝΗΣ - Ἀντίσθενες καὶ Κράτης, σχολὴν ἄγομεν· ὥστε τί οὐκ ἄπιμεν εὐθὺ τῆς καθόδου περιπατήσοντες, ὀψόμενοι τοὺς κατιόντας οἷοί τινές εἰσι καὶ τί ἕκαστος αὐτῶν ποιεῖ;

ΑΝΤΙΣΘΕΝΗΣ - Ἀπίωμεν, ὦ Διόγενες· καὶ γὰρ ἡδὺ τὸ θέαμα γένοιτο, τοὺς μὲν δακρύοντας αὐτῶν ὁρᾶν, τοὺς δὲ ἱκετεύοντας ἀφεθῆναι, ἐνίους δὲ μόλις κατιόντας καὶ ἐπὶ τράχηλον ὠθοῦντος τοῦ Ἑρμοῦ ὅμως ἀντιβαίνοντας καὶ ὑπτίους ἀντερείδοντας οὐδὲν δέον.

ΚΡΑΤΗΣ - Ἔγωγ' οὖν καὶ διηγήσομαι ὑμῖν ἃ εἶδον ὁπότε κατῄειν κατὰ τὴν ὁδόν.

ΔΙΟΓΕΝΗΣ - Διήγησαι, ὦ Κράτης· ἔοικας γάρ τινα ἑωρακέναι παγγέλοια.

ΚΡΑΤΗΣ - Καὶ ἄλλοι μὲν πολλοὶ συγκατέβαινον ἡμῖν, ἐν αὐτοῖς δὲ ἐπίσημοι Ἰσμηνόδωρός τε ὁ πλούσιος ὁ ἡμέτερος καὶ Ἀρσάκης ὁ Μηδίας ὕπαρχος καὶ Ὀροίτης ὁ Ἀρμένιος. ὁ μὲν οὖν Ἰσμηνόδωρος - ἐπεφόνευτο γὰρ ὑπὸ λῃστῶν ὑπὸ τὸν Κιθαιρῶνα Ἐλευσῖνάδε οἶμαι βαδίζων - ἔστενε καὶ τὸ τραῦμα ἐν ταῖν χεροῖν εἶχε καὶ τὰ παιδία, ἃ νεογνὰ καταλελοίπει, ἀνεκαλεῖτο καὶ ἑαυτῷ ἐπεμέμφετο τῆς τόλμης, ὃς Κιθαιρῶνα ὑπερβάλλων καὶ τὰ περὶ τὰς Ἐλευθερὰς χωρία πανέρημα ὄντα ὑπὸ τῶν πολέμων διοδεύων δύο μόνους οἰκέτας ἐπηγάγετο, καὶ ταῦτα φιάλας πέντε χρυσᾶς καὶ κυμβία τέσσαρα μεθ' ἑαυτοῦ κομίζων. ὁ δὲ Ἀρσάκης - γηραιὸς ἤδη καὶ νὴ Δί' οὐκ ἄσεμνος τὴν ὄψιν - εἰς τὸ βαρβαρικὸν ἤχθετο καὶ ἠγανάκτει πεζὸς βαδίζων καὶ ἠξίου τὸν ἵππον αὐτῷ προσαχθῆναι· καὶ γὰρ καὶ

DIÁLOGO XXII

DIÓGENES, ANTÍSTENES[1] E CRATES[2]

DIÓGENES – Antístenes e Crates, estamos de folga: então, por que não caminhamos direto pela estrada para dar uma volta e ver os que estão descendo, quem são eles e o que cada um deles está fazendo?

ANTÍSTENES – Vamos lá, Diógenes. Na verdade, seria um belo espetáculo ver alguns deles chorando, outros suplicando para serem levados de volta, e alguns criando dificuldades para descer; mesmo com Hermes os empurrando pela nuca, ainda assim eles se inclinam para trás e ficam derrapando, sem nada conseguirem.

CRATES – Eu vou contar o que eu vi durante o trajeto, quando eu desci para cá.

DIÓGENES – Vai, conta, Crates. Parece que tu viste coisas muito engraçadas!

CRATES – Havia muita gente que estava descendo comigo e entre eles muitos famosos, como o Ismenodoros[3], aquele ricaço que conhecemos; estava também o Arsaques, governador da Média e o armênio Oroites. E aí, o Ismenodoros (na verdade, tinha sido morto por salteadores ao pé do Citérion[4], ao ir, creio eu, para Elêusis[5]); ele gemia e segurava os ferimentos com ambas as mãos e chamava pelos filhos de tenra idade que tinha deixado. Ele se censurava pela temeridade de atravessar o Citérion e percorrer a região de Eleuteras, arrasada pelas guerras, com apenas dois servidores e isso levando na bagagem cinco vasos de ouro e mais quatro taças do mesmo metal. O Arsaques[6], homem já de idade e de aspecto não sem uma certa distinção, esbravejava como um bárbaro; ele reclamava de ter ficado a pé e exigia que lhe trouxessem o cavalo.

ὁ ἵππος αὐτῷ συνετεθνήκει, μιᾷ πληγῇ ἀμφότεροι διαπαρέντες ὑπὸ Θρᾳκός τινος πελταστοῦ ἐν τῇ ἐπὶ τῷ Ἀράξῃ πρὸς τὸν Καππαδόκην συμπλοκῇ. ὁ μὲν γὰρ Ἀρσάκης ἐπήλαυνεν, ὡς διηγεῖτο, πολὺ τῶν ἄλλων προεξορμήσας, ὑποστὰς δε ὁ Θρᾷξ τῇ πέλτῃ μὲν ὑποδὺς ἀποσείεται τὸν Ἀρσάκου κοντὸν, ὑποθεὶς δὲ τὴν σάρισαν αὐτόν τε διαπείρει καὶ τὸν ἵππον.

ΑΝΤΙΣΘΕΝΗΣ - Πῶς οἷόν τε, ὦ Κράτης, μιᾷ πληγῇ τουτὶ γενέσθαι;

ΚΡΑΤΗΣ - Ῥᾷστ', ὦ Ἀντίσθενες· ὁ μὲν γὰρ ἐπήλαυνεν εἰκοσάπηχύν τινα κοντὸν προβεβλημένος, ὁ Θρᾷξ δ' ἐπειδὴ τῇ πέλτῃ παρεκρούσατο τὴν προσβολὴν καὶ παρῆλθεν αὐτὸν ἡ ἀκωκή, ἐς τὸ γόνυ ὀκλάσας δέχεται τῇ σαρίσῃ τὴν ἐπέλασιν καὶ τιτρώσκει τὸν ἵππον ὑπὸ τὸ στέρνον ὑπὸ θυμοῦ καὶ σφοδρότητος ἑαυτὸν διαπείραντα· διελαύνεται δὲ καὶ ὁ Ἀρσάκης ἐκ τοῦ βουβῶνος διαμπὰξ ἄχρι ὑπὸ τὴν πυγήν. ὁρᾷς οἷόν τι ἐγένετο; οὐ τοῦ ἀνδρός, ἀλλὰ τοῦ ἵππου μᾶλλον τὸ ἔργον. ἠγανάκτει δ' ὅμως ὁμότιμος ὢν τοῖς ἄλλοις καὶ ἠξίου ἱππεὺς κατιέναι. ὁ δέ γ' Ὀροίτης καὶ πάνυ ἁπαλὸς ἦν τὼ πόδε καὶ οὐδ' ἑστάναι χαμαὶ οὐχ ὅπως βαδίζειν ἐδύ-νατο· πάσχουσι δ' αὐτὸ ἀτεχνῶς Μῆδοι πάντες, ἐπὴν ἀποβῶσι τῶν ἵππων· ὥσπερ ἐπὶ τῶν ἀκανθῶν ἐπιβαίνοντες ἀκροποδητὶ μόλις βαδίζουσιν. ὥστε ἐπεὶ καταβαλὼν ἑαυτὸν ἔκειτο καὶ οὐδεμιᾷ μηχανῇ ἀνίστασθαι ἤθελεν, ὁ βέλτιστος Ἑρμῆς ἀράμενος αὐτὸς ἐκόμισεν μέχρι πρὸς τὸ πορθμεῖον, ἐγὼ δὲ ἐγέλων.

ΑΝΤΙΣΘΕΝΗΣ - Κἀγὼ δὲ ὁπότε κατῄειν, οὐδὲ ἀνέμιξα ἐμαυτὸν τοῖς ἄλλοις, ἀλλ' ἀφεὶς οἰμώζοντας αὐτοὺς προδραμὼν ἐπὶ τὸ προθμεῖον προκατέλαβον χώραν, ὡς ἂν ἐπιτηδείως πλεύσαιμι· καὶ παρὰ τὸν πλοῦν οἱ μὲν ἐδάκρυόν τε καὶ ἐναυτίων, ἐγὼ δὲ μάλα ἐτερπόμην ἐπ' αὐτοῖς.

Na verdade, o cavalo também tinha morrido com ele, ambos atravessados por um lanceiro Trácio[7] em uma escaramuça no Araxes, contra o rei da Capadócia. Arsaques avançava a cavalo, como dizia eu, e tinha se distanciado muito dos outros. O Trácio o esperava, protegido pelo escudo, de pé firme; ele desvia a lança de Arsaques e escorando a sarissa, transpassa o homem e o cavalo.

Antístenes – Como é possível, Crates, acontecer uma coisa dessas. De um só golpe?

Crates – Muito fácil, Antístenes: o primeiro avançou apontando uma lança de vinte côvados e o Trácio, com o escudo desviou a arma e a ponta passou ao lado dele; aí, apoiando-se no joelho, escorou com sua sarissa a investida e atingiu o cavalo no peito. O cavalo com seu ímpeto e ardor se transpassou sozinho; e Arsaques também foi atingido através das ilhargas do cavalo até a coxa. Estás vendo como aconteceu? Foi mais obra do cavalo do que do homem. Mas ele reclamava por ser tratado como os outros e achava justo fazer a descida montado. O Oroites, então, tinha os pés muito frágeis e não tinha condições de ficar de pé nem de andar. Todos os Medos[8] sofrem desse mal. Quando descem do cavalo, andam com dificuldade, na ponta dos pés, como se marchassem sobre espinhos. E assim ele se deixou cair e jazia por terra; não queria de maneira nenhuma ficar de pé. Então o excelente Hermes levantou-o e o carregou até o barqueiro. E eu dava risada.

Antístenes – Eu, quando estava descendo, não me misturei com os outros. Deixei-os para trás gemendo, corri para o barco e escolhi um lugar para poder navegar à vontade. Durante a travessia uns choravam, outros enjoavam e eu me divertia às custas deles.

ΔΙΟΓΕΝΗΣ - Σὺ μέν, ὦ Κράτης, καὶ Ἀντίσθενες, τοιούτων ἐτύχετε τῶν συνοδοιπόρων, ἐμοὶ δὲ Βλεψίας τε ὁ δανειστικὸς ὁ ἐκ Πειραιῶς καὶ Λάμπις ὁ Ἀκαρνὰν ξεναγὸς ὢν καὶ Δᾶμις ὁ πλούσιος ὁ ἐκ Κορίνθου συγκατῄεσαν, ὁ μὲν Δᾶμις ὑπὸ τοῦ παιδὸς ἐκ φαρμάκων ἀποθανών, ὁ δὲ Λάμπις δι᾽ ἔρωτα Μυρτίου τῆς ἑταίρας ἀποσφάξας ἑαυτόν, ὁ δὲ Βλεψίας λιμῷ ἄθλιος ἐλέγετο ἀπεσκληκέναι καὶ ἐδήλου δὲ ὠχρὸς εἰς ὑπερβολὴν καὶ λεπτὸς εἰς τὸ ἀκριβέστατον φαινόμενος. ἐγὼ δὲ καίπερ εἰδὼς ἀνέκρινον, ὃν τρόπον ἀποθάνοιεν. εἶτα τῷ μὲν Δάμιδι αἰτιωμένῳ τὸν υἱόν, οὐκ ἄδικα μέντοι ἔπαθες, ἔφην, ὑπ᾽ αὐτοῦ, εἰ τάλαντα ἔχων ὁμοῦ χίλια καὶ τρυφῶν αὐτὸς ἐνενηκονταέτης ὢν ὀκτωκαιδεκαέτει νεανίσκῳ τέτταρας ὀβολοὺς παρεῖχες. σὺ δέ, ὦ Ἀκαρνάν, - ἔστενε γὰρ κἀκεῖνος καὶ κατηρᾶτο τῇ Μυρτίῳ τί αἰτιᾷ τὸν Ἔρωτα, σαυτὸν δέον, ὃς τοὺς μὲν πολεμίους οὐδεπώποτε ἔτρεσας, ἀλλὰ φιλοκινδύνως ἠγωνίζου πρὸ τῶν ἄλλων, ἀπὸ δὲ τοῦ τυχόντος παιδισκαρίου καὶ δακρύων ἐπιπλάστων καὶ στεναγμῶν ἑάλως ὁ γενναῖος; ὁ μὲν γὰρ Βλεψίας αὐτὸς αὑτοῦ κατηγόρει φθάσας πολλὴν τὴν ἄνοιαν, ὡς τὰ χρήματα ἐφύλαττεν τοῖς οὐδὲν προσήκουσιν κληρονόμοις, εἰς ἀεὶ βιώσεσθαι ὁ μάταιος νομίζων. πλὴν ἔμοιγε οὐ τὴν τυχοῦσαν τερπωλὴν παρέσχοντο στένοντες. ἀλλ᾽ ἤδη μὲν ἐπὶ τῷ στομίῳ ἐσμέν, ἀποβλέπειν [δὲ] χρὴ καὶ ἀποσκαπεῖν πόρρωθεν τοὺς ἀφικνουμένους. Βαβαί, πολλοί γε καὶ ποικίλοι καὶ πάντες δακρύοντες πλὴν τῶν νεογνῶν τούτων καὶ νηπίων. ἀλλὰ καὶ οἱ πάνυ γέροντες ὀδύρονται. τί τοῦτο; ἆρα τὸ φίλτρον αὐτοὺς ἔχει τοῦ βίου; τοῦτον οὖν τὸν ὑπεργήρων ἐρέσθαι βούλομαι. τί δακρύεις τηλικοῦτος ἀποθανων; τί ἀγανακτεῖς, ὦ βέλτιστε, καὶ ταῦτα γέρων ἀφιγμένος; ἦ που βασιλεύς τις ἦσθα;

ΓΕΡΩΝ - Οὐδαμῶς.

ΔΙΟΓΕΝΗΣ - Ἀλλὰ σατράπης τις;

ΓΕΡΩΝ - Οὐ δῆτα.

Diógenes – Tu, Crates, e tu, Antístenes, encontrastes companheiros de viagem desse tipo. Comigo, desceram Blépsias[9], o agiota do Pireu, o acarnaniano Lâmpis, comandante dos mercenários e Dáris, o ricaço de Corinto. Dáris morreu envenenado pelo filho; Lampis se suicidou por amor da cortesã Mírteon e Blépsias tinha-se deixado secar de fome e se mostrava excessivamente pálido e extremamente magro. E eu, mesmo sabendo de tudo, perguntei a eles de que modo tinham morrido. Eu disse a Dáris que acusava o filho: "Tu não sofreste injustiça da parte dele: tu tinhas quase mil talentos, vivias no meio do luxo, apesar de teus noventa anos, davas apenas quatro óbolos a um moço de dezoito! E tu, ó acarnaniano, (também ele estava gemendo e amaldiçoava Mírteon) por que acusas o Amor? É a ti mesmo que deves acusar. Tu, que nunca tremeste diante do inimigo, bem ao contrário, que eras amante dos perigos, que lutavas na primeira linha. E por causa de uma donzelazinha ocasional, tu, o valente, tu te deixaste levar por lágrimas e gemidos fingidos?" E Blépsias era o primeiro a criticar a sua grande falta de juízo, por ter guardado suas riquezas para herdeiros que não valiam nada. O tonto pensava que iria viver para sempre! Mas, apesar disso, eles, com seus gemidos, me davam um prazer inesperado. Mas já estamos na entrada; convém olhar e examinar de longe os que estão chegando. Caramba! Eles são muitos e de todo tipo. E todos estão chorando, menos os recém-nascidos e as criancinhas. Até os bem velhos se lamentam. Afinal, que filtro[10] é esse que os segura à vida? Estou com vontade de entrevistar esse bem velho aí. Por que estás esbravejando, amigo, mesmo depois de ter chegado a essa idade? Acaso eras rei em algum lugar?

Velho – De forma alguma.

Diógenes – Então eras sátrapa[11]?

Velho – Nem isso.

ΔΙΟΓΕΝΗΣ - Ἆρα οὖν ἐπλούτεις, εἶτα ἀνιᾷ σε τὸ πολλὴν τρυφὴν ἀπολιπόντα τεθνάναι;

ΓΕΡΩΝ - Οὐδὲν τοιοῦτον, ἀλλ' ἔτη μὲν ἐγεγόνειν ἀμφὶ τὰ ἐνενήκοντα, βίον δὲ ἄπορον ἀπὸ καλάμου καὶ ὁρμιᾶς εἶχον εἰς ὑπερβολὴν πτωχὸς ὢν ἄτεκνός τε καὶ προσέτι χωλὸς καὶ ἀμυδρὸν βλέπων.

ΔΙΟΓΕΝΗΣ - Εἶτα τοιοῦτος ὢν ζῆν ἤθελες;

ΓΕΡΩΝ - Ναί· ἡδὺ γὰρ ἦν τὸ φῶς καὶ τὸ τεθνάναι δεινὸν καὶ φευκτέον.

ΔΙΟΓΕΝΗΣ - Παραπαίεις, ὦ γέρον, καὶ μειρακιεύῃ πρὸς τὸ χρεών, καὶ ταῦτα ἡλικιώτης ὢν τοῦ πορθμέως. τί οὖν ἄν τις ἔτι λέγοι περὶ τῶν νέων, ὁπότε οἱ τηλικοῦτοι φιλόζωοί εἰσιν, οὓς ἐχρῆν διωκειν τὸν θάνατον ὡς τῶν ἐν γήρᾳ κακῶν φάρμακον. ἀλλ' ἀπίωμεν ἤδη, μὴ καί τις ἡμᾶς ὑπίδηται ὡς ἀπόδρασιν βουλεύοντας, ὁρῶν περὶ τὸ στόμιον εἱλουμένους.

Diógenes – Então eras rico e por isso te aborrece ter morrido e deixado muito luxo?

Velho – Nada disso. Na verdade eu já beirava os noventa e vivia minha vida da vara de pesca e da linha; era pobre a não poder mais e não tinha filhos; além disso[12], era manco e estava com catarata.

Diógenes – E mesmo assim tu querias viver?

Velho – Sim, pois doce é a luz[13] e a morte é difícil e temível.

Diógenes – Tu estás delirando além da conta, como um adolescente, e isso apesar de teres a idade do barqueiro[14]. O que se poderia dizer, então dos jovens, quando os dessa idade estão apegados à vida? Eles deveriam procurar a morte, como um remédio da velhice! Mas, vamos embora daqui, para que ninguém levante suspeitas de que nós estamos planejando uma fuga, ao nos ver rondando perto do portão.

Notas

1. Antístenes (444-365 a.C.), fundador da escola cínica; discípulo de Sócrates. Baseava o soberano bem na virtude, que colocava acima das riquezas, das honras e dos prazeres. Sabedoria prática e libertação de todas as necessidades. Os antigos apreciavam sua eloqüência e vivacidade. Escreveu muito, mas nada nos resta. Teve vários discípulos, entre os quais os mais famosos são: Diógenes, Crates, Zenon. Diógenes Laércio diz que "Antístenes é responsável da insensibilidade de Diógenes, da continência de Crates e da força de alma de Zenon."

2. Crates (365-285 a.C.), originário de Tebas, de família rica, veio jovem a Atenas e tornou-se discípulo de Diógenes e depois converteu para o Cinismo tanto a mulher, Hipárquia, quanto os irmãos dela. Vendeu todos os seus bens e distribuiu o dinheiro aos seus concidadãos. Viveu vida exemplar, pregando a pobreza, o desapego das honras e riquezas e o bem-querer, tendo reconciliado muitos inimigos. Foi admirado e respeitado.

3. Ismenodoros, Arsaques e Oroites são nomes relativamente comuns, mas não são personagens reais; são alegóricos: são bárbaros, que confiando em suas forças cometeram imprudências.

4. As montanhas da Beócia, entre elas Citérion e a cidade de Eleuteras eram conhecidas por serem povoadas de bandidos e salteadores, ainda no

tempo de Filipe e Alexandre. Os bárbaros desconheciam esse fato.

5. Elêusis, terceira cidade da Ática, depois de Atenas e do Pireu; famosa pelo templo onde se celebrava o culto de Deméter e Perséfone, um culto de Mistérios, que atraía visitantes de toda a Grécia.

6. Arsaques, nome de um comandante persa (Ésquilo, Persas, 996), mas também de alguns reis partas, citados por Plutarco. Aqui não seria um personagem real, sob pena de anacronismo; mas é de novo a imagem do potentado bárbaro, confiante em suas forças e poder, que os cínicos desprezam.

7. Esse arqueiro Trácio representa a superioridade das armas gregas sobre as dos bárbaros. Ele seria um lanceiro da Falange Macedônica, criada por Filipe II e depois muito utilizada por Alexandre e outros, até ser vencida pelos romanos em 165. Era um corpo compacto de homens, 25.000, divididos em pelotões de 2.500 armados da sarissa, lança de 13 a 16 pés de comprimento (entre 4 e 5 metros) e protegidos pelos flancos, por causa da pouca mobilidade para os lados, pela cavalaria. Esse sistema foi imitado por muitos outros. O comprimento da lança de Arsaques, vinte côvados = 8,88 m., é muito exagerado.

8. Os medos, que habitam a parte norte do Império persa eram famosos por apreciarem a boa mesa (o menino Ciro fica admirado com os banquetes que seu avô oferece), diferentes dos persas, austeros e frugais. A alusão aqui é ao luxo e vida fácil.

9. Blépsias, Dáris, Lâmpis e Mírteon são personagens imaginários, simbólicos, um representando a avareza, o outro, o apego exagerado ao amor e ao prazer. Os cínicos pregavam o contrário.

10. Philtron, filtro, isto é, instrumento de amor, meio de se fazer amar: bebida preparada, encantação, sortilégio, feitiço.

11. Sátrapa: potentado persa, amigo do rei. Geralmente recrutados de famílias ligadas à corte, ou então altos funcionários ou militares, que eram assim recompensados.

12. A falta de filhos, sobretudo filhos homens, representava falta de garantia de sustento na velhice.

13. A luz é uma presença constante e poderosa na vida dos gregos; luz é vida, as trevas (o Hades) são a morte.

14. O barqueiro Caronte sempre esteve lá, transportando as almas; por isso ele serve como referência à idade avançada. Como Matusalém na tradição judeo-cristã.

κγ'

ΑΙΑΝΤΟΣ ΚΑΙ ΑΓΑΜΕΜΝΟΝΟΣ

ΑΓΑΜΕΜΝΩΝ - Εἰ σὺ μανείς, ὦ Αἶαν, σεαυτὸν ἐφόνευσας, ἐμέλλησας δὲ καὶ ἡμᾶς ἅπαντας, τί αἰτιᾷ τὸν Ὀδυσσέα καὶ πρώην οὔτε προσέβλεψας αὐτόν, ὁπότε ἧκεν μαντευσόμενος, οὔτε προσειπεῖν ἠξίωσας ἄνδρα συστρατιώτην καὶ ἑταῖρον, ἀλλ' ὑπεροπτικῶς μεγάλα βαίνων παρῆλθες;

ΑΙΑΣ - Εἰκότως, ὦ Ἀγάμεμνον· αὐτὸς γάρ μοι τῆς μανίας αἴτιος κατέστη μόνος ἀντεξετασθεὶς ἐπὶ τοῖς ὅπλοις.

ΑΓΑΜΕΜΝΩΝ - Ἠξίωσας δὲ ἀνανταγώνιστος εἶναι καὶ ἀκονιτὶ κρατεῖν ἁπάντων;

ΑΙΑΣ - Ναί, τά γε τοιαῦτα· οἰκεία γάρ μοι ἦν ἡ πανοπλία τοῦ ἀνεψιοῦ γε οὖσα. καὶ ὑμεῖς οἱ ἄλλοι πολὺ ἀμείνους ὄντες ἀπείπασθε τὸν ἀγῶνα καὶ παρεχωρήσατέ μοι τῶν ἄθλων, ὁ δὲ Λαέρτου, ὃν ἐγὼ πολλάκις ἔσωσα κινδυνεύοντα κατακεκόφθαι ὑπὸ τῶν Φρυγῶν, ἀμείνων ἠξίου εἶναι καὶ ἐπιτηδειότερος ἔχειν τὰ ὅπλα.

ΑΓΑΜΕΜΝΩΗ - Αἰτιῶ τοιγαροῦν, ὦ γενναῖε, τὴν Θέτιν, ἣ δέον σοὶ τὴν κληρονομίαν τῶν ὅπλων παραδοῦναι συγγενεῖ γε ὄντι, φέρουσα ἐς τὸ κοινὸν κατέθετο αὐτα.

ΑΙΑΣ - Οὔκ, ἀλλὰ τὸν Ὀδυσσέα, ὃς ἀντεποιήθη μόνος.

ΑΓΑΜΕΜΝΩΝ - Συγγνώμη, ὦ Αἶαν, εἰ ἄνθρωπος ὢν ὠρέχθη δόξης ἡδίστου πράγματος, ὑπὲρ οὗ καὶ ἡμῶν ἕκαστος κινδυνεύειν ὑπέμενεν, ἐπεὶ καὶ ἐκράτησέ σου καὶ ταῦτα ἐπὶ Τρωσὶ δικασταῖς.

Diálogo XXIII

Ájax e Agamêmnon

Agamêmnon – Ajax, se foi depois de um acesso de raiva que tu te mataste e quiseste nos matar a todos, por que estás acusando Odisseu? Outro dia também, quando ele veio aqui para consultar o oráculo[1], tu nem olhaste para ele. Tu não te dignaste de dirigir a palavra a um homem, companheiro de armas e amigo; mas, ao contrário, tu passaste por ele, altaneiro, a grandes passadas.

Ájax – É claro, Agamêmnon; pois foi ele a causa da minha loucura[2]. Ele foi o único que se opôs a mim na questão das armas de Aquiles[3].

Agamêmnon – Tu pensavas que não tinhas rival e podias dominar a todos, sem esforço?

Ájax – Sim. É isso mesmo. A armadura cabia a mim, pois tinha sido de meu primo[4]. Além disso, vós outros, sendo muito melhores, renunciastes à disputa e deixastes os troféus para mim. Mas o filho de Laertes, que muitas vezes eu salvei do perigo de ser feito em pedaços pelos Frígios, achou que era melhor do que eu e mais digno de possuir as armas.

Agamêmnon – Pois então, meu caro amigo, a culpa é de Tétis. Foi ela que, em vez de entregar a herança das armas para ti, como devia, por seres parente, trouxe as armas e as depositou em comum.

Ájax – Não. Eu culpo Odisseu. Ele foi o único que as reivindicou para si.

Agamêmnon – Perdoa-lhe, Ájax, se, por ser humano, desejou ardentemente a glória, coisa muito agradável, aliás, pela qual cada um de nós afrontou perigos. Além do mais, ele te venceu[5] e isso entre juízes Troianos.

ΑΙΑΣ - Οἶδα ἐγὼ, ἥτις μου καταδίκασεν· ἀλλ' οὐ θέμις λέγειν τι περὶ τῶν θεῶν. τὸν δ' οὖν 'Οδυσσέα μὴ οὐχὶ μισεῖν οὐκ ἂν δυναίμην, ὦ 'Αγάμεμνον, οὐδ' εἰ αὐτή μοι 'Αθηνᾶ τοῦτο ἐπιτάττοι.

Ájax – Eu sei bem quem votou contra mim... é que não é permitido dizer nada sobre os deuses[6] ... Mas esse Odisseu, eu não poderia deixar de odiá-lo, Agamêmnon, nem mesmo se a própria Atena[7] me desse essa ordem.

Notas

1. Referência à descida ao Hades de Odisseu, orientado por Circe, para interrogar Tirésias. Ver *Odisséia,* XI,543-567.
2. A loucura de Ájax é o tema da tragédia Ájax, de Sófocles.
3. Ájax tem várias razões para odiar Odisseu: depois da morte de Aquiles, Ájax acolhe o filho dele Neoptólemo-Pirro e luta bravamente até a queda de Tróia. Depois da vitória, propõe que Helena seja morta pelos males que causou aos aqueus. Odisseu intervém e faz com que ela seja devolvida a Menelau; Ájax, então, exige que lhe dêem o Paládio, estatueta divina, dotada de poderes mágicos de Palas; Odisseu, instigado pelos Atridas (Agamêmnon e Menelau) consegue que ela seja negada a Ájax. O episódio mais marcante foi a destinação das armas de Aquiles: Tétis havia prometido as armas do filho ao mais valente dos aqueus, ou àquele que inspirava mais terror aos troianos. Por proposta de Odisseu a pergunta foi feita aos prisioneiros troianos. Estes, ou por vingança ou instigados por Odisseu, disseram que era Odisseu que lhes tinha causado mais terror. As armas de Aquiles ficam com Odisseu. Ajax é tomado de furor e enlouquece e de noite sai pelo campo aqueu trucidando todo o rebanho, pensando que eram os Atridas e Odisseu. Quando, afinal, amanhece, ao ver o que tinha feito, Ájax se mata com a espada.
4. O pai de Ájax, Telámon, era irmão de Peleu, pai de Aquiles.
5. Odisseu venceu Ájax em combate singular, por ocasião dos jogos fúnebres promovidos por Aquiles, em homenagem a Pátroclo. Canto XXIII da *Ilíada*.
6. Telámon, pai de Ájax, ao ver o filho partir para Tróia lhe disse para "vencer com a lança, sem dúvida, mas sobretudo com a ajuda dos deuses" ; mas o orgulhoso Ajax respondeu "o covarde também pode vencer com a ajuda dos deuses"; a seguir ele teria apagado a imagem de Atena em seu escudo. Ajax desconfia então que foi punido pelos deuses e sobretudo por Atena.
7. Em todo o primeiro ato da tragédia de Sófocles Atena tenta proteger Odisseu diante de Ájax, tornando-o invisível.

κδ'

ΜΙΝΩΟΣ ΚΑΙ ΣΩΣΤΡΑΤΟΥ

ΜΙΝΩΣ - Ὁ μὲν λῃστὴς οὗτος Σώστρατος εἰς τόν Πυριφλεγέθοντα ἐμβεβλήσθω, ὁ δὲ ἱερόσυλος ὑπὸ τῆς Χιμαίρας διασπασθήτω, ὁ δὲ τύραννος, ὦ Ἑρμῆ, παρὰ τὸν Τιτυὸν ἀποταθεὶς ὑπὸ τῶν γυπῶν καὶ αὐτὸς κειρέσθω τὸ ἧπαρ, ὑμεῖς δὲ οἱ ἀγαθοὶ ἄπιτε κατὰ τάχος εἰς τὸ Ἠλύσιον πεδίον καὶ τὰς μακάρων νήσους κατοικεῖτε, ἀνθ' ὧν δίκαια ἐποεῖτε παρὰ τὸν βίον.

ΣΩΣΤΡΑΤΟΣ - Ἄκουσον, ὦ Μίνως, εἴ σοι δίκαια δόξω λέγειν.

ΜΙΝΩΣ - Νῦν ἀκούσω αὖθις; οὐ γὰρ ἐξελήλεγξαι, ὦ Σώστρατε, πονηρὸς ὢν καὶ τοσούτους ἀπεκτονώς;

ΣΩΣΤΡΑΤΟΣ - Ἐλήλεγμαι μέν, ἀλλ' ὅρα, εἰ δικαίως κολασθήσομαι.

ΜΙΝΩΣ - Καὶ πάνυ, εἴ γε ἀποτίνειν τὴν ἀξίαν δίκαιον.

ΣΩΣΤΡΑΤΟΣ - Ὅμως ἀπόκριναί μοι, ὦ Μίνως· βραχὺ γάρ τι ἐρήσομαί σε.

ΜΙΝΩΣ - Λέγε, μὴ μακρὰ μόνον, ὡς καὶ τοὺς ἄλλους διακρίνωμεν ἤδη.

ΣΩΣΤΡΑΤΟΣ - Ὁπόσα ἔπραττον ἐν τῷ βίῳ, πότερα ἑκὼν ἔπραττον ἢ ἐπικέκλωστό μοι ὑπὸ τῆς Μοίρας;

ΜΙΝΩΣ - Ὑπὸ τῆς Μοίρας δηλαδή.

ΣΩΣΤΡΑΤΟΣ - Οὐκοῦν καὶ οἱ χρηστοὶ ἅπαντες καὶ οἱ πονηροὶ δοκοῦντες ἡμεῖς ἐκείνῃ ὑπηρετοῦντες ταῦτα ἐδρῶμεν;

ΜΙΝΩΣ - Ναί, τῇ Κλωθοῖ, ἣ ἑκάστῳ ἐπέταξε γεννηθέντι τὰ πρακτέα.

Diálogo XXIV

Minos[1] e Sóstrates[2]

Minos – Esse salteador aí, o Sóstrates, seja atirado ao Piriflêgueton; o sacrílego seja despedaçado pela Quimera[3]; o tirano, Hermes, que está deitado ao lado de Títios[4], tenha também ele o fígado devorado pelos abutres. E vós, os bons, ide depressa para a planície do Elísio[5] e habitai as ilhas dos bem-aventurados, em troca das coisas justas que fizestes ao longo da vida.

Sóstrates – Escuta, Minos, se te parece justo o que eu vou dizer.

Minos – Que te escute de novo?! Será que já não foste convencido, Sóstrates, de que és um bandido e que mataste tantas pessoas?

Sóstrates – É. Estou convencido; mas vê bem se é com justiça que eu vou ser castigado.

Minos – Completamente! Se é que é justo cumprir sentença merecida.

Sóstrates – Está certo; mas, responde-me, Minos, só uma coisinha.

Minos – Vai, fala. Mas não te alongues, para que eu julgue também os outros.

Sóstrates – De tudo quanto eu fiz na vida, que coisas eu fiz por minha vontade e que coisas estavam tramadas para mim pela Moira?[6]

Minos – É evidente que foram tramadas pela Moira.

Sóstrates – Então também os bons, todos e os que parecem maus, nós, agíamos em obediência a ela?

Minos – Sim, a Clotô, que, desde o nascimento, estabeleceu o que cada um deveria fazer.

ΣΩΣΤΡΑΤΟΣ - Εἰ τοίνυν ἀναγκασθείς τις ὑπ' ἄλλου φονεύσειέν τινα οὐ δυνάμενος ἀντιλέγειν ἐκείνῳ βιαζομένῳ, οἷον δήμιος ἢ δορυφόρος, ὁ μὲν δικαστῇ πεισθείς, ὁ δὲ τυράννῳ, τίνα αἰτιάσῃ τοῦ φόνου;

ΜΙΝΩΣ - Δῆλον ὡς τὸν δικαστὴν ἢ τὸν τύραννον, ἐπεὶ οὐδὲ τὸ ξίφος αὐτό· ὑπηρετεῖ γὰρ ὄργανον ὂν τοῦτο πρὸς τὸν θυμὸν τῷ πρώτῳ παρασχόντι τὴν αἰτίαν.

ΣΩΣΤΡΑΤΟΣ - Εὖ γε, ὦ Μίνως, ὅτι καὶ ἐπιδαψιλεύῃ τῷ παραδείγματι. ἢν δέ τις ἀποστείλαντος τοῦ δεσπότου ἥκῃ αὐτὸς χρυσὸν ἢ ἄργυρον κομίζων, τίνι τὴν χάριν ἰστέον ἢ τίνα εὐεργέτην ἀναγραπτέον;

ΜΙΝΩΣ - Τὸν πέμψαντα, ὦ Σώστρατε· διάκονος γὰρ ὁ κομίσας ἦν.

ΣΩΣΤΡΑΤΟΣ - Οὐκοῦν ὁρᾷς πῶς ἄδικα ποιεῖς κολάζων ἡμᾶς ὑπηρέτας γενομένους ὧν ἡ Κλωθὼ προσέταττεν, καὶ τούτους τιμήσας τοὺς διακονησαμένους ἀλλοτρίοις ἀγαθοῖς; οὐ γὰρ δὴ ἐκεῖνό γε εἰπεῖν ἔχοι τις ὡς ἀντιλέγειν δυνατὸν ἦν τοῖς μετὰ πάσης ἀνάγκης προστεταγμένοις.

ΜΙΝΩΣ - Ὦ Σώστρατε, πολλὰ ἴδοις ἂν καὶ ἄλλα οὐ κατὰ λόγον γινόμενα, εἰ ἀκριβῶς ἐξετάζοις. πλὴν ἀλλὰ σὺ τοῦτο ἀπολαύσεις τῆς ἐπερωτήσεως, διότι οὐ λῃστὴς μόνον, ἀλλὰ καὶ σοφιστής τις εἶναι δοκεῖς. ἀπόλυσον αὐτον, ὦ Ἑρμῆ, καὶ μηκέτι κολαζέσθω. ὅρα δὲ μὴ καὶ τοὺς ἄλλους νεκροὺς τὰ ὅμοια ἐρωτᾶν διδάξῃς.

Sóstrates – Então, se um indivíduo, obrigado por um outro e contra quem ele não tivesse força para resistir, matasse uma pessoa, como, por exemplo, um carrasco ou um vigilante, um por obediência ao juiz, o outro, ao patrão, quem tu culparias pelo assassinato?

Minos – É claro que o juiz e o patrão; uma vez que eu não acusaria a própria espada! Sendo um instrumento, ela está à disposição da vontade do primeiro que apresenta um pretexto.

Sóstrates – Excelente, Minos! Porque estás enriquecendo ainda mais o meu exemplo. E se alguém, a mando do patrão, chegar aqui trazendo ouro ou prata, a quem se deve agradecer, ou, melhor, quem deve ser registrado como benfeitor?

Minos – Quem mandou, Sóstrates; pois esse aí é apenas o portador, o intermediário.

Sóstrates – Estás vendo, então, Minos, como estás cometendo injustiça ao nos punir, nós que nos tornamos os executores daquilo que Clotô nos prescreveu, e ao recompensar os que se fizeram de intermediários das ações alheias! Com efeito, não se poderia dizer que era possível resistir às coisas que estavam estabelecidas com toda a coerção!

Minos – Sóstrates, se nós procurássemos bem, tu poderias ver muitas outras coisas que acontecem contra a razão. Fora disso, com esse seu interrogatório, tu ganharás o seguinte: que tu és não só um salteador, mas também pareces ser um sofista. Liberta-o, Hermes, e que não mais seja punido. Mas, vê bem, Sóstrates, que não ensines também aos outros formular perguntas semelhantes!

Notas

1. Minos, rei de Creta, filho de Zeus e de Europa, sábio legislador, reinou com justiça e bondade; suas leis eram tão extraordinárias que eram consideradas inspiradas por Zeus, a quem ele ia consultar a cada nove anos em uma gruta do monte Ida. Ele é comparado a um outro sábio legislador, Radamanto, seu irmão, a quem na verdade imitava e de quem tinha inveja.

Por isso o expulsou. Ambos, Minos e Radamanto presidem julgamentos no Hades, às vezes secundados por Éaco.

2. Sóstrates aparece em dois outros diálogos: em *Demônax* e em *Alexandre ou O Falso Profeta*. Mas provavelmente se trate de um personagem imaginário, que ilustra a habilidade dos sofistas em transformar um argumento justo em injusto e vice-versa. Aristófanes nas Nuvens registra bem isso. O nome Sóstrates não lembraria Sócrates?

3. Animal fabuloso, nascido de Équidna (a víbora) - monstro meio mulher, meio serpente - e do gigante Tifon. Ela tem um corpo de cabra, cabeça de leão e cauda de dragão. Às vezes ela é representada com três cabeças, uma de cada animal. Ela lança chamas pela goela e devora homens e rebanhos. Vivia na Lícia, no sul da Ásia Menor e foi morta por Belerofonte, montado no cavalo Pégaso. Ele fixou na ponta da lança um bloco de chumbo, que se fundiu na goela do monstro.

4. Títios, filho de Zeus e Elara, nasceu nas profundezas da terra. Era um gigante. Hera, por ciúmes de Zeus inspirou nele o desejo de violentar Leto, que tinha dado a Zeus Apolo e Ártemis. Zeus atirou-o ao Hades e duas águias (ou serpentes) comem-lhe o fígado, que se refaz a cada lua nova (ver nota nº 12, p. 156).

5. Elísion (Campos Elísios), morada da alegria e do prazer. Homero fala de um lugar idílico, na extremidade da terra, no poente, com prados floridos e verdejantes e com árvores produzindo frutos dourados, vigiado por Radamanto e habitado pelas Hespérides e Melíades. No Hades, após o julgamento, os bons vão pela direita aos Campos Elísios e os maus, pela esquerda, ao Tártaro.

6. Trata-se de ridicularizar a idéia da Fatalidade; os cínicos e os céticos a criticavam {ver nota 2, p. 133).

κε᾽

ΑΛΕΞΑΝΔΡΟΥ ΚΑΙ ΑΝΝΙΒΟΥ ΚΑΙ ΜΙΝΩΟΣ ΚΑΙ ΣΚΙΠΙΩΝΟΣ

ΑΛΕΞΑΝΔΡΟΣ - Ἐμὲ δεῖ προκεκρίσθαι σου, ὦ Λίβυ· ἀμείνων γάρ εἰμι.

ΑΝΝΙΒΑΣ - Οὐ μὲν οὖν, ἀλλ᾽ ἐμέ.

ΑΛΕΞΑΝΔΡΟΣ - Οὐκοῦν ὁ Μίνως δικασάτω.

ΜΙΝΩΣ - Τίνες δὲ ἐστέ;

ΑΛΕΞΑΝΔΡΟΣ - Οὗτος μὲν Ἀννίβας ὁ Καρχηδόνιος, ἐγὼ δὲ Ἀλέξανδρος ὁ Φιλίππου.

ΜΙΝΩΣ - Νὴ Δία ἔνδοξοί γε ἀμφότεροι. ἀλλὰ περὶ τίνος ὑμῖν ἡ ἔρις;

ΑΛΕΞΑΝΔΡΟΣ - Περὶ προεδρίας· φησὶ γὰρ οὗτος ἀμείνων γεγενῆσθαι στρατηγὸς ἐμοῦ, ἐγὼ δέ, ὥσπερ ἅπαντες ἴσασιν, οὐχὶ τούτου μόνον, ἀλλὰ πάντων σχεδὸν τῶν πρὸ ἐμοῦ φημι διενεγκεῖν τὰ πολέμια.

ΜΙΝΩΣ - Οὐκοῦν ἐν μέρει ἑκάτερος εἰπάτω, σὺ δὲ πρῶτος ὁ Λίβυς λέγε.

ΑΝΝΙΒΑΣ - Ἓν μὲν τοῦτο, ὦ Μίνως, ὠνάμην, ὅτι ἐνταῦθα καὶ τὴν Ἑλλάδα φωνὴν ἐξέμαθον· ὥστε οὐδὲ ταύτῃ πλέον οὗτος ἐνέγκαιτό μου. φημὶ δὲ τούτους μάλιστα ἐπαίνου ἀξίους εἶναι, ὅσοι τὸ μηδὲν ἐξ ἀρχῆς ὄντες ὅμως ἐπὶ μέγα προεχώρησαν δι᾽ αὑτῶν δύναμίν τε περιβαλόμενοι καὶ ἄξιοι δόξαντες ἀρχῆς. ἐγὼ γοῦν μετ᾽ ὀλίγων ἐξορμήσας εἰς τὴν Ἰβηρίαν τὸ πρῶτον ὕπαρχος ὢν τῷ ἀδελφῷ μεγίστων ἠξιώθην ἄριστος κριθείς, καὶ τούς γε Κελτίβηρας εἷλον καὶ Γαλατῶν ἐκράτησα τῶν ἑσπερίων καὶ τὰ μεγάλα ὄρη ὑπερβὰς τὰ περὶ τὸν Ἠριδανὸν ἅπαντα κατέδραμον καὶ ἀναστάτους ἐποίησα τοσαύτας πόλεις καὶ τὴν πεδινὴν Ἰταλίαν ἐχειρωσάμην καὶ μέχρι

Diálogo XXV

Alexandre[1], Aníbal[2], Cipião[3] e Minos[4]

Alexandre – Eu devo ter a primazia sobre ti, ó Líbio[5], pois eu sou o melhor.

Aníbal – Não. A primazia[6] não é tua, mas minha.

Alexandre – Então que Minos seja o árbitro.

Minos – E... quem sois vós?

Alexandre – Esse aí é Aníbal, de Cartago; eu, sou Alexandre, filho de Filipe.

Minos – Os dois ilustres, por Zeus. Mas, a disputa é sobre o quê?

Alexandre – É sobre a primazia. Pois bem, esse aí afirma que era melhor comandante do que eu; mas eu, como todos sabem, eu me distingui nas coisas da guerra não só desse aí, mas, por assim dizer, de todos os anteriores a mim.

Minos – Então, que cada um fale, por partes; primeiro fala tu, ó Líbio.

Aníbal – Numa coisa eu ganhei, Minos: é que eu aprendi a língua grega aqui; desse modo, nem nisso esse aí leva vantagem sobre mim. Eu afirmo que são dignos de louvor todos quantos, partindo do nada, conseguiram, apesar disso, grandes coisas. A partir deles mesmos eles se cercaram de poder e mereceram o comando. Pois bem, eu, com poucos homens, depois de ter invadido a Ibéria, no começo, sob o comando de meu irmão, fui considerado merecedor das maiores honrarias por ser considerado o melhor. Eu não só submeti os Celtiberos e dominei os Gauleses ocidentais, como também, depois de atravessar as grandes montanhas, arrasei tudo em torno de Erídano[7]; conquistei tantas cidades; apoderei-me das planícies da Itália e cheguei até

τῶν προαστείων τῆς προὐχούσης πόλεως ἦλθον καὶ τοσούτους ἀπέκτεινα μιᾶς ἡμέρας, ὥστε τοὺς δακτυλίους αὐτῶν μεδίμνοις ἀπομετρῆσαι καὶ τοὺς ποταμοὺς γεφυρῶσαι νεκροῖς. καὶ ταῦτα πάντα ἔπραξα οὔτε Ἄμμωνος υἱὸς ὀνομαζόμενος οὔτε θεὸς εἶναι προσποιούμενος ἢ ἐνύπνια τῆς μητρὸς διεξιών, ἀλλ' ἄνθρωπος εἶναι ὁμολογῶν, στρατηγοῖς τε τοῖς συνετωτάτοις ἀντεξεταζόμενος καὶ στρατιώταις τοῖς μαχιμωτάτοις συμπλεκόμενος, οὐ Μήδους καὶ Ἀρμενίους [καταγωνιζόμενος] ὑποφεύγοντας πρὶν διώκειν τινὰ καὶ τῷ τολμήσαντι παραδιδόντας εὐθὺς τὴν νίκην. Ἀλέξανδρος δὲ πατρῴαν ἀρχὴν παραλαβὼν ηὔξησεν καὶ παρὰ πολὺ ἐξέτεινεν χρησάμενος τῇ τῆς τύχης ὁρμῇ. ἐπεὶ δ' οὖν ἐνίκησέ τε καὶ τὸν ὄλεθρον ἐκεῖνον Δαρεῖον ἐν Ἰσσῷ τε καὶ Ἀρβήλοις ἐκράτησεν, ἀποστὰς τῶν πατρῴων προσκυνεῖσθαι ἠξίου καὶ δίαιταν τὴν Μηδικὴν μετεδιῄτησεν ἑαυτὸν καὶ ἐμιαιφόνει ἐν τοῖς συμποσίοις τοὺς φίλους καὶ συνελάμβανεν ἐπὶ θανάτῳ. ἐγὼ δὲ ἦρξα ἐπ' ἴσης τῆς πατρίδος, καὶ ἐπειδὴ μετεπέμπετο τῶν πολεμίων μεγάλῳ στόλῳ ἐπιπλευσάντων τῇ Λιβύῃ, ταχέως ὑπήκουσα, καὶ ἰδιώτην ἐμαυτὸν παρέσχον καὶ καταδικασθεὶς ἤνεγκα εὐγνωμόνως τὸ πρᾶγμα. καὶ ταῦτα ἔπραξα βάρβαρος ὢν καὶ ἀπαίδευτος παιδείας τῆς Ἑλληνικῆς καὶ οὔτε Ὅμηρον ὥσπερ οὗτος ἐπιρραψῳδῶν οὔτε ὑπ' Ἀριστοτέλει τῷ σοφιστῇ παιδευθείς, μόνῃ δὲ τῇ φύσει ἀγαθῇ χρησάμενος. ταῦτά ἐστιν ἃ ἐγὼ Ἀλεξάνδρου ἀμείνων φημὶ εἶναι. εἰ δέ ἐστι καλλίων οὑτοσί, διότι διαδήματι τὴν κεφαλὴν διεδέδετο, Μακεδόσι μὲν ἴσως καὶ ταῦτα σεμνά, οὐ μὴν διὰ τοῦτο ἀμείνων δόξειεν ἂν γενναίου καὶ στρατηγικοῦ ἀνδρὸς τῇ γνώμῃ πλέον ἤπερ τῇ τύχῃ κεχρημένου.

ΜΙΝΩΣ - Ὁ μὲν εἴρηκεν οὐκ ἀγεννῆ τὸν λόγον οὐδὲ ὡς Λίβυν εἰκὸς ἦν ὑπὲρ αὐτοῦ. σὺ δέ, ὦ Ἀλέξανδρε, τί πρὸς ταῦτα φῄς;

às portas da cidade que detinha o poder; e matei tanta gente em um dia só a ponto de calcular o número de anéis deles com baldes e, nos rios, construir pontes com cadáveres. E fiz tudo isso sem me autodenominar nem filho de Amon, e sem me fazer passar por deus ou contar os sonhos da mãe[8]. Ao contrário, eu assumi a condição de humano, enfrentei os mais hábeis comandantes, apresentei-me à luta contra os soldados mais belicosos e não em batalhas contra Medos e Armênios, que se lançam à fuga antes mesmo que alguém os persiga e entregam a vitória de pronto a quem os atacar.

Alexandre[9], no entanto, usurpou o poder do pai e o aumentou e estendeu enormemente servindo-se dos favores da fortuna. Depois que ele venceu e submeteu aquele infeliz Dario em Issos e Arbela, afastou-se das tradições de seus antepassados julgando-se digno de ser adorado; adotou o modo de vida dos Medos, manchou-se com o assassinato de seus amigos durante os banquetes, pois ele os mandava prender e depois matar.

Eu também governei minha pátria e quando ela me chamou de volta, depois que os inimigos navegavam contra nós com enorme esquadra, ofereci-me imediatamente como simples cidadão, e quando fui condenado, suportei o fato com boa disposição. E fiz todas essas coisas sendo um bárbaro, sem ter sido instruído na educação grega e nem ter recitado Homero, como esse aí, e nem me aproveitei do sofista Aristóteles. Não. Eu só usei a minha disposição natural.

Essas são as coisas pelas quais eu afirmo que sou superior a Alexandre. Mas, se ele é mais belo porque tinha a cabeça cingida com uma tiara, talvez essas coisas sejam apreciadas entre os Macedônios[10], mas não é só por isso que ele iria parecer melhor do que um homem de bem, valente e apto a comandar, que se valeu mais da cabeça do que da fortuna.

Minos – Ele fez um discurso não sem nobreza e não parecendo libio ele estava acima dele. E tu, Alexandre, o que tens a dizer contra isso?

ΑΛΕΞΑΝΔΡΟΣ – Ἐχρῆν μέν, ὦ Μίνως, μηδὲν πρὸς ἄνδρα οὕτω θρασύν· ἱκανὴ γὰρ ἡ φήμη διδάξαι σε, οἷος μὲν ἐγὼ βασιλεύς, οἷος δὲ οὗτος λῃστὴς ἐγένετο. ὅμως δὲ ὅρα εἰ κατ' ὀλίγον αὐτοῦ διήνεγκα, ὃς νέος ὢν ἔτι παρελθὼν ἐπὶ τὰ πράγματα καὶ τὴν ἀρχὴν τεταραγμένην κατέσχον καὶ τοὺς φονέας τοῦ πατρὸς μετῆλθον, κᾆτα φοβήσας τὴν Ἑλλάδα τῇ Θηβαίων ἀπωλείᾳ στρατηγὸς ὑπ' αὐτῶν χειροπονηθεὶς οὐκ ἠξίωσα τὴν Μακεδόνων ἀρχὴν περιέπων ἀγαπᾶν ἄρχειν ὁπόσων ὁ πατὴρ κατέλιπεν, ἀλλὰ πᾶσαν ἐπινοήσας τὴν γῆν καὶ δεινὸν ἡγησάμενος, εἰ μὴ ἁπάντων κρατήσαιμι, ὀλίγους ἄγων εἰσέβαλον εἰς τὴν Ἀσίαν, καὶ ἐπί τε Γρανικῷ ἐκράτησα μεγάλῃ μάχῃ καὶ τὴν Λυδίαν λαβὼν καὶ Ἰονίαν καὶ Φρυγίαν καὶ ὅλως τὰ ἐν ποσὶν ἀεὶ χειρούμενος ἦλθον ἐπὶ Ἰσσόν, ἔνθα Δαρεῖος ὑπέμεινεν μυριάδας πολλὰς στρατοῦ ἄγων. καὶ τὸ ἀπὸ τούτου, ὦ Μίνως, ὑμεῖς ἴστε ὅσους ὑμῖν νεκροὺς ἐπὶ μιᾶς ἡμέρας κατέπεμψα· φησὶ γοῦν ὁ πορθμεὺς μὴ διαρκέσαι αὐτοῖς τότε τὸ σκάφος, ἀλλὰ σχεδίας διαπηξαμένους τοὺς πολλοὺς αὐτῶν διαπλεῦσαι. καὶ ταῦτα δὲ ἔπραττον αὐτὸς προκινδυνεύων καὶ τιτρώσκεσθαι ἀξιῶν. καὶ ἵνα σοὶ μὴ τὰ ἐν Τύρῳ μηδὲ τὰ ἐν Ἀρβήλοις διηγήσωμαι, ἀλλὰ καὶ μέχρι Ἰνδῶν ἦλθον καὶ τὸν Ὠκεανὸν ὅρον ἐποιησάμην τῆς ἀρχῆς καὶ τοὺς ἐλέφαντας αὐτῶν εἷλον καὶ Πῶρον ἐχειρωσάμην, καὶ Σκύθας δὲ οὐκ εὐκαταφρονήτους ἄνδρας ὑπερβὰς τὸν Τάναιν ἐνίκησα μεγάλῃ ἱππομαχίᾳ, καὶ τοὺς φίλους εὖ ἐποίησα καὶ τοὺς ἐχθροὺς ἠμυνάμην. εἰ δὲ καὶ θεὸς ἐδόκουν τοῖς ἀνθρώποις, συγγνωστοὶ ἐκεῖνοι πρὸς τὸ μέγεθος τῶν πραγμάτων καὶ τοιοῦτόν τι πιστεύσαντες περὶ ἐμοῦ. τὸ δ' οὖν τελευταῖον ἐγὼ μὲν βασιλεύων ἀπέθανον, οὗτος δὲ ἐν φυγῇ ὢν παρὰ Προυσίᾳ τῷ Βιθυνῷ, καθάπερ ἄξιον ἦν

Alexandre – Não haveria necessidade de dizer nada, Minos, contra um homem tão rude, pois a minha fama é suficiente para te informar que rei fui eu e que salteador foi esse aí. Contudo, se é por pouca coisa que eu me distingui dele, eis aqui: Eu, jovem ainda, cheguei ao exercício do poder; impus minha autoridade sobre o reino, então perturbado. Fui atrás dos assassinos de meu pai e depois de semear o terror entre os gregos com a destruição de Tebas, fui aclamado comandante por eles. E ao assumir o reino da Macedônia, não achei digno de me contentar em comandar só com o que meu pai tinha deixado; ao contrário, lançando meus pensamentos por toda a terra e pensando que seria perigoso se eu não dominasse todos os povos, à frente de poucos homens, invadi a Ásia e no Granico, em grande batalha, fui vencedor. Depois de conquistar a Lídia, a Jônia e a Frígia, em resumo, depois de submeter todos os que se apresentaram diante de meus pés, cheguei a Issos. Lá Dario me esperava, à frente de muitas miríades de soldados. A partir daí, Minos, vós sabeis quantos cadáveres eu vos enviei num só dia. É o barqueiro que afirma que um barco não foi suficiente, e que muitos fizeram a travessia improvisando jangadas. E eu fazia essas coisas oferecendo-me pessoalmente ao perigo e achando justo ser ferido. Mas, para não te relatar o que fiz em Tiro[11], nem em Arbelas direi simplesmente que cheguei até o Indus e fiz do Oceano o limite de meu império. Tomei os elefantes deles e submeti Poros. Também os citas[12], homens que não se deve desprezar, depois de atravessar o Tanais[13] eu os derrotei em grande batalha de cavalaria. Tratei bem de meus amigos e me vinguei dos inimigos. E se eu parecia ser um deus aos homens eles merecem meu perdão. Eles tinham essa crença por causa da grandiosidade de minhas façanhas. Para terminar: eu morri enquanto reinava. Ele, no entanto, estava no exílio, na corte de Prúsias, rei da Bitínia. Isso, aliás, era de se esperar

πανουργότατον καὶ ὠμότατον ὄντα· ὡς γὰρ δὴ ἐκράτησεν τῶν Ἰταλῶν, ἐῶ λέγειν ὅτι οὐκ ἰσχύι, ἀλλὰ πονηρίᾳ καὶ ἀπιστίᾳ καὶ δόλοις, νόμιμον δὲ ἢ προφανὲς οὐδέν. ἐπεὶ δέ μοι ὠνείδισεν τὴν τρυφήν, ἐκλελῆσθαί μοι δοκεῖ οἷα ἐποίει ἐν Καπύῃ ἑταίραις συνὼν καὶ τοὺς τοῦ πολέμου καιροὺς ὁ θαυμάσιος καθηδυπαθῶν. ἐγὼ δὲ εἰ μὴ μικρὰ τὰ ἑσπέρια δόξας ἐπὶ τὴν ἕω μᾶλλον ὥρμησα, τί ἂν μέγα ἔπραξα Ἰταλίαν ἀναιμωτὶ λαβὼν καὶ Λιβύην καὶ τὰ μέχρι Γαδείρων ὑπαγόμενος; ἀλλ' οὐκ ἀξιόμαχα ἔδοξέ μοι ἐκεῖνα ὑποπτήσσοντα ἤδη καὶ δεσπότην ὁμολογοῦντα. εἴρηκα· σὺ δὲ, ὦ Μίνως, δίκαζε· ἱκανὰ γὰρ ἀπὸ πολλῶν καὶ ταῦτα.

ΣΚΙΠΙΩΝ - Μὴ πρότερον, ἢν μὴ καὶ ἐμοῦ ἀκούσῃς.

ΜΙΝΩΣ - Τίς γὰρ εἶ, ὦ βέλτιστε; ἢ πόθεν ὢν ἐρεῖς;

ΣΚΙΠΙΩΝ - Ἰταλιώτης Σκιπίων στρατηγὸς ὁ καθελὼν Καρχηδόνα καὶ κρατήσας Λιβύων μεγάλαις μάχαις.

ΜΙΝΩΣ - Τί οὖν καὶ σὺ ἐρεῖς;

ΣΚΙΠΙΩΝ - Ἀλεξάνδρου μὲν ἥττων εἶναι, τοῦ δὲ Ἀννίβου ἀμείνων, ὃς ἐδίωξα νικήσας αὐτὸν καὶ φυγεῖν καταναγκάσας ἀτίμως. πῶς οὖν ἀναίσχυντος οὗτος. ὃς πρὸς Ἀλέξανδρον ἁμιλλᾶται, ᾧ οὐδὲ Σκιπίων ἐγὼ ὁ νενικηκὼς ἐμαυτὸν παραβαλλεσθαι ἀξιῶ;

ΜΙΝΩΣ - Νὴ Δί' εὐγνώμονα φῄς, ὦ Σκιπίων· ὥστε πρῶτος μὲν κεκρίσθω Ἀλέξανδρος, μετ' αὐτὸν δὲ σύ, εἶτα, εἰ δοκεῖ, τρίτος Ἀννίβας οὐδὲ οὗτος εὐκαταφρόνητος ὤν.

de alguém tão mau e cruel. Que ele derrotou os Itálicos eu admito, porque não foi pela força mas sim pela malvadeza, por perfídia, por dolo; nada foi legal e transparente. É, ele critica minha luxúria, mas parece-me que ele se esqueceu do que andou fazendo nos bordéis de Cápua, freqüentando as prostitutas, perdendo nas orgias as ocasiões da guerra. Quanto a mim, dando pouco valor às coisas do Ocidente preferi lançar-me na direção da Aurora. Na verdade, que façanhas teriam sido as minhas em submeter sem sangue os Itálicos[14] e também a Líbia até Cadiz? Não. Aqueles povos não me pareceram dignos de combate, pois eles recuavam imediatamente e me aceitavam como seu chefe. Falei. E tu, Minos, julga. Entre muitas outras façanhas, essas aí são suficientes.

Cipião – Mas não antes de me ouvir também.

Minos – Quem és tu, ó distintíssimo. Ou melhor, de onde vens para falar?

Cipião – Venho da Itália. Sou o general Cipião, que conquistou Cartago, que derrotou os Líbios em grandes batalhas.

Minos – E o que tu tens a dizer?

Cipião – Que eu sou inferior a Alexandre[15], mas sou superior a Aníbal. Eu o persegui depois de tê-lo vencido e obrigado a se exilar sem honra. Mas, como ele não tem vergonha, ele quer rivalizar com Alexandre, com quem nem eu ouso me comparar. E eu sou vencedor dele.

Minos – Por Zeus, Cipião, o que estás dizendo tem sentido. Então eu decido[16]: Alexandre é considerado o primeiro; depois dele és tu, Cipião, e ao que parece, o terceiro é Aníbal, pois nem ele é de se desprezar.

Notas

1. Alexandre, Aníbal e Cipião (o Africano), esse era um dos *topoi* das aulas de retórica: quem foi melhor comandante? Os alunos se dividiam em "partidos", cada um carreando para si os melhores argumentos. O nome de Cipião era, na maioria das vezes, substituído pelo de César.

2. Aníbal, famoso comandante cartaginês (247-183 a.C.), filho de Amílcar

Barca, rei de Cartago, hoje Túnis, na Tunísia. Amílcar invadiu a Ibéria e Aníbal combateu sob as ordens do pai e do irmão Asdrúbal. Com a morte destes, assumiu o comando e decidiu enfrentar Roma. Venceu os aliados de Roma em Sagunto depois de oito meses de cerco. Armou um exército de 35 a 45 mil homens e invadiu de novo a Ibéria, rumando para Roma. Teria levado consigo um certo número de elefantes. Cruzou os Alpes entre o monte S. Bernardo e o monte Genebra, e venceu várias vezes os romanos: no Lago Ticino, venceu a cavalaria de Cipião; em Trébia, venceu de novo Cipião com Semprônio Longo (218); a seguir cruzou os Apeninos e devastou a Etrúria e surpreendeu as tropas de Flamínio no Lago Transimeno; avançou até a Apúlia até a Campânia, onde enfrentou as forças de Fábio: recuou e em Canes infligiu uma grande derrota aos romanos. Dirigiu-se para Cápua, onde passou o inverno. Várias cidades vizinhas reconheceram sua soberania. As vitórias trouxeram muita fortuna e o quartel de inverno se tornou um local de prazeres e luxo, o que rompeu a disciplina e enfraqueceu os soldados. Venceu ainda os romanos em Tarento, mas vendo suas forças diminuirem recuou para a Apúlia, onde ficou sabendo de revoltas populares em Cartago. Decidiu voltar, sem ter conquistado Roma. Em Cartago enfrentou dificuldades políticas e quando as superou e retomou o comando, foi vencido em Zama (202) por Cipião. Depois de muitas peripécias, Aníbal, sempre perseguido pelos romanos, refugiou-se na corte de Prúsias, rei da Bitínia, e, ao perceber que o rei negociava a sua entrega aos romanos, suicidou-se, tomando veneno que sempre trazia consigo.
Quanto à afirmação de Aníbal de que aprendeu grego no Hades, Cornélio Nepos afirma que Aníbal aprendeu grego com o Lacedemônio Sisilo, que o acompanhava sempre.
3. Scipio, cognome da ilustre família Cornélia. Há dois Cipiões famosos: esse aí, o Africano (235-182 a.C.) que se distinguiu nas Guerras Púnicas (contra Cartago) na Espanha e venceu Aníbal em Zama (202). Acusado de peculato, morreu no exílio. O outro, Cipião Emiliano (185-129 a.C.) era neto adotivo do primeiro. Foi o destruidor de Cartago em 146, fato que marca a consolidação do poder de Roma no Mediterrâneo Ocidental.
4. Ver Diálogo XXIV, nota 1, p. 182. Minos é um dos juízes do Hades.
5. Os antigos denominavam Líbia todas as terras no norte da África, além do Egito. Hoje a Líbia fica entre a Tunísia e a Algéria.
6. Questão de primazia. Era um dos temas das aulas de retórica. Ver

nota 1 deste Diálogo.
7. Erídano ou Ródano, certo rio na Ibéria; tem sua nascente nos Pirineus. Ver Antenor Nascentes, Dic. Etimológico II.
8. Olímpias, mãe de Alexandre, dizia que tinha visto em sonhos a serpente, pai de Alexandre.
9. Sobre Alexandre ver as notas aos Diálogos XII e XIII.
10. Irônico. Os amigos de Alexandre, que tinham ficado na corte de Pela, na Macedônia. Mesmo seus companheiros de armas não viam com bons olhos Alexandre adotar costumes orientais.
11. A tomada de Tiro, na Fenícia, foi considerada o grande feito militar de Alexandre; depois de um longo cerco ele fez construir um aterro e cavar galerias para entrar na cidade.
12. Hipócrates (*Os lugares*) fala deles como um povo nômade, exímios cavaleiros e valentes guerreiros. Essa imagem permaneceu: vencer os citas sempre era uma proeza.
13. Tanaïs seria o rio Don, muitas vezes considerado como a ligação entre a Europa e Ásia e grande rota para a Ásia Central.
14. Essa afirmação de Alexandre não é muito lisonjeira para os romanos; contudo, no século IV em que viveu Alexandre, Roma estava começando a expansão ainda em território itálico e não exercia nenhuma atração para os gregos. A Aurora, o nascer do sol, era mais fascinante e havia muitas riquezas a conquistar.
15. Estranho. Um comandante romano jamais diria isso diante de um grego. Mas os feitos de Alexandre enchiam a imaginação dos antigos.
16. Decisão política de Minos, que o próprio texto contradiz. Aníbal teve enormes méritos. Seu grande erro foi passar o inverno em Cápua, dando tempo aos romanos de se rearmarem. Isso também amoleceu suas tropas. Poderíamos imaginar o mundo ocidental hoje com a vitória final de Aníbal?

κς'

ΑΧΙΛΛΕΩΣ ΚΑΙ ΑΝΤΙΛΟΧΟΥ

ΑΝΤΙΛΟΧΟΣ - Οἷα πρώην, Ἀχιλλεῦ, πρὸς τὸν Ὀδυσσέα σοι εἴρηται περὶ τού θανάτου, ὡς ἀγεννῆ καὶ ἀνάξια τοῖν διδασκάλοιν ἀμφοῖν, Χείρωνός τε καὶ Φοίνικος. ἠκροώμην γάρ, ὁπότε ἔφης βούλεσθαι ἐπάρουρος ὢν θητεύειν παρά τινι τῶν ἀκλήρων, ‘ᾧ μὴ βίοτος πολὺς εἴη,’ μᾶλλον ἢ πάντων ἀνάσσειν τῶν νεκρῶν. ταῦτα μὲν οὖν ἀγεννῆ τινα Φρύγα δειλὸν καὶ πέρα τοῦ καλῶς ἔχοντος φιλόζῳον ἴσως ἐχρῆν λέγειν, τὸν Πηλέως δὲ υἱόν, τὸν φιλοκινδυνότατον ἡρώων ἁπάντων, ταπεινὰ οὕτω περὶ αὑτοῦ διανοεῖσθαι πολλὴ αἰσχύνη καὶ ἐναντιότης πρὸς τὰ πεπραγμένα σοι ἐν τῷ βίῳ, ὃς ἐξὸν ἀκλεῶς ἐν τῇ Φθιώτιδι πολυχρόνιον βασιλεύειν, ἑκὼν προείλου τὸν μετὰ τῆς ἀγαθῆς δόξης θάνατον.

ΑΧΙΛΛΕΥΣ - Ὦ παῖ Νέστορος, ἀλλὰ τότε μὲν ἄπειρος ἔτι τῶν ἐνταῦθα ὢν καὶ τὸ βέλτιον ἐκείνων ὁπότερον ἦν ἀγνοῶν τὸ δύστηνον ἐκεῖνο δοξάριον προετίμων τοῦ βίου, νῦν δὲ συνίημι ἤδη ὡς ἐκείνη μὲν ἀνωφελής, εἰ καὶ ὅτι μάλιστα οἱ ἄνω ῥαψῳδήσουσιν. μετὰ νεκρῶν δὲ ὁμοτιμία, καὶ οὔτε τὸ κάλλος ἐκεῖνο, ὦ Ἀντίλοχε, οὔτε ἡ ἰσχὺς πάρεστιν, ἀλλὰ κείμεθα ἅπαντες ὑπὸ τῷ αὐτῷ ζόφῳ ὅμοιοι καὶ κατ' οὐδὲν ἀλλήλων διαφέροντες, καὶ οὔτε οἱ τῶν Τρώων νεκροὶ δε-δίασίν με οὔτε οἱ τῶν Ἀχαιῶν θεραπεύουσιν, ἰσηγορία δὲ ἀκριβὴς καὶ νεκρὸς ὅμοιος, ‘ἠμὲν κακὸς ἠδὲ καὶ ἐσθλός.’ ταῦτά με ἀνιᾷ καὶ ἄχθομαι, ὅτι μὴ θητεύω ζῶν.

Diálogo XXVI

Aquiles e Antíloco[1]

Antíloco – Que coisas tu disseste sobre a morte outro dia a Odisseu[2], Aquiles! Como são vis e indignas de teus dois mestres Quiron[3] e Fênix![4] Eu estava prestando atenção quando tu afirmaste que preferias servir como servo no campo, na propriedade de um homem sem herança, que tem apenas o suficiente para viver, a reinar sobre os mortos. Essas coisas talvez ficassem bem na boca de um frígio[5] qualquer, de origem humilde e covarde, que ama a vida além do normal; mas o filho de Peleu, aquele dentre todos os heróis que mais se expunha aos perigos, pensar sobre si mesmo uma coisa tão baixa, é uma grande vergonha e contraria tudo o que tu fizeste na vida, tu, que, quando te foi possível reinar sem glória por muito tempo na Ftiótida[6], preferiste a morte com grande glória.

Aquiles – Filho de Nestor, naquela época eu ainda era ignorante a respeito do que se passa aqui; e, não sabendo qual das duas coisas era melhor, eu preferi aquela miserável gloriazinha à vida. Agora, no entanto, eu já estou entendendo como a glória é inútil, ainda que os vivos cantem rapsódias em meu louvor. É que entre os mortos reina a igualdade, e nem aquela tua beleza nem a minha força estão presentes. Todos nós jazemos, Antíloco, nas mesmas trevas, iguais, sem nenhuma diferença entre nós. Nem mesmo os troianos mortos me temem; nem os aqueus me respeitam. A igualdade de direitos é perfeita; e um morto, seja ele bom, seja mau[7], é igual ao outro. Essas coisas me afligem e eu sinto não ser um servo e estar vivo.

ΑΝΤΙΛΟΧΟΣ - Ὅμως τί οὖν ἄν τις πάθοι, ὦ Ἀχιλλεῦ; ταῦτα γὰρ ἔδοξε τῇ φύσει, πάντως ἀποθνήσκειν ἅπαντας, ὥστε χρὴ ἐμμένειν τῷ νόμῳ καὶ μὴ ἀνιᾶσθαι τοῖς διατεταγμένοις. ἄλλως τε ὁρᾷς τῶν ἑταίρων ὅσοι περὶ σέ ἐσμεν οἵδε· μετὰ μικρὸν δὲ καὶ Ὀδυσσεὺς ἀφίξεται πάντως. φέρει δὲ παραμυθίαν καὶ ἡ κοινωνία τοῦ πράγματος καὶ τὸ μὴ μόνον αὐτὸν πεπονθέναι. ὁρᾷς τὸν Ἡρακλέα καὶ τὸν Μελέαγρον καὶ ἄλλους θαυμαστοὺς ἄνδρας, οἳ οὐκ ἂν οἶμαι δέξαιντο ἀνελθεῖν, εἴ τις αὐτοὺς ἀναπέμψειε θητεύσοντας ἀκλήροις καὶ ἀβίοις ἀνδράσιν.

ΑΧΙΛΛΕΥΣ - Ἑταιρικὴ μὲν ἡ παραίνεσις, ἐμὲ δὲ οὐκ οἶδ' ὅπως ἡ μνήμη τῶν παρὰ τὸν βίον ἀνιᾷ, οἶμαι δὲ καὶ ὑμῶν ἕκαστον· εἰ δὲ μὴ ὁμολογεῖτε, ταύτῃ χείρους ἐστὲ καθ' ἡσυχίαν αὐτὸ πάσχοντες.

ΑΝΤΙΛΟΧΟΣ - Οὔκ, ἀλλ' ἀμείνους, ὦ Ἀχιλλεῦ· τὸ γὰρ ἀνωφελὲς τοῦ λέγειν ὁρῶμεν· σιωπᾶν γὰρ καὶ φέρειν καὶ ἀνέχεσθαι δέδοκται ἡμῖν, μὴ καὶ γέλωτα ὄφλωμεν ὥσπερ σὺ τοιαῦτα εὐχόμενος.

Antíloco – Mas, o que se poderia fazer, Aquiles? É assim que convém à Natureza, isto é, que todos morram. É por isso que é preciso conformar-se com a lei e não afligir-se com o que já está determinado. Aliás, não estás vendo quantos de teus companheiros jazemos aqui ao teu redor? Daqui um pouco vai chegar Odisseu[8]. Necessariamente, tanto a participação dos fatos quanto não sofrer sozinho traz consolação. Estás vendo Heraclés[9], Meleagro[10] e outros varões admiráveis? Eu acho que eles não aceitariam voltar para a terra, caso alguém os devolvesse para serem servidores de homens sem herança e sem recursos.

Aquiles – Esses conselhos são de amigo. Mas eu, não sei como a lembrança das coisas da vida me aflige; acho que aflige também cada um de vós; e se vós não confessais, aí é que estais numa pior, porque sofreis em silêncio.

Antíloco – Não, Aquiles. Estamos numa melhor. Nós estamos vendo que de nada vale ficar falando disso. Nós decidimos ficar quietos, agüentar e nos resignar, para não sermos objeto de riso, como tu, quando formulas esse desejo.

Notas

1. Antíloco, filho mais novo de Nestor. Belo, intrépido, veloz, participou com o pai da Guerra de Tróia. Depois de Pátroclo, era o melhor amigo de Aquiles. Foi ele que anunciou a Aquiles a morte de Pátroclo. A versão mais corrente de sua morte foi que ele pereceu oferecendo seu corpo, como escudo, para defender o pai.

2. Referência ao episódio da descida ao Hades de Odisseu, Od. XI, 488; "Não tentes me consolar da morte, ilustre filho de Laertes; eu preferiria ser um simples trabalhador do campo e viver dependendo de um homem pobre a reinar sobre os mortos."

3. Quiron (ver Diálogo VIII, p. 85), filho de Kronos (Saturno para os latinos), o mais sábio dos centauros, teve muitos discípulos, todos heróis: Asclépio, Cástor e Pólux e Aquiles.

4. Fênix, filho de Amintor, rei dos Dôlopes, amaldiçoado pelo pai por ter seduzido a concubina para vingar a mãe. Refugiou-se na corte de Peleu, que lhe confiou a educação do filho, Aquiles.

5. A referência aos bárbaros orientais, lídios, frígios e sobretudo cários e medos como covardes, maus soldados, é uma constante entre os gregos.
6. Aquiles tinha a opção: ter um longo reinado sem glória na Ftiótida (na Tessália), ou ter uma vida curta, mas gloriosa. Aquiles opta pela glória. É o que dizem mãe e filho no canto I da Ilíada, quando, ofendido e desconsolado, depois de entregar Briseida aos emissários de Agamêmnon, ele fica sentado na praia e chama a mãe para consolá-lo.
7. Expressão tirada da Ilíada, IX,319.
8. Antíloco morreu defendendo o pai; Aquiles teria sido morto de maneira traiçoeira por Páris, que lhe acertou uma flechada no calcanhar, ainda nos estertores da Guerra de Tróia; Odisseu levou 10 anos para voltar ao lar, de que esteve ausente outros l0 anos.
9. A situação de Heraclés é ambígua: ora ele entra e sai, enfrentando e ferindo Plutão, ora é só a sombra de Heraclés que está no Hades (Diálogo XI); Aristófanes também *(As Rãs)* faz Heraclés ir buscar um poeta no Hades.
10. Meleagro, filho do rei de Calidon, acompanhou Jasão na expedição dos Argonautas e se distinguiu matando o javali de Calidon (Ovídio, Metam. VIII,260-545). A Moira teria dito que ele viveria enquanto durasse um tição na lareira; a mãe pegou o tição e escondeu. Ele se tornou o melhor lançador de dardos da Grécia e foi assim, com um dardo de Atalanta, que ele matou o javali; tendo esfolado o animal, deu o couro a Atalanta, descontentando os tios Plexipos, Cefeu e Anteu. Enfurecido, Meleagro os matou, o que provocou a ira da mãe, que recolocou na lareira o tição que se consumiu; com a morte dele, suas irmãs se enforcaram; Atena as transformou em galinhas de Angola (meleagrís).

κζ'

ΑΙΑΚΟΥ ΚΑΙ ΠΡΩΤΕΣΙΛΑΟΥ

ΑΙΑΚΟΣ - Τί ἄγχεις, ὦ Πρωτεσίλαε, τὴν Ἑλένην προσπεσών;

ΠΡΩΤΩΣΙΛΑΟΣ - Ὅτι δὶ ταύτην, ὦ Αἰακέ, ἀπέθανον ἡμιτελῆ μὲν τὸν δόμον καταλιπών, χήραν τε νεόγαμον γυναῖκα.

ΑΙΑΚΟΣ - Αἰτιῶ τοίνυν τὸν Μενέλαον, ὅστις ὑμᾶς ὑπὲρ τοιαύτης γυναικὸς ἐπὶ Τροίαν ἤγαγεν.

ΠΡΩΤΕΣΙΛΑΟΣ - Εὖ λέγεις· ἐκεῖνόν μοι αἰτιατέον.

ΜΕΝΕΛΑΟΣ - Οὐκ ἐμέ, ὦ βέλτιστε, ἀλλὰ δικαιότερον τὸν Πάριν, ὃς ἐμοῦ τοῦ ξένου τὴν γυναῖκα παρὰ πάντα τὰ δίκαια ᾤχετο ἁρπάσας· οὗτος γὰρ οὐχ ὑπὸ σοῦ μόνου, ἀλλ' ὑπὸ πάντων Ἑλλήνων τε καὶ βαρβάρων ἄξιος ἄγχεσθαι τοσούτοις θανάτου αἴτιος γεγενημένος.

ΠΡΩΤΕΣΙΛΑΟΣ - Ἄμεινον οὕτω· σὲ τοιγαροῦν, ὦ Δύσπαρι, οὐκ ἀφήσω ποτὲ ἀπὸ τῶν χειρῶν.

ΠΑΡΙΣ - Ἄδικα ποιῶν, ὦ Πρωτεσίλαε, καὶ ταῦτα ὁμότεχνον ὄντα σοι· ἐρωτικὸς γὰρ καὶ αὐτός εἰμι καὶ τῷ αὐτῷ θεῷ κατέσχημαι· οἶσθα δὲ ὡς ἀκούσιόν τί ἐστιν καί τις ἡμᾶς δαίμων ἄγει ἔνθα ἂν ἐθέλῃ, καὶ ἀδύνατόν ἐστιν ἀντιτάττεσθαι αὐτῷ.

ΠΡΩΤΕΣΙΛΑΟΣ - Εὖ λέγεις. εἴθε οὖν μοι τὸν Ἔρωτα ἐνταῦθα λαβεῖν δυνατὸν ἦν.

DIÁLOGO XXVII

ÉACO, PROTESILAU[1], MENELAU[2] E PÁRIS

ÉACO – Protesilau, por que tu pulaste em cima de Helena e a estás esganando?

PROTESILAU – Porque foi por causa dela, Éaco, que eu morri e deixei minha casa semi-acabada e deixei viúva uma mulher recém-casada.

ÉACO – Culpa então o Menelau. Foi ele que vos levou a Tróia, por causa dessa mulher.

PROTESILAU – É. Está certo. É ele que eu devo culpar.

MENELAU – A mim não, meu caro; ao contrário, é mais justo acusar Páris. Foi ele que, hóspede na minha casa, passou por cima de tudo o que é direito e raptou minha mulher. É esse aí que merece ser esganado, não só por ti, mas por todos os gregos e troianos. Foi ele o culpado da morte de tantos homens.

PROTESILAU – É. Assim é melhor. Então tu, maldito Páris, não te deixarei escapar de minhas mãos!

PÁRIS – Estás sendo injusto, Protesilau. Nesse assunto eu estou na mesma situação que tu. Eu também estou apaixonado e sou prisioneiro do mesmo deus. Tu sabes bem que não é por vontade, mas que é um certo dáimon que nos leva para onde quer, e que resistir é impossível.

PROTESILAU – É. É verdade. Ah, se eu pudesse agora agarrar esse Amor!

ΑΙΑΚΟΣ - Ἐγὼ σοι καὶ περὶ τοῦ Ἔρωτος ἀποκρινοῦμαι τὰ δίκαια· φήσει γὰρ αὐτὸς μὲν τοῦ ἐρᾶν τῷ Πάριδι ἴσως γεγενῆσθαι αἴτιος, τοῦ θανάτου δέ σοι οὐδένα ἄλλον, ὦ Πρωτεσίλαε, ἢ σεαυτόν, ὃς ἐκλαθόμενος τῆς νεογάμου γυναικός, ἐπεὶ προσεφέρεσθε τῇ Τρῳάδι, οὕτως φιλοκινδύνως καὶ ἀπονενοημένως προεπήδησας τῶν ἄλλων δόξης ἐρασθείς, δι᾽ ἣν πρῶτος ἐν τῇ ἀποβάσει ἀπέθανες.

ΠΡΟΤΕΣΙΛΑΟΣ - Οὐκοῦν καὶ ὑπὲρ ἐμαυτοῦ σοι, ὦ Αἰακέ, ἀποκρινοῦμαι δικαιότερα· οὐ γὰρ ἐγὼ τούτων αἴτιους, ἀλλὰ ἡ Μοῖρα καὶ τὸ ἐξ ἀρχῆς οὕτως ἐπικεκλῶσθαι.

ΑΙΑΚΟΣ - Ὀρθῶς· τί οὖν τούτους αἰτιᾷ;

Éaco – Sou eu que vou te responder com justiça, em nome do Amor. Ele dirá, com efeito, que talvez seja o culpado da paixão de Páris. Mas de tua morte, o culpado não é ninguém senão tu mesmo. Foste tu que esqueceste a jovem esposa, e, no desembarque em Tróia, tu saltaste do navio antes de todos, de uma maneira tão audaciosa e insensata, arrebatado pelo amor da glória; foi por ela que tu foste o primeiro a morrer no desembarque.

Protesilau – Então, Éaco, eu também te responderei por mim mesmo, dizendo coisas mais justas. Não sou eu o culpado desses fatos, mas a Moira e o fato de que, desde o princípio, já estava tramado assim.

Éaco – Está certo. Então por que estás culpando esse homem?

Notas

1. Protesilau, filho de Ifilcos e Astioqué, da Tessália. Um dos pretendentes de Helena, comandou uma frota de 20 navios na expedição contra Tróia. Ao chegarem, ninguém ousava ser o primeiro a descer, porque o oráculo previa que o primeiro aqueu a descer seria morto. Ele se sacrificou e desceu, sendo morto por Heitor ou Enéias. Mas ele tinha partido sem consumar o casamento com Laodamia, sua esposa. Laodamia obtém dos deuses a permissão de um último encontro, o que foi concedido; depois, a esposa inconsolável se suicidou, acompanhando o jovem marido (Ver diálogo XXVIII, p. 205).

2. Protesilau, Menelau e Páris são vítimas do Amor; cada um à sua maneira, mas o caráter de Protesilau se destaca.

κη᾽

ΠΛΟΥΤΩΝΟΣ ΚΑΙ ΠΡΩΤΕΣΙΛΑΟΥ

ΠΡΩΤΕΣΙΛΑΟΣ - Ὦ δέσποτα καὶ βασιλεῦ καὶ ἡμέτερε Ζεῦ καὶ σὺ Δήμητρος θύγατερ, μὴ ὑπερίδητε δέησιν ἐρωτικήν.

ΠΛΟΥΤΩΝ - Σὺ δὲ τίνων δέῃ παρ᾽ ἡμῶν; ἢ τίς ὢν τυγχανεις;

ΠΡΩΤΕΣΙΛΑΟΣ - Εἰμὶ μὲν Πρωτεσίλαος ὁ Ἰφίκλου Φυλάκιος συστρατιώτης τῶν Ἀχαιῶν καὶ πρῶτος ἀποθανὼν τῶν ἐπ᾽ Ἰλίῳ. δέομαι δὲ ἀφεθεὶς πρὸς ὀλίγον ἀναβιῶναι πάλιν.

ΠΛΟΥΤΩΝ - Τοῦτον μὲν τὸν ἔρωτα, ὦ Πρωτεσίλαε, πάντες νεκροὶ ἐρῶσιν, πλὴν οὐδεὶς ἂν αὐτῶν τύχοι.

ΠΡΩΤΕΣΙΛΑΟΣ - Ἀλλ᾽ οὐ τοῦ ζῆν, Ἀϊδωνεῦ, ἐρῶ ἔγωγε, τῆς γυναικὸς δέ, ἣν νεόγαμον ἔτι ἐν τῷ θαλάμῳ καταλιπὼν ᾠχόμην ἀποπλέων, εἶτα ὁ κακοδαίμων ἐν τῇ ἀποβάσει ἀπέθανον ὑπὸ τοῦ Ἕκτορος. ὁ οὖν ἔρως τῆς γυναικὸς οὐ μετρίως ἀποκναίει με, ὦ δέσποτα, καὶ βούλομαι κἂν πρὸς ὀλίγον ὀφθεὶς αὐτῇ καταβῆναι πάλιν.

ΠΛΟΥΤΩΝ - Οὐκ ἔπιες, ὦ Πρωτεσίλαε, τὸ Λήθης ὕδωρ;

ΠΡΩΤΕΣΙΛΑΟΣ - Καὶ μάλα, ὦ δέσποτα· τὸ δὲ πρᾶγμα ὑπέρογκον ἦν.

ΠΛΟΥΤΩΝ - Οὐκοῦν περίμεινον· ἀφίξεται γὰρ κἀκείνη ποτὲ καὶ οὐδὲ σὲ ἀνελθεῖν δεήσει.

ΠΡΩΤΕΣΙΛΑΟΣ - Ἀλλ᾽ οὐ φέρω τὴν διατριβήν, ὦ Πλούτων· ἠράσθης δὲ καὶ αὐτὸς ἤδη καὶ οἶσθα οἷον τὸ ἐρᾶν ἐστιν.

ΠΛΟΥΤΩΝ - Εἶτα τί σε ὀνήσει μίαν ἡμέραν ἀναβιῶναι μετ᾽ ὀλίγον τὰ αὐτὰ ὀδυρούμενον;

Diálogo XXVIII

Plutão, Protesilau[1], Perséfone[2]

Protesilau – Ó mestre e senhor! Ó Zeus, e tu, filha de Deméter, não desdenheis uma súplica de amor!

Plutão – Tu aí, o que queres de nós? e.... quem és, por acaso?

Protesilau – Eu? Eu sou Protesilau, filho de Ifilcos, o Filácio, companheiro de armas dos Aqueus. Eu fui o primeiro a ser morto entre os que estavam em Ilio. Eu te peço me liberes para que eu volte à vida, um pouquinho só.

Plutão – Desse amor, Protesilau, todos os mortos sofrem, mas nenhum deles poderia obtê-lo.

Protesilau – Mas, Plutão, não é o amor da vida que me domina, mas da esposa, que, recém-casada ainda, eu a abandonei no leito nupcial e embarquei na expedição. E aí, infeliz de mim, ao desembarcar, sucumbi sob os golpes de Heitor. O amor sem medida por minha mulher me arrebata, meu senhor; e eu queria vê-la, por pouco tempo que fosse, e descer novamente para cá.

Plutão – Não bebeste por acaso da água do Letes?

Protesilau – Bebi, e muita, senhor, mas a coisa estava inchada demais!

Plutão – Então espera, porque um dia ela vai chegar aqui e não terás nenhuma necessidade de ir lá para cima.

Protesilau – Mas, Plutão, eu não estou agüentando o tempo passar. Tu mesmo já ficaste apaixonado[3] e sabes o que é estar amando.

Plutão – Mas, afinal, de quê te servirá voltar a viver um dia só, e ter que suportar novamente as mesmas coisas logo depois?

ΠΡΩΤΕΣΙΛΑΟΣ - Οἶμαι πείσειν κἀκείνην ἀκολουθεῖν παρ' ὑμᾶς, ὥστε ἀνθ' ἑνὸς δύο νεκροὺς λήψῃ μετ ὀλίγον.

ΠΛΟΥΤΩΝ - Οὐ θέμις γενέσθαι ταῦτα οὐδὲ ἐγένετο πώποτε.

ΠΡΩΤΕΣΙΛΑΟΣ - Ἀναμνήσω σε, ὦ Πλούτων· Ὀρφεῖ γὰρ δι' αὐτὴν ταύτην τὴν αἰτίαν τὴν Εὐρυδίκην παρέδοτε καὶ τὴν ὁμογενῆ μου Ἄλκηστιν παρεπέμψατε Ἡρακλεῖ χαριζόμενοι.

ΠΛΟΥΤΩΝ - Θελήσεις δὲ οὕτως κρανίον γυμνὸν ὢν καὶ ἄμορφον τῇ καλῇ σου ἐκείνῃ νύμφῃ φανῆναι; πῶς δὲ κἀκείνη προσήσεταί σε οὐδὲ διαγνῶναι δυναμένη; φοβήσεται γὰρ εὖ οἶδα καὶ φεύξεταί σε καὶ μάτην ἔσῃ τοσαύτην ὁδὸν ἀνεληλυθώς.

ΠΕΡΣΕΦΟΝΗ - Οὐκοῦν, ὦ ἄνερ, σὺ καὶ τοῦτο ἴασαι καὶ τὸν Ἑρμῆν κέλευσον, ἐπειδὰν ἐν τῷ φωτὶ ἤδη ὁ Πρωτεσίλαος ᾖ, καθικόμενον ἐν τῇ ῥάβδῳ νεανίαν εὐθὺς καλὸν ἀπεργάσασθαι αὐτόν, οἷος ἦν ἐκ τοῦ παστοῦ.

ΠΛΟΥΤΩΝ - Ἐπεὶ Φερσεφόνῃ συνδοκεῖ, ἀναγαγὼν τοῦτον αὖθις ποίησον νυμφίον· σὺ δὲ μέμνησο μίαν λαβὼν ἡμέραν.

Protesilau – Eu acho que eu a persuadirei a me acompanhar para junto de vós; assim, em lugar de um, daqui um pouco tu ficarás com dois mortos.

Plutão – Essas coisas não podem acontecer, nem nunca aconteceram.

Protesilau – Eu quero te lembrar, Plutão, que, por um motivo igual, vós[4] entregastes Eurídice a Orfeu; e que, querendo agradar a Heraclés, vós deixastes ir a minha parente, Alceste.

Plutão – E tu, que és agora um crânio liso e disforme, vais querer, assim mesmo, te mostrar àquela tua bela noiva? E ela, como vai te acolher, se não poderá te reconhecer? O que eu sei é que ela vai ficar com muito medo de ti e fugirá. E terá sido por nada teres percorrido um caminho tão longo!

Perséfone – Então, marido, remedeia isso também; e manda que Hermes, assim que Protesilau esteja na luz, que o toque com a varinha[5] e o transforme imediatamente em um belo jovem, tal qual ele era ao sair do leito nupcial.

Plutão – Já que Perséfone está de acordo, Hermes, leva-o daqui e torna-o noivo de novo. E tu, Protesilau, lembra-te que ganhaste um dia só!

Notas

1. Protesilau é o mesmo do diálogo XXVII.

2. Perséfone ou Kore, filha de Deméter e Zeus; identificada a Proserpina, divindade romana da agricultura, ou Ceres (Líbera). Hades, seu tio, irmão de Zeus, apaixonou-se por ela e com a cumplicidade de Zeus, raptou-a quando ela, longe de sua mãe, estava colhendo flores nas planícies da Sicília. Deméter empreende muitas viagens à procura da filha. Finalmente Zeus ordena a Hades que devolva a jovem, mas não é mais possível, porque ela tinha quebrado o jejum comendo semente de granada (romã); isso a prende para sempre. Zeus tenta uma solução: ela passa uma parte do ano no Hades e outra na terra. Perséfone participa dos episódios de Orfeu e Eurídice, Heraclés e Alceste e de Teseu e Perítoos. Aqui também ela tem uma palavra decisiva.

3. A referência está na nota anterior.

4. Vós, isto é, Plutão e Perséfone.

5. Hermes transcende as funções e qualidades de todos os outros deuses; ele é ao mesmo tempo, médico, artista, mensageiro, além de outras tantas habilidades; aqui a referência é ao seu poder mágico de transformar as coisas.

κθ'

ΔΙΟΓΕΝΟΥΣ ΚΑΙ ΜΑΥΣΩΛΟΥ

ΔΙΟΓΕΝΗΣ - Ὦ Κάρ, ἐπὶ τίνι μέγα φρονεῖς καὶ πάντων ἡμῶν προτιμᾶσθαι ἀξιοῖς;

ΜΑΥΣΩΛΟΣ - Καὶ ἐπὶ τῇ βασιλείᾳ μέν, ὦ Σινωπεῦ, ὃς ἐβασίλευσα Καρίας μὲν ἁπάσης, ἦρξα δὲ καὶ Λυδῶν ἐνίων καὶ νήσους δέ τινας ὑπηγαγόμην καὶ ἄχρι Μιλήτου ἐπέβην τὰ πολλὰ τῆς Ἰωνίας καταστρεφόμενος· καὶ καλὸς ἦν καὶ μέγας καὶ ἐν πολέμοις καρτερός· τὸ δὲ μέγιστον, ὅτι ἐν Ἁλικαρνασσῷ μνῆμα παμμέγεθες ἔχω ἐπικείμενον, ἡλίκον οὐκ ἄλλος νεκρός, ἀλλ' οὐδὲ οὕτως ἐς κάλλος ἐξησκημένον, ἵππων καὶ ἀνδρῶν ἐς τὸ ἀκριβέστατον εἰκασμένων λίθου τοῦ καλλίστου, οἷον οὐδὲ νεὼν εὕροι τις ἂν ῥᾳδίως. οὐ δοκῶ σοι δικαίως ἐπὶ τούτοις μέγα φρονεῖν;

ΔΙΟΓΕΝΗΣ - Ἐπὶ τῇ βασιλείᾳ φῄς καὶ τῷ κάλλει καὶ τῷ βάρει τοῦ τάφου;

ΜΑΥΣΩΛΟΣ - Νὴ Δι' ἐπὶ τούτοις.

ΔΙΟΓΕΝΗΣ - Ἀλλ', ὦ καλὲ Μαύσωλε, οὔτε ἰσχὺς ἔτι σοι ἐκείνη οὔτε ἡ μορφὴ πάρεστιν· εἰ γοῦν τινα ἑλοίμεθα δικαστὴν εὐμορφίας πέρι, οὐκ ἔχω εἰπεῖν, τίνος ἕνεκα τὸ σὸν κρανίον προτιμη-θείη ἂν τοῦ ἐμοῦ· φαλακρὰ γὰρ ἄμφω καὶ γυμνά, καὶ τοὺς ὀδόντας ὁμοίως προφαίνομεν καὶ τοὺς ὀφθαλμοὺς ἀφῃρήμεθα καὶ τὰς ῥῖνας ἀποσεσιμώμεθα. ὁ δὲ τάφος καὶ οἱ πολυτελεῖς ἐκεῖνοι λίθοι Ἁλικαρνασσεῦσι μὲν ἴσως εἶεν ἐπιδείκνυσθαι καὶ φιλοτιμεῖσθαι πρὸς τοὺς ξένους, ὡς δή τι μέγα οἰκοδόμημα αὐτοῖς ἐστιν· σὺ δέ, ὦ βέλτιστε, οὐχ ὁρῶ ὅ τι ἀπολαύεις αὐτοῦ, πλὴν εἰ μὴ τοῦτο φῄς, ὅτι μᾶλλον ἡμῶν ἀχθοφορεῖς ὑπὸ τηλικούτοις λίθοις πιεζόμενος.

DIÁLOGO XXIX

DIÓGENES E MÁUSOLO[1]

DIÓGENES – Ó, Cário[2], com que fundamento tu estás cheio de orgulho e julgas que deves ser honrado mais do que todos os outros?

MÁUSOLO – Mas é sobre o meu reinado, ó Sinopeu[3]. Na verdade, eu reinei sobre toda a Cária e também sobre alguns lídios. E mais, eu submeti algumas ilhas e cheguei até Mileto, enquanto subjugava grande parte da Jônia. Além disso eu era belo e grande; e valente na guerra. Mas, o mais importante é que eu tenho em Halicarnasso um monumento gigantesco erigido para mim. Igual a ele nenhum morto tem, nem mesmo arquitetado visando ao belo como ele. Cavalos e homens estão ali representados com a maior perfeição, da mais bela pedra; igual a ela não é fácil encontrar nem nos templos. Então, não te parece que, baseado nisso tudo, seja justo o meu orgulho?

DIÓGENES – Tu te referes ao teu reinado, à tua beleza e ao peso do túmulo?

MÁUSOLO – Por Zeus que sim! É isso mesmo.

DIÓGENES – Mas, meu belo Máusolo, nem aquela força, nem aquele visual estão mais em ti. Se nós escolhêssemos alguém como árbitro de formosura, não tenho condições de dizer por causa do que o teu crânio seria mais honrado do que o meu. Ambos estão calvos e lisos; e os dentes também, nós os mostramos na frente; os olhos, nós dois estamos privados deles; os narizes, ambos estão achatados. Quanto à sepultura e àquelas pedras caríssimas, talvez coubesse aos habitantes de Halicarnasso fazer exibição delas e se envaidecer diante de estrangeiros, por terem uma grande edificação. Mas tu, caríssimo, não vejo em que podes tirar proveito dele, a menos que digas que, mais do que nós, suportas penosamente um fardo, esmagado que estás sob pedras tão grandes.

ΜΑΥΣΩΛΟΣ - Ἀνόνητα οὖν μοι ἐκεῖνα πάντα καὶ ἰσότιμος ἔσται Μαύσωλος καὶ Διογένης;

ΔΙΟΓΕΝΗΣ - Οὐκ ἰσότιμος, ὦ γενναιότατε, οὐ γάρ· Μαύσωλος μὲν γὰρ οἰμώξεται μεμνημένος τῶν ὑπὲρ γῆς, ἐν οἷς εὐδαιμονεῖν ᾤετο, Διογένης δὲ καταγελάσεται αὐτοῦ. καὶ τάφον ὁ μὲν ἐν Ἁλικαρνασσῷ ἐρεῖ ἑαυτοῦ ὑπὸ Ἀρτεμισίας τῆς γυναικὸς καὶ ἀδελφῆς κατεσκευασμένον, ὁ Διογένης δὲ τοῦ μὲν σώματος εἰ καί τινα τάφον ἔχει οὐκ οἶδεν· οὐδὲ γὰρ ἔμελεν αὐτῷ τούτου· λόγον δὲ τοῖς ἀρίστοις περὶ τούτου καταλέλοιπεν ἀνδρὸς βίον βεβιωκὼς ὑψηλότερον, ὦ Καρῶν ἀνδραποδωδέστατε, τοῦ σοῦ μνήματος καὶ ἐν βεβαιοτέρῳ χωρίῳ κατεσκευασμένον.

Máusolo – Então todas aquelas coisas são sem sentido? E Máusolo e Diógenes terão honras iguais?

Diógenes – Não, meu muito nobre amigo, honras iguais não. Na verdade, Máusolo vai gemer, lembrando das coisas da terra pelas quais acreditava ser feliz; e Diógenes vai zombar dele. E quanto ao túmulo, um dirá que o dele está em Halicarnasso, edificado por sua esposa e irmã Artemísia, e Diógenes dirá que do corpo, se ele tem algum túmulo, não sabe; na verdade, ele nunca se importou com isso. Contudo, aos mais nobres, ele deixou um discurso a respeito desse homem, depois de ter vivido uma vida muito nobre, ó mais servil dos cários, mais nobre do que o teu monumento, e edificada em terreno mais firme.

Notas

1. Máusolo (377-353 a.C.), rei de Halicarnasso, cidade da Cária, na Jônia, próxima a Mileto. Sua irmã e mulher Artemísia II, depois rainha, chorou tanto a morte do marido e irmão que bebeu as cinzas dele e lhe erigiu um imenso monumento, uma das 7 maravilhas do mundo, o Mausoléu, nome que se popularizou para significar qualquer monumento fúnebre.
2. Cário, habitante da Cária, mas aqui está carregado de ironia. Diógenes não o chama pelo nome, mas por Cário, que os gregos desprezavam pela covardia e fraqueza de caráter.
3. Sinopeu é Diógenes (Ver nota no Diálogo I); é tão insignificante quanto Cário. Máusolo devolve com a mesma moeda. Troca de amabilidades.

λ'

ΝΙΡΕΩΣ ΚΑΙ ΘΕΡΣΙΤΟΥ ΚΑΙ ΜΕΝΙΠΠΟΥ

ΝΙΡΕΥΣ - Ἰδοὺ δή, Μένιππος, οὑτοσὶ δικάσει, πότερος εὐμορφότερός ἐστιν. εἰπέ, ὦ Μένιππε, οὐ καλλίων σοι δοκῶ;

ΜΕΝΙΠΠΟΣ - Τίνες δὲ καὶ ἔστε; πρότερον, οἶμαι, χρὴ γὰρ τοῦτο εἰδέναι.

ΝΙΡΕΥΣ - Νιρεὺς καὶ Θερσίτης.

ΜΕΝΙΠΠΟΣ - Πότερος οὖν ὁ Νιρεὺς καὶ πότερος ὁ Θερσίτης; οὐδέπω γὰρ τοῦτο δῆλον.

ΘΕΡΣΙΤΗΣ - Ἓν μὲν ἤδη τοῦτο ἔχω ὅτι ὅμοιός εἰμί σοι καὶ οὐδὲν τηλικοῦτον διαφέρεις ἡλίκον σε Ὅμηρος ἐκεῖνος ὁ τυφλὸς ἐπῄνεσεν ἁπάντων εὐμορφότερον προσειπών, ἀλλ' ὁ φοξὸς ἐγὼ καὶ ψεδνὸς οὐδὲν χείρων ἐφάνην τῷ δικαστῇ. ὅρα δὲ σύ, ὦ Μένιππε, ὅντινα καὶ εὐμορφότερον ἡγῇ.

ΝΙΡΕΥΣ - Ἐμέ γε τὸν Ἀγλαΐας καὶ Χάροπος, ‘ὃς κάλλιστος ἀνὴρ ὑπὸ Ἴλιον ἦλθον.’

ΜΕΝΙΠΠΟΣ - Ἀλλ' οὐχὶ καὶ ὑπὸ γῆν, ὡς οἶμαι, κάλλιστος ἦλθες, ἀλλὰ τὰ μὲν ὀστᾶ ὅμοια, τὸ δὲ κρανίον ταύτῃ μόνον ἄρα διακρίνοιτο ἀπὸ τοῦ Θερσίτου κρανίου, ὅτι εὔθρυπτον τὸ σόν· ἀλαπαδνὸν γὰρ αὐτὸ καὶ οὐκ ἀνδρῶδες ἔχεις.

ΝΙΡΕΥΣ - Καὶ μὴν ἐροῦ Ὅμηρον, ὁποῖος ἦν, ὁπότε συνεστράτευον τοῖς Ἀχαιοῖς.

ΜΕΝΙΠΠΟΣ - Ὀνείρατά μοι λέγεις· ἐγὼ δὲ ἃ βλέπω καὶ νῦν ἔχεις, ἐκεῖνα δὲ οἱ τότε ἴσασιν.

ΝΙΡΕΥΣ - Οὔκουν ἐγὼ ἐνταῦθα εὐμορφότερός εἰμι, ὦ Μένιππε;

ΜΕΝΙΠΠΟΣ - Οὔτε σὺ οὔτε ἄλλος εὔμορφος· ἰσοτιμία γὰρ ἐν ᾅδου καὶ ὅμοιοι ἅπαντες.

ΘΕΡΣΙΤΗΣ - Ἐμοὶ μὲν καὶ τοῦτο ἱκανόν.

Diálogo XXX

Nireu[1], Tersites[2] e Menipo

Nireu – Olha o Menipo aí; ele vai decidir quem é mais formoso. Dize, Menipo, não te pareço ser mais belo?

Menipo – Mas, quem sois vós? Primeiro, eu acho, é preciso saber isso.

Nireu – Nireu e Tersites.

Menipo – E quem dos dois é Nireu, e quem é o Tersites? Para mim isso ainda não está claro.

Tersites – Esse já é um ponto que tenho: que eu sou igual e que a diferença entre mim e ti não é tão grande como aquele cego Homero cantou, dizendo que eras o mais formoso de todos. Ao contrário, para o árbitro, a minha cabeça pontuda e calva não pareceu ser inferior. Mas, olha, Menipo, quem tu achas mais formoso?

Nireu – Eu, filho de Aglaé e Cáropos "que foi o mais belo varão que chegou a Tróia"[3]

Menipo – Mas, eu creio que não chegaste como o mais belo também debaixo da terra; ao contrário, todos os ossos são iguais e o teu crânio não se diferenciaria do de Tersites a não ser nisso: que o teu é mais fácil de quebrar pois é mole e não tem nada de viril.

Nireu – Mesmo assim, pergunta a Homero quem era eu quando combatia junto com os Aqueus.

Menipo – Estás divagando. Por mim, eu estou vendo o que tu tens agora; as outras coisas, sabem os homens daquela época.

Nireu – Então eu sou o mais formoso aqui.

Menipo – Nem tu és formoso nem um outro, pois no Hades reina a igualdade e todos são parecidos.

Tersites – Também isso me é suficiente.

NOTAS

1. Nireu, Ver nota 4 do Diálogo V.
2. Tersites, ver o perfil em Ilíada, II, 212-219. É torto, corcunda, com a cabeça disforme. É um concurso de crânios. Menipo é incapaz de distinguir um crânio do outro, mesmo um sendo pontudo e o outro mole e de formato normal!
3. Matreiro, Nireu cita apenas a parte dos versos de Homero, Ilíada II, 672-673, que lhe interessa; esquece de dizer "... depois de Aquiles".

Impressão:

PALAS ATHENA